TANGLEWRECK
O GUARDIÃO DO TEMPO

Jeanette Winterson

TANGLEWRECK
O GUARDIÃO DO TEMPO

Tradução
ADRIANA LISBOA

ROCCO
JOVENS LEITORES

Agradecimentos

Obrigada a todos na Bloomsbury, especialmente a Sarah Odedina e Georgia Murray. A Caroline Michel, Suzanne Gluck e ao time da agência William Morris. A Leah Schmidt, da The Agency. A Philippa Brewster e Henri Llewelyn Davies, pela leitura minuciosa, e a Lysander Ashton, físico quântico e cineasta, que conferiu os dados científicos, às minhas afilhadas, Eleanor e Cara Shearer, que conferiram a ficção científica. A Fiona Shaw, que sempre foi a sra. Rokabye enquanto eu escrevia. E a Deborah Warner, pelo generoso empréstimo dos pais dela, Roger e Ruth, de uma casa cheia de antiguidades e de um senso de possibilidade.

Título original
TANGLEWRECK

Primeira publicação da Grã-Bretanha em 2006 pela
Bloomsbury Publishing Plc
36 Soho Square, Londres, W1D 3QY

Copyright © 2006 by Jeanette Winterson
O direito moral da autora foi assegurado.

Todos os direitos reservados. Nenhuma parte desta obra pode ser reproduzida ou transmitida por qualquer forma ou meio eletrônico ou mecânico, inclusive fotocópia, gravação ou sistema de armazenagem e recuperação de informação, sem a permissão escrita do editor.

Direitos para a língua portuguesa reservados
com exclusividade para o Brasil à
EDITORA ROCCO LTDA.
Av. Presidente Wilson, 231 – 8º andar
20030-021 – Rio de Janeiro – RJ
Tel.: (21) 3525-2000 – Fax: (21) 3525-2001
rocco@rocco.com.br
www.rocco.com.br

Printed in Brazil/Impresso no Brasil

preparação de originais
NATHALIA COUTINHO

CIP-Brasil. Catalogação na fonte.
Sindicato Nacional dos Editores de Livros, RJ.

W746t   Winterson, Jeanette, 1959-
Tanglewreck – O Guardião do Tempo/Jeanette Winterson; tradução de Adriana Lisboa. – Primeira edição.
Rio de Janeiro: Rocco Jovens Leitores, 2010.
Tradução de: Tanglewreck. ISBN 978-85-7980-015-3
1. Literatura infantojuvenil inglesa. I. Lisboa, Adriana, 1970-. II. Título.
10-0341   CDD – 028.5   CDU – 087.5

O texto deste livro obedece às normas do
Acordo Ortográfico da Língua Portuguesa.

Para Eleanor e Cara Shearer, com amor

SUMÁRIO

1.	O Tornado do Tempo	9
2.	O visitante	15
3.	Sapo na toca	29
4.	A jornada	39
5.	Tempus Fugit	51
6.	Thugger e Fisty	63
7.	Meia-noite em toda parte?	73
8.	Coelhos!	87
9.	Meia-noite em toda parte	91
10.	Fantasmas!	99
11.	Os Atávicos	103
12.	Estranho encontro	117
13.	Regalia Mason	131
14.	Pôneis de gasolina	137
15.	O Comitê	153
16.	O tempo passa	163
17.	Buracos!	175

18.	Uma jornada até a Ponte da Torre	181
19.	A Linha de Einstein	199
20.	Audiência com o papa	211
21.	O grande ônibus vermelho	227
22.	A Estrada Estelar	241
23.	Um Buraco Negro	251
24.	Resgate internacional	263
25.	Elfos!	273
26.	Mentiras verdadeiras	279
27.	Velocidade da luz	285
28.	O Buraco de Walworth	295
29.	Hospital Belém	303
30.	Ação fantasmagórica a distância	313
31.	Um novo desenvolvimento	329
32.	Minhocas!	335
33.	Greenwich	339
34.	As Areias do Tempo	345
35.	O desvio	361
36.	O Guardião do Tempo	365
37.	Tanglewreck	375

O TORNADO
DO TEMPO

Às 6:45, numa certa manhã de verão, um ônibus vermelho de Londres cruzava a ponte Waterloo.

Um grupo de crianças de escola, sentadas nos assentos traseiros, copiava o dever de casa uma das outras e brigava, quando uma delas olhou pela janela e viu, do outro lado do rio, na direção da Agulha de Cleópatra, algo muito estranho.

O garoto cutucou seu amigo com o cotovelo. O dedo negro do Egito antigo apontava para o céu, como sempre, mas naquele dia a ponta do obelisco reluzia com um vermelho brilhante, como quando era novo, pintado e glorioso, quatro mil anos antes, no Templo do Sol.

– Olhe – disse o menino –, olhe!

Andando por cima do rio como se este fosse uma estrada, estava uma falange de carruagens e homens a cavalo.

Fizeram os cavalos brancos empinar; as plumas de avestruz inclinadas em seus cabrestos se ergueram e se abaixaram; os homens que levavam os leques se adiantaram, as tropas descansaram e, acima dos sacerdotes, ajoelhados, estava o próprio faraó, inspecionando de uma carruagem lustrosa seu novo monumento.

Outras pessoas se viraram para contemplar a miragem, e o motorista do ônibus diminuiu a velocidade, embora não chegasse exatamente a parar; parecia estar pairando sobre o tempo.

No silêncio, em câmera lenta, ninguém falava e nada se movia – à exceção do rio, que para qualquer um que olhasse estava fluindo no sentido contrário.

Então, de um ponto mais abaixo na correnteza, houve um súbito e terrível estalo, como se o céu estivesse se partindo. Uma rajada de vento havia atingido o ônibus, derrubando-o de lado sobre a ponte e espalhando vidro despedaçado sobre os bancos onde as crianças estavam sentadas.

O ônibus deveria ter desabado dentro do rio, mas em vez disso o vento rodopiava através das janelas arrebentadas e levantava o ônibus para o alto, bem acima da ponte, na direção do obelisco.

Uma grande onda de água se formou diante dos pilares da ponte, golpeando com tal força o concreto ali embaixo que parte da parede de apoio foi arrancada.

Quando a onda desabou outra vez dentro d'água, o rio retomou seu curso normal. No mesmo segundo, o ônibus saiu rodopiando alucinadamente sobre a fila de carruagens. Com o impacto, ônibus, carruagens e cavaleiros desapareceram, sem deixar para trás nada além de traços do sol, de um vermelho dourado, na superfície da água.

O Big Ben marcava sete horas.

Alguns dias depois, a polícia encontrou um livro de exercícios flutuando no Tâmisa; o nome escrito na capa identificava-o como pertencendo a um dos meninos que estavam no ônibus. As páginas estavam grossas, como um pergaminho, e a escrita lá dentro não era inglês, mas sinais de pássaros com pernas compridas e rostos de perfil sob o olho do grande deus Rá.

O ônibus e seus passageiros nunca foram encontrados.

Foi o primeiro dos Tornados do Tempo.

O VISITANTE

À s 16:30 em ponto, Abel Darkwater atravessou com seu Rolls-Royce Silver Cloud os portões da imensa casa chamada Tanglewreck.

Abel Darkwater nunca se atrasava – a menos que essa fosse sua intenção; seu relógio nunca estava errado – a menos que ele quisesse.

Algumas pessoas estão sempre sem tempo, mas Abel Darkwater tinha todo o tempo do mundo – bem, quase todo – e o problema era o *quase*, e o motivo que o levara a Tanglewreck.

Dirigindo aquele carro enorme, ele fez a curva comprida e irregular da entrada. Olhou de relance para os mostradores redondos e verdes no painel. O velocímetro lhe dizia que ele andava a exatamente 16 km/hora. O conta-giros registrava trinta rotações por minuto. O relógio luminoso assegurava-lhe que estava sendo pontual, e o Medidor de Idade mantinha-se firme no ano de 1588, quando Tanglewreck havia sido construída.

Abel Darkwater tinha inventado ele próprio o Medidor de Idade encaixado ali. Na cidade, computava a idade das casas. No campo, podia calcular a idade do calcário, do xisto ou da argila. Ele sabia que dinossauros teriam passado por ali outrora, ou que desesperados caçadores haviam se inclinado sobre saliências criadas pela chuva, a fim de jogar uma pedra num javali.

O Medidor de Idade funcionava a partir de emissões radioativas – ecos do tempo, fracos porém passíveis de se trilhar. Abel Darkwater sabia que todo tempo está sempre presente, mas enterrado camada após camada sob o que as pessoas chamam de Agora. Hoje está sobre ontem, e ontem está sobre anteontem, e assim por diante, pelas camadas da história, até as camadas estarem tão espessas que as vozes sob elas se reduzem a sussurros. Abel Darkwater escutava esses sussurros e compreendia o que falavam.

Agora estava em Tanglewreck, a casa estava lhe falando do começo de seu próprio passado – o dia em que era uma casa jovem e recém-construída. Quando Agora era Antes e Antes era Agora. Ele estava curioso para ouvir mais, mas hoje tinha ido até ali a negócios e não podia fazê-los esperar.

Parou do lado de fora da casa preta e branca, feita de toras de madeira, e desligou o motor. Os mostradores recuaram ao zero. Ele saiu do carro lentamente, com algum esforço, e consultou o pesado relógio de bolso de ouro: o ponteiro das horas marcava quatro. O ponteiro dos minutos, trinta e cinco. O ponteiro dos segundos se movia rapidamente de quarenta para cinquenta. O quarto ponteiro, vermelho, como um alerta, apontava na direção das onze horas. Abel Darkwater levantou os olhos, seguindo a direção do seu relógio. Havia um rosto na janela, com certeza. Recuou. Ele sorriu, embora não se pudesse chamar de prazer ou gentileza um sorriso como aquele, e depois levantou a maçaneta em forma de anjo para trancar a porta.

Silver se afastou da janela. Sabia por que ele tinha vindo.

Lá de baixo ela podia ouvir a sra. Rokabye gritando do vestíbulo:

– Silver! Desça aqui agora mesmo, neste exato instante.

– Sim, sra. Rokabye.

Silver desceu correndo a escada até se deparar com os braços cruzados da sra. Rokabye, sua boca aberta como uma cratera, as palavras fumegando dali:

– Olhe só para o seu estado!

Silver olhou-se diante do grande espelho do vestíbulo. Seu cabelo era ruivo, cacheado e tinha pontas armadas, a menos que ela o trançasse. Seus olhos eram verdes, o nariz reto. O rosto, sardento, e ela era pequena. Pequena e desmazelada; é difícil ficar arrumada quando você fica cumprindo tarefas o dia inteiro.

– Desça até o porão e coloque carvão na fornalha. Espera que eu mesma faça isso?

– Não, sra. Rokabye.

– Não mesmo! Trabalho feito escrava para o nosso futuro. Sem MIM, não haveria futuro algum! Sem mim, VOCÊ teria que ir para um orfanato. Gostaria disso?

– Não, sra. Rokabye.

– Não mesmo! Quando penso no que deixei de lado ao vir até aqui para cuidar de você. Ora, deixei de lado uma vida inteira. Tudo foi bondade da minha parte, e tudo tem sido ingratidão da sua parte. Acha que eu gosto de estar aqui?

– Não, sra. Rokabye.

– Essa enorme monstruosiade, cheia de correntes de ar, caindo aos pedaços! Eu tinha uma casa linda em Manchester, com carpetes e aquecimento central. Passava noites jogando dardos com todos os meus amigos, mas agora vivo num morro onde venta sem parar, nesta ruína, com VOCÊ.

– Sim, sra. Rokabye.

– Sr. Darkwater... você se lembra dele? Revelou-se um ótimo amigo depois da... hum, tragédia, do infortúnio. Vendemos a ele o relógio de pé e alguns outros relógios para saldar as dívidas do seu pai.

– Sim... ele levou meu relógio noturno secreto.

– Oh, não seja um bebê. Vivemos com aquele dinheiro por um ano.

– *Você* viveu...

– O que foi?

A sra. Rokabye estava olhando para Silver com olhos penetrantes como flechas. Haveria problemas – mas então ouviram alguém bater à porta, e a sra. Rokabye alisou o cabelo preso atrás e sacou o estojo de pó, que aplicou no nariz. Era como poeira caindo sobre uma pedra.

– Ele chegou! Rápido, rápido, vá para o porão e não saia de lá até eu dizer. Bígamo vai ficar de olho.

– Sim, sra. Rokabye.

Meu nome é Silver e vivi em Tanglewreck a vida inteira, ou seja, onze anos.

Moro aqui com a sra. Rokabye: irmã de meu pai e minha tutora.

Meus pais e minha irmã mais velha, Buddleia, desapareceram num acidente de trem, numa sexta-feira, há quatro anos, quando eu tinha sete. Depois, quando tudo já tinha saído no jornal e se falava sobre o que fazer comigo, a sra. Rokabye apareceu, toda de preto, o que é normal após uma tragédia, acho, mas depois ela nunca mais tirou as roupas pretas da tragédia. Ela sempre usa preto, e acho que a alma dela é preta também.

Meu pai nunca tinha falado de sua irmã, minha tia, mas ela assinou todos os papéis e tudo está legalizado. Gostaria de morar sozinha, mas não é permitido.

A sra. Rokabye tem um coelho de estimação chamado Bígamo, por causa dos hábitos dele. A casa está cheia de Bígamos em pequena escala, então, aonde quer que você vá, há um par de olhos amarelos a te observar, um focinho preto tremendo, uma orelha levantada, atenta ao que você está fazendo, e um rabo escondido debaixo de uma cadeira quando você entra em algum cômodo. São todos espiões dela, mas Bígamo é o pior. Conta a ela tudo o que faço.

Hoje, tentei entrar na cozinha querendo encontrar o bolo feito para Abel Darkwater. Mas Bígamo anda me seguindo e eu não tenho uma cenoura para despistá-lo.

O porão, preto e imundo, é iluminado por um lâmpada empoeirada de 25 watts. Estamos tentando economizar aqui em Tanglewreck – pelo menos a casa e eu estamos. A sra. Rokabye come peixe com batatas fritas, pudim e barras de chocolate, e depois fica com sua lâmpada de 100 watts acesa a noite toda, assistindo à televisão. Dorme até às onze horas da manhã, e então pega um táxi para ir fazer compras. Volta carregada de cenouras cortadas e alface recém-lavada para Bígamo, e peixe com batatas fritas para ela. E pedaços de chocolate do tamanho de jangadas. Tamanho família é o que diz, mas como não somos uma família, eu não ganho nada disso.

Tomo sopa na maioria dos dias, e a preparo com os legumes que cultivo em nossa horta. Hoje vou tomar sopa de dente-de-leão, urtiga e repolho. Fecho os olhos quando como, mas isso não torna o gosto melhor.

Ainda assim, eu digo a mim mesma, saboroso ou horroroso, é melhor do que o que sra. Rokabye me daria – o que é quase nada.

– *Garotas devem saber cozinhar* – *ela sempre me diz, enquanto coloca suas porções extras de bacalhau com batatas fritas no micro-ondas.* – *Estou te preparando para a vida.*

Então, coloca alguns pedaços de carne e pão, e leva sua bandeja para a biblioteca.

Comecei a pegar o carvão com a pá e pensar em minha mãe e meu pai. Meu pai era um cientista que trabalhava no Jodrell Bank, em Alderley Edge, Cheshire. Fazia algo relacionado com as estrelas. Minha mãe era pintora, mas tinha que passar um bocado de tempo cuidando de minha irmã, Buddleia, que tinha uma perna torta de nascença. Meus pais e Buddleia tinham ido até Londres para fazer algo importante no dia em que não voltaram. Não sei o que era, mas era algo relacionado ao Guardião do Tempo...

– Então a senhora entende, sra. Rokabye, eu preciso tê-lo, e vou lhe pagar uma quantia alta, oh, sim, uma quantia muito alta por ele.

Abel Darkwater fez tilintar sua xícara de chá. Silver ouviu a faca do bolo encontrando o prato enquanto a sra. Rokabye fatiava o pão de ló.

– Vou deixá-la rica, oh, se vou.

– Sr. Darkwater, vasculhei esta casa da chaminé até o porão durante os últimos quatro anos. Não há uma teia de aranha nesta casa horrorosa que eu não tenha mapeado. Simplesmente não sei onde o relógio ou o que quer que seja poderia estar escondido.

– A senhora não, mas a menina Silver deve saber.

– O que diabos ela sabe? Nas segundas-feiras ela é simplória, nas terças é estúpida, nas quartas é teimosa. Nas quintas é boba, nas sextas é silenciosa, nos sábados fica TÃO enfezada, e nos domingos é mal-humorada. Pensa que não fiz perguntas a ela dia e noite desde o instante em que cheguei?

– Talvez faça as perguntas erradas, sra. Rokabye.

Silver apoiou-se na pá. A chaminé na fornalha estava funcionando como um tubo de alto-falante – ou, antes, um fone gigante, pois ela podia ouvir tudo o que diziam na biblioteca. Colocou rapidamente mais carvão na fornalha, para mantê-los aquecidos, e se encostou ainda mais na chaminé. Bígamo estava olhando para ela meio desconfiado, mas não ousava se aproximar por causa do fogo que crepitava.

Abel Darkwater falava novamente:

– Quando os pais da menina desapareceram de modo tão estranho, o pai dela estava levando o Guardião do Tempo, ou pelo menos era o que todos pensavam. Eu por acaso sei, sem sombra de dúvida, que ele devia trazer o relógio para mim. Mas o relógio nunca foi encontrado. Nem os pais.

A sra. Rokabye ficou em silêncio por um momento. Depois disse:

– Acho que o relógio foi roubado do corpo e vendido. Provavelmente está em Timbuktu.

– Acredite em mim, madame – disse Abel Darkwater, com a voz seca de irritação –, se aquele relógio tivesse pertencido a outra pessoa, em qualquer lugar do mundo, nestes últimos quatro anos, eu saberia.

– Eu sei que o senhor está muito bem relacionado no mundo dos negócios – disse a sra. Rokabye, para conciliar, mas isso só enfureceu Darkwater ainda mais.

– Nos NEGÓCIOS? A senhora chama o Tempus Fugit de negócio? É uma atividade de uma vida inteira! De muitas vidas inteiras. O que começou nas pirâmides do Egito ainda não está completo. Isaac Newton era um membro do nosso "negócio", como a senhora diz. Tenho um relógio dele em minha posse. – Abel Darkwater levantou os olhos, alarmado. – O que esse coelho está fazendo aqui?

– Ele cuida da criança – disse a sra. Rokabye, se levantando. – Como Naná em *Peter Pan*, o senhor sabe.

– Sim, sei – disse Abel Darkwater. – Havia um crocodilo em *Peter Pan*, e um relógio. Parte muito importante da história. Agora livre-se desse coelho e me escute.

E então, Bígamo não conseguiu comunicar à sra. Rokabye sua suspeita de que Silver não estava aprontando boa coisa. Ele se viu sendo atirado de modo enérgico pela janela, depois a sra. Rokabye voltou resignada à sua cadeira.

No porão, Silver se aproximou ainda mais da chaminé. Que diabos era Tempus Fugit? Tinha que tentar se lembrar das palavras. Mas agora Abel Darkwater estava falando de novo:

– Eu compro e vendo relógios de todos os tipos, os raros, os valiosos, os curiosos. Só há um relógio de algum interesse que nunca passou pelas minhas mãos, e esse relógio é o Guardião do Tempo. Agora responda-me, sra. Rokabye: a senhora já notou alguma, digamos, perturbação no tempo, aqui em Tanglewreck?

– O senhor quer dizer como as coisas que andei vendo na televisão? Como é que se chamam?

– Tornados do Tempo.

– Não, nada desse tipo. Eu me levanto pela manhã e vou para a cama à noite.

(*Não é verdade*, pensou Silver, no porão. *Fica acordada a noite inteira, assistindo a filmes antigos, e depois deixa que eu acorde sozinha e lave os pratos.*)

– Então o tempo aqui não parou, nem mesmo por alguns poucos momentos, ou pareceu estar acabando? Alguns dias são mais curtos do que outros?

– Não, todos os dias duram a mesma coisa.

(*Oh, não duram, não*, pensou Silver.)

– E a senhora já foi perturbada por alguma coisa ou alguém do passado?

– Ooh, eu ouvi falar naquele mamute lanoso que apareceu no rio Tâmisa... é verdaaaade?

– Sim, é verdade.

– Não!

– Sim.

– E que pessoas desapareceram? Em Londres?

– Sim, é verdade, embora ninguém saiba por quê.

– Acho que a culpa é dos telefones celulares.

– E por que, sra. Rokabye?

– Eles emitem, não emitem?

– Emitem o quê?

– Raios. Ondas. Seja lá qual for o nome, não pode fazer bem, e as pessoas falam neles o tempo todo. Todos esses sinais vindo dos satélites. Quer dizer, o que está acontecendo no espaço? É o que eu gostaria de saber.

– É verdade, sra. Rokabye, que no presente estamos vivendo estranhas rupturas no tecido do tempo, outrora tão constante e correto. As pessoas desaparecem, como a senhora diz, o tempo fica imóvel, temporariamente, depois avança com um solavanco, rápido demais. As melhores cabeças estão analisando o assunto.

– Bem, felizmente não está acontecendo aqui.

– Fico satisfeito em ouvir. É o que eu esperava que fosse responder. Agora ouça com atenção. Acredito que o Guardião do Tempo ainda esteja aqui nesta casa, embora a senhora não tenha conseguido encontrá-lo para mim.

Abel Darkwater levantou a mão quando a sra. Rokabye abriu a boca em protesto. Ela fechou a boca. Ele continuou:

– Então, agora tenho outro plano. Gostaria de que a senhora levasse a criança para Londres. Diga-lhe que é um presente especial. Providenciarei passagens de trem e pagarei as despesas, e vocês duas ficarão na minha casa. Isso vai me dar a oportunidade de fazer perguntas à criança sobre o Guardião do Tempo e talvez, se a senhora não se importar – e, por favor –, fique com este dinheiro por todo esse aborrecimento – eu também gostaria...

Nesse momento houve um terrível barulho, quando Bígamo se atirou pela escada do porão abaixo. Silver não escutou o que quer que fosse o "também" que Abel Darkwater queria – e ficou imaginando por que ele simplesmente não fazia as perguntas a ela naquele instante e ali mesmo na casa. De todo modo, não tinha nada a lhe dizer. Ninguém parecia acreditar nela e não tinha a menor ideia de onde o Guardião do Tempo pudesse estar. Nunca o tinha sequer visto.

Quando pegou com a pá o resto do carvão para jogar na fornalha, notou algo brilhando em meio ao pó. Pegou cuidadosamente, para que Bígamo não pudesse ver o que estava fazendo. Era comprido e fino, como um alfinete de gravata masculino, com a extremidade pontuda, e parecia ser feito de diamantes. Colocou-o às pressas no bolso de seu macacão.

No andar de cima, ela ouviu a porta da biblioteca se abrir e as tábuas do chão rangerem enquanto a sra. Rokabye e Abel Darkwater se encaminhavam até a porta da frente. Ela se esgueirou pelos degraus do porão, passou por Bígamo e disparou até a biblioteca. Rápida como um foguete, colocou o resto dos sanduíches de presunto e o pão de ló em seu macacão, e encheu os bolsos com biscoitos de chocolate. Da janela, podia ver Abel Darkwater inclinando-se bem devagar para entrar no carro. A sra. Rokabye se virava de volta na direção da casa, contando o maço de dinheiro em suas mãos.

Silver agarrou o jarro de leite sobre a mesa e passou furtivamente pelo coelho enfurecido, subindo a escada até seu quartinho, que adorava. Era onde se sentia segura.

O quarto ficava lá no alto, no sótão da casa. Tinha uma grande cama de madeira entalhada na forma de um cisne e uma lareira, onde ela sempre mantinha um fogo aceso, pegando gravetos no pomar. Dessa forma, o quarto cheirava a maçãs e peras mesmo nos piores dias de inverno.

Silver começou a esquentar o leite na pequena lareira e arrumou os sanduíches e o bolo. Guardaria os biscoitos para depois.

Olhou para a fotografia de sua mãe, seu pai e sua irmã no consolo da lareira, mas não chorou. Em vez disso falou, meio para si mesma, meio para a foto: *Ajudem-me a encontrar o Guardião do Tempo.*

O quarto encheu-se de novo ar. O fogo fez uma pausa. O leite, que havia fervido até a borda da panela, fez bolhas e parou. Era apenas uma hesitação mínima no tempo, mas Silver sabia o que tinha de fazer. Algo nela e algo fora dela saltaram juntos e esperaram em meio ao salto. Ela disse: *Sim, sim*.

Então, o momento acabou, o leite derramou e tudo ficou do jeito habitual, mas Silver sabia que havia feito uma promessa – para algo dentro e para algo fora de si mesma. Agora, teria que encontrar o Guardião do Tempo, porque o Guardião do Tempo precisava ser encontrado.

SAPO NA TOCA

Três dias mais tarde, Silver estava em sua horta recolhendo as ervas daninhas quando ouviu a sra. Rokabye chamando-a da casa.

Parecia que a sra. Rokabye estava gritando algo como "sapo na toca", mas Silver sabia que não podia ser isso, porque sapo na toca é algo para comer e ela nunca recebia nada da sra. Rokabye.

Provavelmente encontrou uma rã presa no cano da pia, pensou Silver. *É melhor eu ir salvar a rã.*

Silver fechou o portão da sua hortinha para que as galinhas não saíssem, e caminhou na direção da cozinha. Podia sentir cheiro de comida – um cheiro suculento, o que era muito estranho.

A sra. Rokabye estava de pé, na porta da cozinha, sorrindo. Era uma visão terrível; os cantos de sua boca estavam retorcidos para cima, na direção de suas sobrancelhas, e suas sobrancelhas estavam puxadas, na direção da rede de cabelo que ela sempre usava em casa. Havia praticado sorrir a manhã inteira, mas não fora nem de longe o suficiente.

– Bem-vinda, querida menina! – ela disse. – Venha comer seu almoço enquanto eu lhe digo algo muito excitante.

Silver entrou devagar na cozinha. Não era, em absoluto, uma cozinha moderna. Era enorme, como uma estação de ônibus, tinha um piso de pedra, um imenso forno de ferro e uma longa mesa de madeira com compridos bancos de madeira dos dois lados. Havia ganchos no teto para pendurar presunto e ervas. Havia duas pias de pedra lado a lado com prateleiras para pratos na parede acima delas. Não havia TV, não havia máquina de lavar roupa, máquina de lavar louça, linóleo, não havia nada, exceto o que fora colocado ali quatrocentos anos antes. Oh, e ali estava o micro-ondas da sra. Rokabye, sozinho na extremidade de uma mesa de carvalho com seis metros de comprimento, onde vinte criados comiam todos os dias quando aquela era uma casa grande.

O micro-ondas parecia muito fora de lugar na velha cozinha, como se um marciano o tivesse deixado e voltado para Marte.

Hoje, porém, a sra. Rokabye não estava esquentando refeições prontas para uma pessoa no micro-ondas azul. Estava curvada sobre o grande fogão e erguendo um imenso prato de salsichas cozidas em massa mole com ovos.

– Sapo na toca! – ela disse, colocando-o na mesa, em frente à esfomeada e surpresa menina.

Rapidamente, ela lavou as mãos e se sentou, enquanto a sra. Rokabye cortava duas porções com uma faca reluzente.

– A senhora nunca disse que sabia cozinhar – disse Silver.

– Tenho estado muito ocupada – disse a sra. Rokabye.

– Faz quatro anos que está aqui.

– São mesmo quatro anos? Todo o trabalho que tive tirando pó... este lugar era um pardieiro, como você sabe. Bem, bem, quatro anos, como o tempo voa... *tempus fugit*, como Abel Darkwater diria.

– O quê? – disse Silver, a boca cheia de uma salsicha deliciosa.

– *Tempus fugit* – disse a sra. Rokabye. – Significa "o tempo voa".

– Que língua é essa? – perguntou Silver.

– Latim, eu acho – disse a sra. Rokabye. – Você deve perguntar ao próprio sr. Darkwater. Pergunte a ele amanhã... pois essa é a minha maravilhosa novidade!

Enquanto Silver repetia pela segunda e pela terceira vez o sapo na toca, a sra. Rokabye falou-lhe de sua viagem a Londres no dia seguinte:

– Vamos todos fazer um piquenique no trem. Ficaremos na magnífica casa do sr. Darkwater, que não se parece em nada com esta aqui, é toda moderna por dentro, e vão nos levar a um musical à noite. O sr. Darkwater adora crianças e tudo o que pede em retorno à sua gentileza é que você fale com ele como se fosse seu próprio pai. Se te fizer uma pergunta, qualquer pergunta, está entendendo?, se te fizer uma pergunta, você deve responder.

– E se eu não souber a resposta? – falou Silver.

– Tenho certeza de que você saberá a resposta, sim – disse a sra. Rokabye. – Todas as perguntas têm resposta.

Silver se perguntou se isso estaria certo, mas não fazia sentido perguntar à sra. Rokabye. Em seu íntimo, Silver pensou que a resposta a algumas perguntas era outra pergunta.

– Esteja pronta para responder – alertou a sra. Rokabye –, será melhor para todos assim, vamos todos nos divertir muito.

Disse isso ainda sorrindo, embora agora o esforço estivesse começando a aparecer, como alguém tentando desesperadamente se segurar na beira de um penhasco usando as pontas dos dedos.

Ela se virou, a fim de pegar um pouco de chocolate para Silver, mas, na verdade, só queria dar ao próprio rosto uma oportunidade de relaxar para seu habitual aspecto mal-humorado.

Enquanto estava de costas para Silver, relaxando e se deixando ficar com a expressão mal-humorada, não se deu conta de que sua imagem refletia na porta de metal polido do Armário de Chocolates. Silver pôde ver a expressão real em seu rosto, e soube que nada havia mudado.

O Armário de Chocolates era onde a sra. Rokabye guardava seus suprimentos de caramelos e barras de chocolate. O armário era feito de aço e trancado com um cadeado daquele tipo feroz. Silver nunca era admitida ali.

Cuidadosamente, e com algo que parecia dor, a sra. Rokabye tirou dois tubos de Smarties, depois colocou um de volta, mas tirou outra vez. Lembrou a si mesma que era uma senhora gentil e afável, pelo menos durante as próximas vinte e quatro horas, e imaginava que uma senhora gentil e afável não seria avarenta com seus doces.

– Londres! – ela disse, animada, imprimindo à força prazer e felicidade, como as irmãs feias forçando os pés no sapatinho de Cinderela. – Londres! Vamos de trem às oito da manhã e nos divertiremos muito.

– Quando vamos voltar? – perguntou Silver.

Ela adorava a casa e detestava a ideia de deixá-la. A casa era sua amiga; era como se estivesse viva. Desde que seus pais desapareceram, a casa havia cuidado dela, não a sra. Rokabye.

– Que garota mal-agradecida! – reclamou a sra. Rokabye, mantendo a voz suave, embora mantivesse os punhos cerrados, com fúria, debaixo da mesa. – Aqui estou eu, fazendo o melhor para ganhar influência junto a pessoas importantes como sr. Darkwater, para que você possa ter um feriado como as outras crianças, e por acaso você me agradece? Não você! Você me pergunta quando voltará para casa.

– Bem, preciso saber para poder arrumar a mala – respondeu Silver com a voz uniforme. Ela era esperta o bastante para não brigar com a sra. Rokabye.

– Ah, bem, de fato – disse a sra. Rokabye, abrandada. – Então leve o que quiser, mas só uma mala pequena.

– Quantos pares de tênis?

– Dois – respondeu a sra. Rokabye.

A essa altura, fazia uma hora inteira que a sra. Rokabye estava sendo agradável, e ela sorrira durante a maior parte dessa hora. Passara a manhã cozinhando, em vez de permanecer deitada na cama lendo livros de mistério. Dera um pouco de seu chocolate, e toda essa história a deixara exausta. Decidiu se deitar e tomar uma pílula. Disse a Silver para lavar os pratos, depois desapareceu escada acima.

Assim que ela deixou o cômodo, Silver correu até o Armário de Chocolates, porque a sra. Rokabye tinha deixado o cadeado aberto.

– 1.603 – disse Silver, lendo os números alinhados. – Agora posso abrir sempre que quiser.

Ela pegou um par de chocolates extra e os escondeu em seu jeans. Depois, ouvindo a sra. Rokabye voltar, se virou e correu até a pia.

A sra. Rokabye entrou na cozinha feito uma tempestade e foi direto até o Armário de Chocolates, trancando-o.

– Arrume sua mala sem demora hoje à noite – ordenou. – Vou deixar sanduíches de presunto e leite para o jantar, e quero você no vestíbulo, limpa e vestida, às sete horas amanhã de manhã. Um táxi vai nos levar até a estação. Entendeu?

– Sim, sra. Rokabye – respondeu Silver, sem se virar.

Naquela tarde, Silver foi falar com a casa.

A casa estava muito silenciosa, mas sabia que a estava escutando. Falava frequentemente com a casa, mas preferia fazê-lo em seu lugar especial. Era um quarto onde ninguém além dela jamais estivera.

O quarto era triangular, com janelas triangulares e uma estranha e velha janela no teto inclinado. Silver chamava-a de Janela do Céu, porque tudo o que se conseguia ver através dela eram nuvens passando.

Quando Silver se sentava no quarto especial, sentia-se como uma abelha numa colmeia.

Sentou-se ali naquele dia, de pernas cruzadas, formando um triângulo com o corpo, e fechando os olhos para poder ouvir a casa. Era ali que sabia que a casa estava viva, e era ali que a casa falava com ela – não com palavras, mas entendia o que estava dizendo.

– O que vai acontecer comigo em Londres? – indagou.

Por um minuto a casa ficou em silêncio, depois ela viu uma luz vermelha inundando a janela diante de si, e tingindo de vermelho as grossas e largas tábuas do chão, as suas pernas e mãos, e a frente de seu agasalho, até a altura do pescoço, mas não seu rosto.

– Perigo – a casa estava dizendo. – Perigo.

– Então eu não vou – disse Silver. – Vou me esconder em você e ela nunca mais vai nos encontrar.

A casa nada disse.

– Tenho que ir? – questionou Silver, que já tinha a resposta dentro do coração.

– Sim – disse a casa.

E, pela primeira vez na vida, Silver se deu conta de que algumas vezes você tem que fazer algo difícil e perigoso, algo que não quer em absoluto fazer, mas que precisa ser feito porque algo mais importante depende de você.

– Vou encontrar o Guardião do Tempo? – indagou ela, mas a casa não respondeu.

– Vou voltar aqui algum dia?

– Sim – disse a casa –, um dia.

Silver estava sentada no chão, enquanto as sombras longas da tarde enchiam o quarto.

O que ela sabia? Sabia que algo havia acontecido com seus pais. Sabia que a sra. Rokabye e Abel Darkwater haviam se aliado contra ela, e contra Tanglewreck também; havia também esse objeto chamado Guardião do Tempo, mas não sabia exatamente o que era, ou por que um relógio poderia ser tão importante.

Sabia que no mundo para além da casa coisas muito estranhas estavam acontecendo com o tempo. Pegou todos os seus conhecimentos e dúvidas e peguntou à casa o que devia fazer.

E então, sem esperar por uma resposta, ela subitamente se levantou, pois a casa já havia respondido.

E foi assim que Silver e a sra. Rokabye pegaram o trem das 8:05 de Picadilly, em Manchester, para King's Cross, em Londres, deixando a imensa casa observando-as por trás de suas cercas vivas de faia e teixo.

A JORNADA

A sra. Rokabye estava de bom humor no trem, mesmo tendo deixado Bígamo para trás.

Na estação, ela ignorou todos os jornais e suas manchetes sobre Armadilhas do Tempo, Tornados do Tempo e o futuro do mundo. Em vez disso, comprou todas as revistas capciosas sobre a vida das estrelas de cinema e celebridades. Como a maioria das pessoas, ela própria desejava muito ser uma estrela de cinema, embora fosse difícil imaginar que papéis haveria de interpretar, à exceção de tias malvadas com animais odiosos.

Sentou-se com um pote de doces sobre os joelhos ossudos e deu a Silver quatro caramelos, depois se lembrou de que era uma senhora gentil e afável naquele dia e deu mais outros oito – daqueles de recheio duro, de que não gostava.

– Que bênção estar longe daquela casa medonha! – disse a sra. Rokabye. – Às vezes penso que ela está me ouvindo, rá-rá-rá.

– Ela está ouvindo a senhora – retrucou Silver. – Tanglewreck está viva.

– As crianças são a coisa mais ridícula que já se inventou – a sra. Rokabye praguejou. – Casas não têm ouvidos.

– Meu pai disse que Tanglewreck tem escutado tudo há quatrocentos anos, e que a casa nunca esquece. Mesmo se a senhora falar consigo mesma a casa pode ouvir.

A sra. Rokabye não gostou nada do que ouviu. Suponha que a casa tenha escutado sua conversa com Abel Darkwater? Suponha que a casa soubesse que ela estava pretendendo enganar Silver para tirar-lhe a herança e vender Tanglewreck para uma construtora que queira erguer casas no local?

Não! Não! Não! Uma casa é uma casa. Quanto antes uma máquina de terraplenagem viesse e a colocasse no chão, melhor. Os olhos da sra. Rokabye corriam de um lado a outro enquanto esses pensamentos lhe vinham à mente e seus dentões mastigavam com ruído seus amendoins com chocolate. *Fique calma*, ela disse a si mesma, *uma coisa de cada vez*. Primeiro o Guardião do Tempo e todo o dinheiro que ela receberia de Abel Darkwater, e, depois disso, a horrível casa. Tinha um Plano; todas as pessoas espertas têm um Plano. Seguiria seu Plano passo a passo, sem deixar que aquela criança inquietante a distraísse. Tanglewreck era uma casa velha e feia, e tudo o mais era superstição.

– Não sei por que você gosta dessa casa tanto assim – disse a sra. Rokabye, suspirando –, mas goste dela o quanto quiser, ela não está viva.

O bilheteiro veio e marcou seus bilhetes.

– Atraso em Macclesfield – ele avisou, e seguiu adiante pelo trem.

A sra. Rokabye se enterrou na revista de estrelas. Tinha decidido ignorar Silver até chegarem a King's Cross.

– Vou lhe contar sobre Tanglewreck – disse Silver, ignorando o fato de que a sra. Rokabye a ignorava. – Então a senhora saberá por que ela é especial.

Silver havia contado aquela história para si mesma várias vezes, quando estava sozinha, o que, desde que seus pais haviam morrido, era sempre.

– Havia um campo – disse Silver –, e o campo estava vazio, mas alguns diziam que viram uma casa lá muito antes que ela fosse construída; uma casa tremeluzente, feita de névoa, erguida entre as bétulas.
– Quanta asneira você fala! – disse a sra. Rokabye, dando uma olhada rápida por cima da revista, mas Silver repetia palavra por palavra apenas o que o seu pai lhe havia dito.
– Em 1588, as primeiras pedras da casa foram colocadas, mas, embora fosse uma boa casa, era um lugar agreste e ninguém queria viver lá, então a casa esperou.
"Naqueles dias, nos dias da rainha Elizabeth I, nossa família, os River, se chamavam Rover e, por serem procurados por crimes na Inglaterra, roubaram um barco e se lançaram ao mar..."
– Isso mesmo! – disse a sra. Rokabye. – Que desgraça descender de piratas!
Mas Silver não estava ouvindo o que a sra. Rokabye dizia; era a voz de seu pai que ela escutava agora, reconfortante e baixa, como nos dias em que ela se sentava nos joelhos dele em seu estúdio, com o fogo reluzindo, escutando histórias sobre Tanglewreck...

É verdade, Silver, que os Rover eram piratas; mas eram piratas bem-sucedidos e, naqueles dias, a Inglaterra e a Espanha eram inimigas, e assim, quando os Rover finalmente se arrastaram de volta a Deptford com um barco quebrado, mas abarrotado de tesouro espanhol, imploraram à rainha o Perdão Oficial e uma Vida Tranquila.

A rainha Elizabeth gostava de tesouros, além de não gostar de espanhóis, e então, graciosamente, concordou em receber três quartos das pérolas, cada uma delas do tamanho da cabeça de um bebê, e metade das barras de prata, cada uma do comprimento da perna de um homem.

Roger Rover foi feito cavaleiro sir Roger, pelos serviços prestados ao Tesouro, e, para o bem de seu novo status e de sua nova esposa, mudou o sobrenome para River, e River tem sido desde então.

– E agora Tanglewreck não tem herdeiros, certo? – afirmou a sra. Rokabye, com os olhos brilhando. Quando seus olhos brilhavam, ela ficava igualzinha a Bígamo, e Silver quase esperava que ela fosse morder uma cenoura.

– Meu pai fez de mim a herdeira – disse Silver, olhando diretamente para a sra. Rokabye. – Disse que estava na hora de a velha casa ter uma garota para cuidar dela. É por isso que me chamou de Silver: prata, como uma lembrança do tesouro que deu início a tudo. Ah, e porque disse que eu era como o seu pirata favorito.

– Que pirata? – perguntou a sra. Rokabye, desconfiada.

– Aquele da *Ilha do tesouro*. Long John Silver.

– Nunca li – disse a sra. Rokabye, que nunca lia nada, exceto revistas sobre celebridades e livros de mistério.

– Eu trouxe comigo – disse Silver. – Há um desenho de Long John Silver na capa. É muito bom. A senhora pode ler para mim, se quiser.

– Não, obrigada – agradeceu a sra. Rokabye, que preferia ser colocada de barriga para baixo sob as tábuas do piso do que fazer algo para agradar Silver.

– Eu leio sozinha, então – retrucou a menina, que estava acostumada a fazer a maioria das coisas sozinha.

Ela se envolveu bem com seu velho casaco de lã e abriu o livro, mas, antes que pudesse começar, algo estranho aconteceu. O bilheteiro voltou e disse:

– Atraso em Macclesfield.
– O senhor já avisou – falou Silver –, e já passamos de Macclesfield.

Mas não haviam passado, porque o trem ficara preso no tempo.

– O que o senhor quer dizer com isso. Ficamos presos no tempo? – perguntou a sra. Rokabye. – Acontece que paguei pelo meu bilhete, dois bilhetes.

O bilheteiro deu de ombros.

– Não há nada que eu possa fazer a respeito. Isso tem ocorrido aqui com frequência ultimamente. O trem não pode seguir adiante, a menos que o tempo siga adiante. É simples.

– Mas nós andamos para trás? – perguntou a sra. Rokabye.

– Não – disse o bilheteiro –, e graças aos céus por isso, ou eu teria que sair da cama outra vez. Não andamos para trás, mas também não andamos para frente, o que para um trem é um infortúnio.

– Eu diria que sim! – concordou a sra. Rokabye. – Então por quanto tempo esperamos?

– Até seus relógios voltarem a funcionar – disse o bilheteiro. – A senhora pode notar que seu relógio parou há dez minutos.

– Ridículo! – disse a sra. Rokabye. – Algo deve ser feito.

Silver olhou pela janela. Tudo parecia normal, exceto pelo fato de o trem estar paralisado, bem como o pequeno relógio de pulso que seu pai havia lhe dado. Ele saberia o que fazer se estivesse ali, e então ela se perguntou se também ele havia ficado parado no tempo em algum lugar. Afinal, ele estava num trem, e nenhum deles havia sido encontrado, embora tenha havido um funeral. Talvez se ela pudesse encontrar o Guardião do Tempo...

– Nós envelhecemos enquanto estamos sentadas aqui? – Silver perguntou ao bilheteiro.

– Acho que não – respondeu ele. – Você vai ficar mais velha quando chegar o seu próximo aniversário, mas se o tempo parar, não vai chegar lá, e então não vai ficar mais velha.

– Bem, e se nós ficássemos no trem pelo resto de nossas vidas?

– Impossível – disse o bilheteiro. – Com ou sem tempo, o bufê fecha às seis e ponto final.

– Quero sair do trem! – gritou subitamente a sra. Rokabye. – Vou sair do trem e pegar um ônibus.

– Perdão, minha senhora, é contra as normas da companhia deixar qualquer um sair enquanto estamos numa Armadilha do Tempo. Não sabemos o que está acontecendo lá fora, e não podemos garantir sua segurança. Se a senhora sair do trem, pode ficar presa nesta seção dos trilhos para sempre.

– PARA SEMPRE?? – indagou a sra. Rokabye. – Na periferia de Macclesfield para sempre?

– Lamentavelmente, sim – disse o bilheteiro.

Silver remexia os bolsos e desejava ter um ovo cozido para comer quando sentiu algo pontudo no fundo do forro rasgado de seu velho casaco de lã. Sentiu seu contorno com os dedos, e se deu conta de que era o broche ou o que quer que fosse que ela havia encontrado quando colocava carvão na fornalha para Abel Darkwater.

Talvez se eu apontar na direção de Londres a gente chegue lá mais rápido, ela pensou, e virou a ponta da seta para o sul, fechando os olhos e se concentrando ao máximo.

Nada aconteceu. Nada em absoluto aconteceu; na verdade era essa a questão; o nada que estava acontecendo era tão intenso que era como esperar pelo início de uma tempestade. E então aconteceu.

Silver abriu os olhos no instante em que os doces e as revistas da sra. Rokabye passaram voando próximo à sua orelha.

– Segurem-se! – gritou o bilheteiro, enquanto o trem avançava com um rugido.

Era como estar num foguete. Silver se sentiu pressionada para trás contra o assento, e ouviu um barulho como o de algo rodopiando em torno da sua cabeça. Ela se segurou firme, enquanto as outras pessoas no vagão gritavam, em pânico. A sra. Rokabye estava deitada na mesa, desmaiada.

Silver estava assustada, mas tentou reparar no que acontecia de fato, e o que acontecia era que os ponteiros de seu relógio estavam dando voltas e mais voltas cada vez mais rápidas, e tudo em volta do trem tinha escurecido. Então houve um baque terrível, e ela ouviu os avisos saindo do sistema de alto-falantes:

– Senhoras e senhores, chegamos à estação King's Cross, em Londres. Por favor, levem todos os seus pertences consigo ao sair do trem.

– Que horas são? – perguntou Silver, enquanto o bilheteiro saía de debaixo da mesa.

– Uma hora mais cedo do que deveria ser – ele disse, consultando o relógio de bolso –, se isso quer dizer alguma coisa à senhora.

– Quero meu dinheiro de volta – disse a sra. Rokabye. – Esta viagem roubou anos da minha vida.

Silver esperava que fosse verdade. Pegou sua malinha e seguiu a sra. Rokabye para fora do trem.

Londres era um lugar desconcertante, cheio de ruídos e poeira, com ônibus vermelhos reluzentes e táxis pretos com luzes amarelas no alto, feito vaga-lumes.

Entraram num táxi e a sra. Rokabye deu ao motorista o endereço num pedaço de papel.

– Estão só visitando, é? – perguntou o motorista. – Vêm ao lugar errado, madame. Este lugar ficou maluco. Não sei se são os Homenzinhos Verdes ou o buraco na camada de ozônio, mas o tempo não é o que costumava ser.

– Para mim, a culpa é dos telefones celulares – opinou a sra. Rokabye, que tinha dito a mesma coisa antes e não era de mudar de opinião.

– Acho que a culpa é de nós mesmos – disse o motorista. – Estamos indo tão rápido que levamos o tempo conosco. Ninguém mais tem tempo hoje em dia, tudo é rápido, rápido, rápido. Bem, aqui estamos, e não há mais tempo sobrando. Acho que o tempo está acabando, como as outras coisas do planeta, como o petróleo, a água e tudo o mais.

– Muito interessante – disse a sra. Rokabye, que estava rígida de tédio, mas Silver achava que *era* interessante, e decidiu que se tinha que passar dois dias com Abel Darkwater, descobriria tudo o que pudesse sobre o tempo. Afinal, se soubesse um pouco mais acerca do tempo, talvez viesse a saber algo sobre o Guardião do Tempo.

Subitamente, o táxi se deparou com uma enorme multidão agitando cartazes.

– O que é isso? – perguntou a sra. Rokabye.

– Manifestações contra os Tornados do Tempo e tudo o mais. As pessoas querem que o governo faça alguma coisa, mas o governo diz que não há nada a ser feito. O tempo é como o clima, você não pode controlar, pode?

– Havia uma matéria no noticiário de ontem à noite – disse a sra. Rokabye. – Muito alarmante para todos vocês, tenho certeza. Cuidado!

O táxi havia freado, até parar diante de uma mulher de bicicleta agitando um cartaz que dizia "Tempo não é Dinheiro".

– Ridículo! – resmungou a sra. Rokabye, que venderia todo o tempo do mundo se fosse proprietária dele.

– Inquietude civil – disse o motorista. – Teremos sérios problemas em breve, ouçam o que eu digo.

Silver olhava pela janela enquanto o táxi passava pelas ruas modernas e chegava a uma parte mais antiga da cidade onde as casas eram altas, com janelas de vidraças quadradas.

– Spitalfields – disse o taxista. – Esta aqui é a parte antiga da cidade, ficava do lado de fora dos muros da cidade nos dias em que Londres tinha muros ao redor. A colônia de leprosos, os asilos de loucos e as favelas eram aqui. Havia ratos do tamanho de cachorros *Scottish terrier* e tão pretos quanto.

A sra. Rokabye não parecia impressionada. Ninguém em sua revista *Belas Residências* morava num lugar como aquele.

– Aqui estamos, então – disse o taxista, enquanto paravam junto a uma antiga loja marrom, de janelas cheias de relógios de parede e de pulso.

– Tempus Fugit – leu Silver, olhando para o letreiro que descascava acima da porta. – E na janela há uma carruagem dourada com asas, e lá está...

Seu coração afligiu-se, porque ela não gostou dele.

Lá estava Abel Darkwater, de pé junto à porta, esperando para recebê-las.

TEMPUS FUGIT

Abel Darkwater era um homem redondo. Tinha o rosto redondo e o corpo redondo, e usava anéis redondos em seus dedos redondos. Os aros dourados na corrente de seu relógio de bolso eram redondos, e quando tirou do bolso o relógio, o que fez quando o táxi parou diante de sua porta, viu-se o relógio redondo gordo e dourado.

– Cedo – ele observou.

– Foi o trem – disse a sra. Rokabye. – Primeiro ele mal se movia, depois disparou até aqui na velocidade da luz.

– A senhora está falando aproximadamente ou com precisão? – perguntou Darkwater. – Vocês de fato viajaram a trezentos mil quilômetros por segundo?

– Não – disse Silver –, mas não envelhecemos, foi o que o bilheteiro disse.

– Ele era um homem ridículo – disse a sra. Rokabye. – Estou exausta.

– E depois havia uma manifestação na rua – complementou Silver.

– Sim, de fato – disse Abel Darkwater –, e isso é só o começo.

O começo de quê?, pensou Silver, mas a sra. Rokabye estava arrastando as malas para fora do táxi e reclamando de suas provações.

– Entrem, entrem – recomendou Abel Darkwater. – Isto é uma festa, um passeio, uma expedição, ninguém vai se sentir exausto, vamos todos ficar felizes, oh, sim.

A casa era alta e espaçosa, com uma ampla porta de entrada que dava para o vestíbulo, e um lance de escadas no fim do corredor. A entrada da loja era por esse vestíbulo, e os apostentos particulares de Abel Darkwater ficavam no andar de cima. A loja era iluminada por luz elétrica e seu aspecto era reluzente e convidativo, mas quando os quatro subiram, devagar, a escada até dentro de casa, a única luz vinha de um lampião a óleo aceso no parapeito da janela. Os outros cômodos eram iluminados por velas.

A sra. Rokabye não parecia nem um pouco satisfeita; esperava encontrar aquecimento central, TV com tela de plasma, carpetes grossos, sofás de couro e uma daquelas geladeiras que soavam um alerta quando o leite acabava. Abel Darkwater era muito rico, então por que vivia numa casa que nem sequer tinha eletricidade?

– Não fiz muita coisa com a casa desde que foi construída – disse ele, lendo seus pensamentos. – O tempo passa tão rápido, como a senhora descobriu no trem.

A sra. Rokabye torceu o nariz.

– Achei que o senhor vivesse em meio ao luxo!

– Oh, e vivo, sra. Rokabye. Vivo em meio ao luxo do tempo, e quantos de nós podem dizer isso?

– Quando esta casa foi construída? – perguntou Silver, olhando para os lambris de madeira que revestiam os cômodos, e as pesadas venezianas recolhidas dos dois lados das janelas.

– 1720 – respondeu Abel Darkwater. – Eu... isto é, meus antepassados se mudaram para cá em 1738. Quase não foi alterada desde então.

– Como Tanglewreck – disse Silver –, mas não tão antiga.

Abel Darkwater sorriu, a sra. Rokabye fechou a cara. Por que todo mundo que ela conhecia morava em horríveis casas antigas? Ela desejava um sofá branco, uma mesinha de centro de vidro e uma daquelas palmeiras de plástico que você não precisa nem regar.

– Onde é o banheiro, por favor? – ela perguntou.

– Ainda não foi construído – respondeu Darkwater. – Falou-se um pouco a respeito em 1952, mas o encanador nunca voltou. Tenho que telefonar para ele em breve. Por ora, cara senhora, por favor, use o lavatório em seu quarto. Ranhoso vai lhe mostrar o caminho.

– Ranhoso?

– Meu criado.

Abel Darkwater tirou um sino do bolso e o fez soar alto. Houve um ruído de alguém fungando vindo de algum lugar lá embaixo, na loja, e então Ranhoso apareceu. Era um homem baixo e magro, sem cabelo algum na cabeça, com punhados negros de cabelo saindo de seu nariz brilhante e vermelho. Ele fez uma reverência à sra. Rokabye e lhe pediu que o acompanhasse escada acima. Ela obedeceu, de modo muito desconfiado.

– Ah, minha querida menina. Agora estamos sós, oh, sim, e o chá está pronto para nós em meu estúdio.

– Não está na hora do chá – retrucou Silver.

– O tempo é aquilo que fazemos dele – rebateu Abel Darkwater, indo na frente –, e na minha opinião sempre há tempo para uma fatia de torta de chocolate, oh, sim.

Que lugar o estúdio de Abel Darkwater!

As tábuas do chão estavam pintadas com um relógio de sol circular que marcava a hora conforme a luz entrava pela janela.

Havia um relógio de pêndulo numa das paredes, e o pêndulo girava para um lado e para outro.

Em torno da janela que dava para a rua, havia mais relógios do que Silver conseguia contar, e cada um marcava uma hora diferente, com seu lugar no mundo escrito abaixo – Nova York, Tóquio, Los Angeles, Sidney, o Polo Norte.

Havia outros nomes também, nomes que ela jamais ouvira, com pequeninas imagens de estrelas abaixo.

– Onde fica Alfa Centauri? – perguntou.

– É a estrela mais próxima de nós. Fica a quatro anos-luz daqui. Se você fosse convidada para tomar chá em Alfa Centauri daqui a quatro anos, teria que partir agora e viajar com a velocidade da luz se quisesse chegar lá antes que todo o bolo tivesse sido comido. Felizmente você está aqui hoje, e ainda temos bastante bolo.

Abel Darkwater sorriu. Ele sorria melhor do que a sra. Rokabye, mas Silver tinha a impressão de que apenas fazia mais tempo que ele vinha ensaiando.

As estantes de livros estavam abarrotadas de antigos volumes encadernados em couro sobre relógios de todos os tipos. A mesa estava coberta de diagramas com cortes transversais de antigos mecanismos. Um cronômetro jazia em pedaços numa caixa, no chão.

Silver olhou para o teto; um relógio feito um móbile de criança girava suavemente para um lado e para outro.

Tudo no estúdio tiquetaqueava, até mesmo eles dois. Seus corações batiam feito relógios humanos.

Silver teve a sensação de que estavam sentados dentro do tempo, e então se perguntou, embora soubesse que era tolice, se poderia, em algum momento, sair do tempo.

No segundo em que pensou nisso, Abel Darkwater lançou-lhe um olhar.

Ele está lendo minha mente, ela disse a si mesma, e imediatamente se obrigou a pensar em repolho.

Abel Darkwater deu a Silver limonada feita em casa, com os limões ainda flutuando ali dentro, e bolo de chocolate, espesso como um colchão.

– Depois do chá vou lhe mostrar minha loja – ele disse. – As pessoas vêm de todo o mundo para comprar e vender todos os tipos de relógios aqui. Foi como eu conheci seu caro e falecido pai; ele tinha vindo falar comigo a respeito do, hum, Guardião do Tempo. – Ele disse essas últimas palavras muito rapidamente, observando o rosto de Silver com seus olhos brilhantes e redondos.

Repolho, pensou Silver, *repolho, repolho, repolho*.

Darkwater franziu o cenho e continuou:

– Sim, infelizmente ele estava tentando deixar aquele objeto notável sob meus cuidados. Ele ficaria a salvo aqui, você sabe, oh, sim, a salvo, e uma coisa dessas deveria estar em mãos confiáveis, não deixado só, negligenciado, ou usado como brinquedo, talvez?

– Não sei onde ele está – disse Silver. – Não me pergunte, porque eu não sei. A sra. Rokabye me pergunta todos os dias.

Abel Darkwater sorriu mais uma vez e continuou:

– Você não gosta da sra. Rokabye, gosta? Não posso dizer que me surpreende. Também não gosto dela. Se eu tivesse o Guardião do Tempo, nós, isto é, você poderia ficar livre dela para sempre.

– Ela é minha tia – disse Silver. – Assinou todos os papéis. É legal.

– Tudo é possível – disse Abel Darkwater. – Poderiam cuidar de você em Tanglewreck até ter idade suficiente para fazer o que quiser. Se você me vendesse o Guardião do Tempo, eu cuidaria de tudo em seu benefício.

– Não sei onde ele está! Nunca o vi – disse Silver. – Vou ter simplesmente que esperar até crescer, isso é tudo.

– Talvez a essa altura já seja tarde demais – disse Abel Darkwater. – O mundo está mudando. O tempo está acabando.

Ele se levantou e foi até um armário, onde pegou o que parecia ser uma ampulheta dourada, exceto pelo fato de que tinha quase trinta centímetros de altura. Virou-a de cabeça para baixo e a areia começou a escorrer.

Fez uma pausa, observando a areia e se balançando para a frente e para trás nos calcanhares, ele próprio como um relógio de pêndulo.

– Vou lhe contar uma história – disse –, porque as crianças gostam de histórias.

Fez uma pausa de efeito, e começou:

– Há muito tempo, nas pirâmides do Egito, o grande deus Rá, o deus-sol, disse ao seu povo que um dia a Terra haveria de se enrolar como um pergaminho, levando consigo o tempo. Os faraós consultaram seus melhores magos, e eles lhes disseram que antes do Fim dos Tempos haveria uma última chance para que o mundo se salvasse.

"Que chance? Conceber, desenhar e colocar em funcionamento um dispositivo que pudesse regular o tempo. Olhe para todos os relógios na parede me dizendo a hora em cada parte do mundo – e olhe para todos esses outros relógios, que me dizem a hora em partes diferentes do universo!

"Na Terra, um segundo em Tóquio dura o mesmo que um segundo em Londres, mas um segundo em Júpiter não dura o mesmo que um segundo na Terra. Um relógio num foguete anda mais devagar do que um relógio na Terra. O tempo é a força mais misteriosa do universo, e a mais poderosa, oh, sim, e quem controlar o tempo controlará o universo."

Enquanto ele dizia isso, seus olhos redondos se arregalaram até ficar do tamanho de dois orbes, e ele parecia flutuar alguns centímetros acima do chão. O som de relógios tiquetaqueando era ensurdecedor, e Silver tapou os ouvidos com as mãos. Abel Darkwater continuou falando:

– Em nosso mundo, o tempo está ficando ingovernável. Alguns segundos, alguns minutos, algumas horas duram mais do que outros. Alguns duram menos. Não sabemos por que isso está acontecendo, mas está acontecendo.

"O tecido do tempo está se esgarçando e, quando ele rasga, o passado se intromete, e às vezes o futuro também. Você ouviu falar dos Tornados do Tempo que atingiram esta cidade, e hoje você ficou presa numa Armadilha do Tempo. Até aqui essas coisas são pequenas o bastante, mas são sinais, sinais de que, como o grande deus Rá previu, o tempo tal como o conhecemos está chegando ao fim."

Abel Darkwater avançou e deu um tapinha em sua ampulheta.

– Quando o tempo chegar ao fim, você também vai chegar ao fim. Tenho certeza de que não quer que isso aconteça.

Bateram à porta e Ranhoso estava do lado de fora com a sra. Rokabye, que usava um par de protetores de orelhas de um rosa claro e reclamava do frio.

– Deixe-me levá-las à loja – disse Abel Darkwater alegremente, seus olhos retornando ao tamanho normal de bolas de gude. – A loja tem aquecimento sob o piso, do tipo mais moderno, por causa dos relógios, vocês sabem. Enquanto isso, Ranhoso vai acender as lareiras em seus quartos, e logo vocês estarão bem aquecidas.

– Bem aquecidas – disse a sra. Rokabye – não significa aquecidas o bastante.

Desceram até a loja. Havia um balcão de vidro polido cheio de belos relógios de pulso sobre veludo de um vermelho profundo. Relógios revestiam as paredes e no canto havia um urso-negro com quase quatro metros de altura, o corpo inteiro coberto por relógios de operações militares e navais – relógios que também eram bússolas e medidores de profundidade.

Na janela da frente, havia uma carruagem dourada com asas.

– O emblema do Tempus Fugit – disse Abel Darkwater –, que significa, tenho certeza de que você sabe, "o tempo voa".

– Eu disse isso a ela – falou a sra. Rokabye, se peguntando se poderia roubar um relógio feminino de pulso bem particular de cujo aspecto gostava.

– Mas por que uma carruagem com asas? – perguntou Silver.

– Ah – disse Abel Darkwater –, é de um poema escrito no século XVI por um membro de nossa sociedade, pois somos uma sociedade, você sabe. Tempus Fugit tem uma história bastante eminente. Somos colecionadores, e tudo aqui é item de colecionador. Você poderia dizer que colecionamos o tempo...

– A carruagem... – disse Silver, que sabia que os adultos nunca conseguem lembrar o que foi que você lhes perguntou há apenas cinco segundos.

Abel Darkwater fechou seus olhos redondos, repousou as mãos sobre sua cintura redonda, e começou a recitar:

Mas às minhas costas não deixo de escutar
A carruagem alada do tempo a se aproximar:
E para além de tudo, diante de nós,
Desertos de vasta eternidade a assomar.

– É um poema escrito por um homem chamado Andrew Marvell a respeito do tempo. Pensamos... isto é, as pessoas da sociedade, em 1666, pensaram que a carruagem alada deveria se tornar nosso emblema. Tome, fique com um destes – e deu a Silver um pequeno distintivo esmaltado no formato da carruagem.

Enquanto Abel Darkwater recitava poesia, a sra. Rokabye havia roubado o relógio que queria. Ranhoso havia reparado, mas seu mestre o instruíra para deixar a sra. Rokabye em paz, fizesse ela o que fizesse. Então, sentindo-se bem mais aquecida agora que havia cometido um crime, o humor da sra. Rokabye melhorou e ela concordou em tomar um pequeno cálice de xerez com Abel Darkwater em seu estúdio.

Ela queria saber o que acontecia com os homens que ele mandara para revistar Tanglewreck.

THUGGER E FISTY

Thugger e Fisty estavam agachados nos arbustos em Tanglewreck esperando que o táxi levasse a sra. Rokabye e Silver até a estação de trem. A sra. Rokabye havia prometido dar a eles o sinal de "tudo limpo", e o fez jogando uma cenoura pela janela enquanto o táxi atravessava os portões. Ela sempre levava cenouras em sua bolsa, para o caso de Bígamo ficar com fome, então Silver não ficou surpresa ao ver uma cenoura aparecer, embora ficasse surpresa ao vê-la jogá-la pela janela.

– Não posso levar meus hábitos do interior para a cidade grande – ela disse, explicando-se. – Imagine se eu abrisse minha bolsa e a cenoura caísse? O que todos pensariam de mim?

Saberiam que velha maluca você é, pensou Silver, sem dizer nada, e concluindo com seus botões que mesmo que a sra. Rokabye carregasse um saco inteiro de cenouras pelas ruas de Londres, isso não faria com que parecesse pior do que já era.

O táxi seguiu em frente e, assim que estava fora de vista, Thugger e Fisty saíram com dificuldade de dentro dos arbustos.

Thugger era um homem corpulento e de aparência má, que sempre usava um terno escuro e um sobretudo ajustado. Fisty tinha que chamá-lo de sr. Thugger, porque na organização deles Thugger era o chefe.

Fisty era magro e musculoso, com o rosto como o de uma doninha. Era campeão de boxe na categoria pesopluma, conhecido no ringue como Fisty Voador, por causa de seus socos. Ele estava muito em forma e era muito mau. Nem mesmo os animais gostavam de Fisty; os animais perdoam a maioria das pessoas por seus crimes, mas Fisty era do tipo de homem que chutava cachorros e afogava gatinhos. Seu único amigo na vida era um cão-robô chamado Elvis, que não precisava de comida ou amor, ou que o levassem para passear, ou de afagos ou que o escovassem. Elvis havia sido programado por computador para amar Fisty e morder qualquer coisa que não fosse ele, à exceção do sr. Thugger.

Thugger e Fisty caminharam até a casa.

– Derrubo a porta com um soco? – disse Fisty, ansioso.

– Quantas vezes eu disse a você? – falou Thugger, irritado. – Darkwater disse que esta é uma operação delicada, tá bem? A bruxa velha que mora aqui deixou a porta aberta. É só girar a maçaneta, ok?

– Está bem, sr. Thugger.

Relutante, Fisty girou a maçaneta, a porta se abriu e os dois cavalheiros entraram no vestíbulo.

Nenhum dos dois jamais tinha visto um lugar como Tanglewreck. O vestíbulo era tão espaçoso quanto um celeiro e tinha duas lareiras construídas nas paredes. O piso era revestido por grandes lajes de pedra polida e o teto era sustentado por vigas de madeira abobadadas. Uma armadura enferrujada e empoeirada erguia-se ao lado de um papagaio empalhado. Bancos e baús de carvalho estavam enfileirados ao longo das paredes. O chapéu de alguém havia sido deixado onde estava, mas isso quatrocentos anos antes.

Fisty batia com seu punho, metido numa luva de couro, na palma da outra mão, também metida numa luva de couro. Esse trabalho era tranquilo demais para o seu gosto.

– Tudo bem, então – disse Thugger –, um andar de cada vez, vasculhe a casa. Procuramos um relógio com um anjo. Sem fazer bagunça nem estrago. Temos quarenta e oito horas antes que a bruxa velha e sua garotinha feia voltem pra casa. Você programou Elvis para sentir o cheiro?

– Programei com downloads de relógios de bolso e de parede do site Show de Antiguidades. O problema é se ele comer o que encontrar.

– Ele é um robô, não come.

– Mas ele engole as coisas, e aí eu tenho que meter a mão por trás dele e tirar o treco lá de dentro.

– Ah, cale a boca, Fisty, e ande logo. Este lugar dá medo, todo cheio de armaduras, grandes lareiras e essas pinturas de ancestrais seguindo a gente com os olhos. Não gosto nada desta casa. Ainda bem que sou corajoso. Agora, ande logo!

Thugger e Fisty se separaram para revistar Tanglewreck.

Agora que Thugger estava sozinho, já não se sentia nem um pouquinho corajoso. Sempre alegara que não acreditava em fantasmas, mas isso porque nunca encontrara um. Hoje, tinha a distinta impressão de que alguém ou alguma coisa caminhava atrás dele.

Não importava. Ele pegou o localizador infravermelho que Abel Darkwater havia lhe dado e começou a percorrer as paredes e o piso da biblioteca. O localizador era mais uma das invenções de Darkwater e era usado para revelar a posição de compartimentos secretos nas paredes, portas disfarçadas e armários ocultos atrás de quadros. Sempre que encontrava alguma coisa, começava a soar um alarme, e então uma imagem aparecia em sua tela. Estava fazendo barulho agora, diretamente em frente a um retrato de sir Roger Rover usando seu rufo elizabetano.

Thugger cambaleou sob o peso do quadro ao tirá-lo da parede.

– Por que eles não podiam usar uma câmera naqueles dias, como todo mundo? Esta coisa pesa uma tonelada, e ele é um sujeito feio também.

Thugger finalmente conseguiu tirar sir Roger da parede, e de fato onde o retrato antes estava havia uma portinha no estuque, coberta de teias de aranha. Thugger pegou seu canivete e forçou-a até abri-la. Pôs a mão lá dentro e tirou um velho e empoeirado pedaço de papel.

Deve ser uma pista, ele pensou. *Casas mal-assombradas como esta sempre têm pistas atrás das paredes.*

Ele desenrolou o papel e, com dificuldade, decifrou as letras escritas com tinta desbotada:

QUEM PROCURA O GUARDIÃO DO TEMPO NÃO VAI ENCONTRÁ-LO AQUI, MAS A CASA VAI ENCONTRÁ-LO.

Thugger não sabia o que isso significava, mas não achou que fosse amigável. Bateu a portinha e empurrou sir Roger Rover de volta ao seu gancho, um pouco torto, mas estava bom o suficiente.

O localizador não encontrou mais nada na biblioteca, e assim Thugger passou pelo amplo vestíbulo pavimentado com pedra até um pequeno cômodo de janelas com grades em forma de diamante e um atril com um livro grande e velho aberto. Thugger não lia livros, preferia DVDs, mas o localizador soava rápido como uma ema, de modo que ele teve que se deter diante do atril e olhar para o livro.

Era um livro de poesias escrito por alguma pessoa velha e demente, já morta, que pensava ser maravilhosa. *A Marvell*, dizia, e Thugger achou isso meio ridículo, chamar a si mesmo de maravilha, principalmente quando você não sabia escrever direito a palavra, mas havia um monte de coisas que eles não sabiam fazer no passado, como voar de avião e enviar mensagens de texto.* Thugger sentia-se feliz por não viver no passado.

Então, enquanto se perguntava por que o localizador soava tanto diante do livro, e por que não aparecia nenhuma imagem na tela, duas coisas aconteceram ao mesmo tempo; ele recebeu uma mensagem de texto de Fisty, que dizia "SOCORRO CADÊ VC?", e antes que ele pudesse responder o atril rangia e se movia em círculos, como algo num filme de terror, e um lance de escadas de pedra se abria debaixo dele. O localizador parou de fazer barulho.

Cautelosamente, Thugger colocou o telefone de volta no bolso, pegou a lanterna e se pôs a descer a escada.

As coisas não iam bem para Fisty.

Ele vasculhara os armários e gavetas em todos os quartos e tentara deixar tudo como se ninguém tivesse estado ali, mas fizesse o que fizesse, deixava uma trilha de meias, calções, escovas de cabelo e toalhas, e lá estava Elvis, o cão-robô, levantando a pata junto às camas e destruindo as fronhas.

Droga de lugar sinistro este aqui, pensou Fisty, que nunca tinha visto uma cama com dossel e não entendia como você podia ver TV com todas aquelas cortinas ao seu redor. Mas não havia TV nos quartos – muito esquisito.

– Vamos, Elvis, encontre o relógio, seja um bom cão-robô, encontre o relógio e traga-o para mim. Vai receber

---

* A. (Andrew) Marvell foi um poeta inglês do século XVII. A palavra *marvel*, em inglês, significa maravilha. (N. da T.)

uma boa recompensa, isso mesmo, vou comprar um novo programa de Ataque para o seu lindo cerebrozinho de microchip.

Elvis latiu alegremente, e os dois saíram trotando corredor adiante na direção da ala oeste da casa. Tudo corria bem até que Bígamo apareceu.

Elvis nunca tinha visto um coelho. Não havia coelhos em Londres e sua placa de circuito nunca havia memorizado um. Fisty tinha visto coelhos, mas nunca um como aquele, preto feito carvão, do tamanho de um gato malhado e usando uma coleira de diamantes.

Bígamo tinha visto cães, mas não cães com patas de metal, orelhas que giravam 360 graus e SEM CHEIRO. O coelho contraiu o focinho, depois contraiu-o de novo. O homem tinha cheiro de nuggets de frango e molho de tomate, mas o cão não tinha cheiro algum.

Durante alguns segundos, os três ficaram olhando um para o outro, depois Fisty decidiu que ia se divertir um pouco. Curvou-se e apertou o botão MATAR em Elvis.

A faixa de falso pelo roxo em estilo moicano que corria pelas costas cor de laranja do cachorro se eriçou e sua língua amarela salivou do lado de fora de sua mandíbula de aço. Seus olhos pretos reluziram com uma luz vermelha e, com um salto, ele alcançou Bígamo, pegou-o na boca e atirou-o pelo cômodo.

– Rá-rá-rá – riu Fisty –, torta de coelho hoje à noite.

Mas Bígamo tinha outras ideias ele era uma criatura tão malvada e ruim quanto Fisty ou Elvis, então, em vez de agir como qualquer coelho normal e morrer de medo, disparou pelo corredor, com seus inimigos a persegui-lo.

Bígamo sabia uma ou duas coisas a respeito de Tanglewreck que Fisty e Elvis não sabiam, e levou seus perseguidores para o lugar aonde eles menos desejavam ir – o calabouço.

No último segundo, o astuto coelho saltou sobre as falsas tábuas do piso, enquanto Fisty e Elvis caíam através delas diretamente até o escuro e úmido calabouço lá embaixo.

Enquanto jaziam amontoados no chão, viram os olhos do coelho reluzindo de triunfo lá em cima.

Elvis havia perdido uma de suas orelhas de metal na queda e choramingava tristemente, mas Fisty não estava preocupado com isso. Era com seu telefone que se preocupava – e se ele tivesse quebrado ao cair de seu bolso?

Tateou na escuridão até encontrá-lo, por fim, numa poça no chão, e digitou uma desesperada mensagem de texto para Thugger: "SOCORRO CADÊ VC?"

Mas Thugger

a essa altura

estava muito perdido e muito assustado numa sala que se abria para uma sala que se abria para uma sala que se abria para uma sala que se abria para uma sala que se abria para uma sala que... sala, se abria, uma, para, sala, sala, sala, sala, sala, sala, aaaaaaaaaaaaaaaa!

MEIA-NOITE
EM TODA PARTE?

E ra tarde da noite.
Abel Darkwater e a sra. Rokabye estavam sentados diante da lareira no estúdio. Silver dormia profundamente em sua cama. A grande casa Tanglewreck vigiava seus novos prisioneiros.

Às oito horas, naquela noite, Ranhoso, o criado, servira peixe, batatas fritas, ervilhas e pudim para Silver nos pequenos cômodos com lambris de madeira que ficavam lado a lado no terceiro andar da casa. Colocou o prato e despejou um bocado de molho de tomate ao lado.

– Quanto mais você comer, mais seus pés irão crescer – Ranhoso havia dito, colocando os pratos. – Hoje você come, amanhã você se foi.

– Você está falando comigo ou com outra pessoa? – perguntou Silver.

– Não sei quem, e você também. A ignorância é uma amiga mais íntima do que a sabedoria.

– Por que esta casa é cheia de relógios? – perguntou Silver.

– Por que o mar é cheio de peixes? – devolveu Ranhoso.

– Por que as suas calças só chegam até os seus joelhos?

– Mas as minhas pernas chegam até os meus pés.

– Mas você não está usando meias nem sapatos – disse Silver.

– Já passa das oito. Nada de meias ou sapatos depois das oito. Não ia querer que eu fugisse, ia?

– Você fugiria se estivesse usando meias e sapatos?
– Oh, eu fugiria, se fosse depois das oito horas. Sim, eu fugiria, todo mundo sabe disso. Agora coma o seu jantar e vá dormir. Cara ou coroa na cama. Qual é qual?
Ranhoso jogou uma moeda para cima.
– CARA – gritou Silver.
– Cara para a janela, pés para a porta – anunciou Ranhoso, guardando a moeda no bolso e rearrumando os travesseiros na caminha de ferro. – Sua cabeça voltada para o norte e seus pés voltados para o sul, como manda o compasso. Boa-noite.
Ranhoso tinha feito uma pequena mesura, se virado e saído pela porta, fungando enquanto descia a escada.

Silver estava com sono depois da viagem, e da estranheza do lugar, e embora quisesse ficar acordada, seus olhos não paravam de fechar. O quarto era quente e aconchegante, com o fogo baixo aceso na lareira e duas velas bruxuleando sobre a mesa. A comida era farta e quente, mas assim que Silver acabou de comer se obrigou a vestir seu pijama antes de ir escovar os dentes no pequeno lavatório do quarto. Estava tão cansada que não conseguiu nem mesmo fazer caretas para si mesma no espelho, o que normalmente fazia enquanto escovava os dentes.
Estava ocupada com a escova quando subitamente olhou para cima. No espelho, viu o rosto de Abel Darkwater – sim, era o rosto dele! Ela se virou, mas o quarto estava vazio.
Silver se sentia desconfortável. Passou para o quarto anexo, com sua caminha de ferro. A cama parecia macia e convidativa. Ela colocou as pernas sobre a cama e, de repente, sem motivo, decidiu trocar de lugar os travesseiros e dormir do outro lado. Sim, era melhor desse jeito.

Ela se apoiou no cotovelo para soprar a vela, então mudou de ideia.

– Não vou soprar a vela. Vou brincar com as sombras até adormecer. Vou fingir que estou num barco, navegando para o mar com sir Roger Rover.

Então ela pensou em seu pai, em como ele agora a teria beijado e lhe dito que não se preocupasse com coisa alguma.

– Queria que o papai estivesse aqui – ela sussurrou para si mesma. – Ele me diria o que fazer.

E os olhos de Silver estavam cheios de lágrimas, mas ela também era corajosa. Enterrou-se fundo sob os cobertores e se deixou adormecer.

Lá embaixo, no estúdio, Ranhoso servia vinho ao seu mestre e à sra. Rokabye.

– Vou hipnotizar Silver – revelou Abel Darkwater.

– Fui hipnotizada uma vez – observou a sra. Rokabye. – Disseram-me que eu era uma galinha e eu pus um ovo.

– Isto não é passatempo – respondeu asperamente Darkwater. – Vou fazer Silver recuar através do tempo até chegar ao momento em que seu pai lhe diz o que pretende fazer com o Guardião do Tempo.

– Se é que ele chegou a lhe dizer – disse a sra. Rokabye. – Acho que essa criança é ignorante como um jumento.

– Até mesmo os jumentos têm suas utilidades – respondeu Darkwater. – Silver já entrara em sono profundo. Tudo o que resta é Ranhoso me trazer a criança, e farei o meu trabalho.

A sra. Rokabye não estava preocupada com o que poderia acontecer com Silver, mas não parava de pensar em Bígamo.

– Espero que os seus horríveis ajudantes não tenham cansado meu coelho – ela disse. – Quando falei que podia revistar Tanglewreck, disse para tomar especial cuidado com Bígamo.

Os olhos de Abel Darkwater se arregalaram de irritação.

– Meus ajudantes, como a senhora os chama, parecem não estar podendo atender seus telefones celulares. Supomos que falharam em sua missão e que possivelmente estão mortos.

– Mortos! – exclamou a sra. Rokabye. – O que o senhor está dizendo, sr. Darkwater? Não é suficiente que eu tenha que passar os dias numa casa horrível, sem carpete ou aquecimento central, sem geladeira, e agora o senhor me diz que há dois corpos defuntos lá também?

– Isso não posso lhe garantir, mas posso assegurar que Ranhoso voltará com a senhora, se preferir, e removerá quaisquer objetos indesejáveis.

A sra. Rokabye estava a ponto de dizer que achava o próprio Ranhoso um objeto indesejável, mas ele voltara ao cômodo, a fim de dizer a Darkwater que a criança estava pronta para a hipnose.

– Tem certeza de que ela está totalmente adormecida?

– Totalmente adormecida, mestre. Coloquei ópio no molho de tomate.

– Que ideia maravilhosa! – exclamou a sra. Rokabye, olhando para Ranhoso com outros olhos. – Espero que você me diga onde posso comprar um pouco. Londres tem de tudo!

– Compro o meu de um chinês em Whitechapel – disse Ranhoso. – Três paradas no metrô e cem anos de volta no tempo.

A sra. Rokabye parecia confusa, mas Darkwater estava radiante. Pegou seu enorme relógio de bolso de ouro e o examinou de perto, como um rosto no espelho.

– Queira nos desculpar, sra. Rokabye. Sirva-se de vinho e chocolates, está bem?

– Não é má ideia – disse a sra. Rokabye, instalando-se da melhor forma que conseguiu na cadeira de madeira, de espaldar alto e duro. Ainda assim, o vinho e os chocolates eram ótimos, e ela própria de repente se sentia com sono.

– Não é má ideia... – repetiu ela, enquanto a taça escorregava de sua mão.

Abel Darkwater e Ranhoso subiram devagar a escada.

– O que você colocou no vinho dela? – perguntou Darkwater.

– Gotas de clorofórmio – disse Ranhoso. – Imperceptível no clarete.

– Excelente – disse Darkwater. – Ajude-me com a criança, depois carregue a sra. Rokabye para a cama, aqui em cima. Estamos de cara ou de coroa hoje?

– A cara para o norte. O vento está de morte – disse Ranhoso.

– Cara – repetiu Darkwater, abrindo a porta para o quarto sombrio. – Cara.

Silver ouviu a porta se abrir, enquanto as tábuas rangiam sob o peso dos dois homens. Ela fingiu estar dormindo.

Ranhoso se adiantou rapidamente e prendeu um pano grosso, esticado como uma tela, nas quatro colunas da cama. Era como estar deitada sob uma tenda lisa.

Abel Darkwater desenhou o que pareciam ser dois triângulos encadeados, formando uma estrela pontuda na lona, e no meio da estrela colocou um relógio batendo. Então disse algo numa língua que Silver não conseguia entender e uma chama verde e brilhante iluminou o quarto. Ela podia ver o perfil dos dois homens nitidamente agora, no pé da cama.

Abel Darkwater começou a passar as mãos por cima da lona e diretamente sobre os pés dela.

– Você vai regressar no tempo – ele disse –, regressar no tempo, não para muito longe, não para muito longe mesmo, mas uns poucos anos, ah, sim, só uns poucos, e seu pai e sua mãe ainda estarão vivos.

Silver ficou deitada absolutamente imóvel, rígida de terror. Então, uma coisa muito estranha começou a acontecer.

Enquanto Abel Darkwater falava sem cessar na língua que ela não conseguia entender, ela se sentiu deslizando e se deslocando, como se estivesse desaparecendo de seu próprio corpo e indo para algum outro lugar. Sentia-se muito leve. Movia-se muito rapidamente. Atravessava o tempo como se fosse uma rua. Movia-se do tempo presente para o tempo passado.

Então ela viu. Viu exatamente, como se alguém estivesse projetando numa parede. Atrás de Abel Darkwater estava o rosto de seu pai. Seu adorado pai!

Darkwater se virou, e por Silver estar deitada do lado errado, ela arriscou levantar a cabeça do travesseiro, esperando que ele não fosse vê-la sob a lona. Estavam de volta a Tanglewreck...

Era um dia frio e o urso no jardim estava coberto de neve. Era um arbusto em forma de urso, feito de plantas ornamentais, moldado e podado pelo pai dela. Havia raposas também, e um cervo de pé com a cabeça voltada na direção da floresta.

— *Outrora* — *disse o pai dela* — *estas criaturas viviam aqui, quando a floresta chegava até a beira do jardim. Ainda havia ursos na Inglaterra quando esta casa era nova.*

O pai dela usava uma gravata de tricô, uma camisa de lã espessa e uma jaqueta grande, larga e pesada. Tirou algo do bolso e as crianças olharam para ele surpresas.

— *Este é o objeto mais belo do mundo* — *disse* —, *mas acho que também está vivo.*

— *É um relógio de pulso ou de parede?* — *perguntou Silver.*

— *Chama-se o Guardião do Tempo* — *disse o pai dela.* — *Seus mistérios são difíceis de entender. Eu próprio não o entendo realmente. Vou levá-lo a Londres amanhã e mostrá-lo a um homem que vai me dizer tudo a respeito. Quer que eu o venda a ele, mas não vou fazer isso.*

— *Posso ir com você?*

— *Não desta vez. Da próxima. Desta vez vamos levar Buddleia, porque ela precisa ir ao médico, por causa da perna.*

O pai delas olhava para o relógio.

— *Nossos ancestrais o receberam para mantê-lo seguro de alguém que corria grande risco. Foi há muito tempo, e cuidaram dele, e ele lhes pediu que guardassem isto. Faz centenas de anos que está com a família, quase há tanto tempo quanto a casa, e agora é minha vez de cuidar dele, e um dia será sua vez.*

— *Você nunca tinha me mostrado isso.*

— *Não. Ele fica escondido.*

— *Por que você o esconde?*

— *Ah, só porque tenho um pressentimento de que alguém mais poderia querê-lo.*

— *Onde você o esconde?*

Quando ela disse isso, a imagem de seu pai segurando o relógio ficou cada vez maior, até começar a vacilar e desaparecer. Abel Darkwater começou a gritar a plenos pulmões, e a luz no quarto era tão forte que Silver caiu para trás e fechou os olhos.

Abel Darkwater estava inclinado sobre seus pés.

– Ele o escondeu em algum lugar, não foi? Onde ele o escondeu? Escondeu-o na casa ou no jardim, não foi? Leve-me até lá, acompanhe o dia que eu lhe dei, acompanhe seu pai. Onde ele está? Onde ele está?

Subitamente, o quarto ficou escuro. Abel Darkwater respirava pesado. Silver sentia-se novamente em seu corpo e o que quer que tivesse acontecido com ela já havia acabado.

Ranhoso e Abel Darkwater deixaram o quarto e foram até o quarto adjacente, onde Silver comera o jantar. Ela podia ouvi-los conversando em voz baixa, mas haviam fechado a porta, de modo que não conseguia entender o que diziam.

Sem nenhum planejamento prévio, Silver deslizou rapidamente para fora da cama e vestiu seu jeans, seu agasalho e suas meias por cima do pijama.

Escorregou para o chão e desceu em silêncio a escada. Como estava escuro! A escada descia sinuosa como a mola de um relógio e, enquanto seus dedos tateavam as paredes para se equilibrar, seu corpo produzia sombras gigantes projetadas pela luz das velas.

Chegou ao amplo vestíbulo. Lá estava o telefone sobre a mesa. Era um objeto engraçado; vertical, como um castiçal preto, com um microfone no alto onde você falava, e um tubo pendurado ao lado, onde escutava, e um disco na base, que você precisava girar para discar os números. Tinha visto Abel Darkwater usando-o naquela tarde, então sabia o que fazer.

Olhando ao redor nervosamente, ela ergueu o tubo e discou 999.

Uma voz respondeu:
– Qual o seu número?
– Não sei – disse Silver. – Quero falar com a polícia, por favor.
– Sim, diga-me o seu número.
– Não é o meu telefone. Quero que alguém me ajude.
– Detalhes, por favor. Nome. Endereço.

Antes que Silver pudesse dizer qualquer outra coisa, houve um grande estrondo no andar de cima, e ela ouviu Abel Darkwater gritando a plenos pulmões:
– Ranhoso, seu idiota. Onde está a criança?

Silver deixou cair o telefone e correu até a porta da frente. Estava trancada com ferrolhos. Ela deslizou o enorme ferrolho na parte inferior da porta e girou a chave de ferro arrematada por uma argola na fechadura de metal ressaltada, mas não conseguia alcançar o ferrolho na parte superior. Abel Darkwater, por sua vez, descia a escada. Ela se virou e sacudiu freneticamente a maçaneta da porta, que dava para a loja. A porta se abriu. Correu lá para dentro e fechou a porta em seguida. Estava encurralada ou haveria outra saída?

Na loja não havia qualquer ruído além do tique-taque de um único relógio – somente um. Faltavam cinco minutos para a meia-noite.

As vitrines que exibiam relógios de pulso e de parede estavam iluminadas por tênues luzes vermelhas que faziam o revestimento de ouro e prata reluzir como os corpos de insetos luminosos, e as brilhantes faces de vidro dos relógios eram como grandes olhos redondos. Feito Abel Darkwater, ela pensou.

Silver estava aterrorizada demais para ficar com medo. Todo seu corpo estava entorpecido, mas sua mente estava a pleno vapor. Tinha visto que a porta nos fundos da loja dava para um pequeno pátio. Talvez houvesse uma saída ali.

Enquanto ela se encaminhava para a porta, o único relógio que tiquetaqueava subitamente parou, e então começou a soar a meia-noite. Ao fazê-lo, cada um dos relógios de parede e de pulso na loja e todos os que não estavam fazendo nenhum tique-taque soaram, repicaram e deram a hora, MEIA-NOITE, MEIA-NOITE, MEIA-NOITE.

Silver tapou os ouvidos com as mãos. Havia cucos voando para fora de relógios de madeira na parede, homens de rosto marrom e chapeuzinhos caminhando para fora de um relógio no formato de pirâmide, um cachorro que saía do canil latindo a hora, uma mulher batendo numa chaleira com uma vareta, um sino tocando de um lado a outro do campanário de uma igreja e, sobre todos eles, estava a voz de Abel Darkwater vindo de lugar nenhum.

– O universo não nasceu no tempo, mas com o tempo. O tempo e o universo são almas gêmeas que nasceram juntas. Quem controlar o tempo controla o universo. Quem tiver o Guardião do Tempo controla o tempo.

Abel Darkwater estava de pé na entrada da loja, num triângulo de luz. Quando foi na direção de Silver, ela disparou por entre suas pernas, mas ele se abaixou e a apanhou, levantando-a e jogando-a por cima do ombro.

– Solte-me! Solte-me!

Rindo, Darkwater entrou devagar no vestíbulo, e ficou de costas para a porta da frente da casa, olhando para a escada lá em cima, onde Ranhoso descia com um copo púrpura fumegante.

– Beber faz a mente amolecer – disse ele. – Dê isto a ela e estará dormindo logo, logo, mestre.

– Você disse isso mais cedo e a criança está completamente acordada, como pode ver.

– Coloquei a droga no molho de tomate, coloquei sim – disse Ranhoso, agachando-se.

– Detesto molho de tomate! – gritou Silver, desferindo chutes, a cabeça virada para a porta. Então subitamente ela viu o que fazer, sim; agora que Abel Darkwater a havia levantado, ela podia abrir o ferrolho de cima, então, se apenas pudesse...

Contorceu-se para a frente com tal força que Darkwater perdeu o equilíbrio, e Silver tinha o ferrolho em suas mãos antes que ele tropeçasse e a deixasse cair. Ranhoso avançou para pegá-la, mas tropeçou em Darkwater, que era pesado demais e lento para se mover. Silver sabia que a porta estava totalmente destrancada agora, e se apenas pudesse girar a maçaneta...

Estava livre! Estava lá fora, na rua! Não tinha sapatos nos pés, mas podia correr, e foi o que fez, não sabia para onde, até as luzes da cidade parecerem muito distantes e, sem fôlego e suando, ela se encontrou parada sobre um pé machucado, numa encosta do rio Tâmisa.

COELHOS!

S oava a meia-noite enquanto Fisty e Elvis estavam caídos no porão úmido, de mãos e pés atados.

Bígamo não era o único coelho na casa e, uma vez tendo feito seus inimigos caírem com segurança buraco abaixo, fez sinal para alguns de seus amigos e familiares, e todos eles apareceram com cordões de seus sacos de cenoura e correram ao redor da infeliz dupla até deixá-los tão presos quanto vespas numa teia de aranha.

Fisty havia tentado chutá-los no começo, mas eram todos pretos, todos idênticos; se ele mandava um pelos ares, um outro o mordia. Elvis não era de utilidade alguma. Seu botão de MATAR havia sido danificado na queda, e os coelhos haviam levado embora seu controle remoto. Era um cão sem recursos, nem propósito.

– O que é que eu vou comer? – indagou Fisty, perguntando-se por que estava falando com um coelho, mas Bígamo parecia entender, e pouco depois meio saco de cenouras mofadas foi empurrado para dentro do porão. Com mãos e pés amarrados, o único modo que Fisty tinha de comê-las era se deitando no chão e enfiando a cabeça dentro do saco.

– Ratos peludos, todos eles – disse a si mesmo entre bocados miseráveis e mofados. – Vou transformá-los em ratos e vendê-los no eBay.

Mas ninguém escutava, porque Elvis havia perdido suas orelhas, os coelhos, ido embora, e Thugger estava em outra parte do calabouço, tendo alguns problemas particulares bastante desagradáveis.

MEIA-NOITE EM TODA PARTE

Em Limehouse, o rio Tâmisa faz uma curva e se afasta da cidade. O rio cintila de forma sombria, reflete o céu sem estrelas de Londres e corre para o mar. O rio corre numa direção, mas o tempo não. O rio do tempo leva nossos dias passados para o mar e às vezes esses dias voltam a nós, mudados, estranhos, mas ainda nossos. O fluxo do tempo não é regular e há troncos submersos, hesitações do tempo onde o relógio emperra. Um minuto na Terra não dura o mesmo que um minuto em Júpiter. Um minuto na Terra tem às vezes uma duração totalmente diferente e específica.

O Big Ben soava meia-noite.
Quando Silver ouviu o sino, pensou que fosse uma hora da manhã e que fizesse uma hora que ela estava correndo. Mas então o relógio continuou soando seu dobrar grave e solene, e ela soube que era meia-noite, ou que a meia-noite tinha chegado outra vez.
A cidade estava imóvel. Ruídos distantes de carros chegavam da estrada atrás dos velhos depósitos e das construções no cais, mas diante dela estava o rio, sem navios, sem barcas, só a extensão de água de uma margem à outra.
O que ela devia fazer agora?
Sentou-se, as costas de encontro a um muro de pedra, os joelhos no queixo, os braços em volta dos joelhos.

Queria chorar, mas sabia que não devia. Imaginou Tanglewreck, sólida, segura e esperando por ela, e teve a sensação de que a casa estava fazendo o que podia para ajudar. Então se lembrou do motivo por que tinha vindo a Londres para começo de conversa; havia algo importante a fazer. Se era importante, com certeza seria difícil. Ela não ia chorar e não desistiria.

Então, conforme esses pensamentos começaram a fazer com que se sentisse melhor, percebeu que o chão debaixo dela se sacudia de leve, como se um trem grande estivesse passando lá embaixo.

Teve a sensação de algo enorme, invisível e muito próximo. Sentiu o coração apertar.

Cuidadosamente, como um gato, ela avançou de quatro. Como estava escuro e quieto; a cidade respirava feito um animal adormecido.

Então ela o viu, a cabeça inclinada, bem abaixo dela, na margem, bebendo água do rio, a água escorrendo de suas presas quando sua cabeça saiu da água. Parecia um cruzamento de búfalo com elefante. Tinha pelo escuro e encaracolado por todo o corpo, imensas coxas e ombros e patas que afundavam na lama conforme ele andava.

Deu um passo sonolento e o muro onde ela estava sentada tremeu.

Era um mamute lanoso.

Silver não sabia o que mamutes lanosos gostavam de comer, mas queria ter certeza de que não era ela, então ficou bem imóvel, enquanto a enorme cabeça do animal virava para olhar para a margem.

Então ela ouviu uma voz, uma voz de menino, mas aguda e estridente:

– Volta logo, Golias! Volta logo, antes que os Diabos te vejam.

O mamute se virou e arrastou os pés na direção de um aqueduto aberto na margem. Silver não conseguia controlar sua curiosidade. Levantou-se e olhou para dentro da faixa enlameada de terra onde o rio marulhava, e no segundo em que olhou para baixo o menino olhou para cima. Era o menino de aspecto mais estranho que você jamais vira.

– Tu ris de mim? – disse ele.

– Não – respondeu Silver –, claro que não.

Mas antes que qualquer um dos dois pudesse dizer qualquer outra coisa, ouviram um apito agudo, como no início de uma partida de futebol, e depois o som de pés correndo.

– Abaixa-te! – gritou o menino, desaparecendo. – Diabos!

Silver olhou ao redor e viu que Abel Darkwater estava atrás dela, com Ranhoso vestindo um uniforme de polícia, mas um uniforme de polícia muito antiquado. Seus pés ainda estavam descalços e ele levava uma gaiola com um cobertor.

– Coloque a criança na gaiola – ordenou Darkwater, e antes que Silver pudesse correr ou lutar, viu-se erguida pelos braços vigorosos de Ranhoso e atirada para dentro das barras de metal.

– Apanhei-a desta vez, mestre, direitinho, como um inseto num cantinho.

– Deixe-me sair!

Abel Darkwater riu e colocou o rosto perto das grades. Seus olhos eram como dois poços fundos com luzes fracas no fundo. Silver sentiu que começava a ficar tonta.

– Eu sabia que você viria para cá, para este exato rio, para este exato lugar. Você não pode evitar encontrar o caminho.

– Eu não sei onde estou – disse Silver, agora sem força.
– Ah, sim, Silver, você sabe, sim, embora não saiba. O Tâmisa é um rio velho, um rio sujo, séculos foram despejados nele. Os antigos bretões viviam junto às suas águas e lutavam contra os exércitos romanos enquanto estes avançavam devagar rio acima, de Gravesend. Elizabeth I navegou rio abaixo para receber seu antepassado Roger Rover em Deptford.

"Agora é sua vez, Silver. Vamos juntos numa viagem de barco, e se você vai voltar ou não dependerá do que me disser sobre o Guardião do Tempo."

– Não está comigo! – Silver voltou à vida, sacudindo as grades. – Não paro de repetir que não sei onde estou e não sei onde ele está.

– Mas você pode me levar até ele. Tenho certeza, oh, sim, muita certeza. Ranhoso, pegue a gaiola, leve-a até a água e faça sinal para o barco.

– Socorro! – gritou Silver. – Socorro!
– Não há ninguém aqui para ouvi-la – disse Abel Darkwater.

Mas havia alguém para ouvi-la. Da escuridão saiu um vulto furioso, seguido por uma dezena de cães latindo, que atacaram Darkwater e Ranhoso, desferindo mordidas, enquanto o menino de pés velozes, furioso e estranho, arrombava a porta da gaiola e puxava Silver lá de dentro.

Ele agarrou sua mão e, juntos, correram pelo chão áspero até chegar a um poço de inspeção da rede de esgotos com a tampa aberta até a metade.

– Entra! – disse o menino. – Rápido como uma mosca.

Silver fez o que ele mandava e o menino a seguiu, fechando a tampa depois que entraram.

– Meus cães vão descer pelo Buraco do Cisne – disse ele.

– Não consigo enxergar nada – disse Silver. – Que buraco do cisne? Onde você está? Onde nós estamos?

Houve um ruído de alguém tateando, depois um som de chama se acendendo, e de repente Silver conseguia enxergar tudo à luz de uma tocha improvisada que parecia ser um monte de trapos enrolados em torno de uma estaca e embebido em parafina. Havia vários aquecedores à base de parafina em Tanglewreck, então ela conhecia o cheiro.

Lá estava o garoto; tinha cerca de um metro e quarenta de altura, robusto, usando um casaco azul sujo preso aqui e ali por botões de metal, por cima de uma camisa sem colarinho. Nas pernas ele usava calças que iam até logo abaixo dos joelhos, como as que Silver usava, e não tinha meias sob suas pesadas botas de amarrar. Suas mãos eram como as patas dianteiras de uma toupeira, quadradas como pás e de dedos grossos. Ele tinha cabelo preto, um rosto muito pálido, grandes olhos redondos e, *era isso, era exatamente isso*, possuía as maiores orelhas que Silver jamais vira num ser humano.

Se ele fosse um ser humano...

O garoto a ficou observando enquanto ela olhava para ele de cima abaixo e então disse outra vez:

– Tu ris de mim?

– Não – disse Silver. – Você me salvou. Muito obrigada. Meu nome é Silver. Quem é você?

– Chamam-me Gabriel – disse o garoto. – Um Atávico.

– O quê? – perguntou Silver.

– Um Atávico. Isso se aplica ao meu clã e à minha espécie. Vivemos debaixo da terra, e não vivemos como os Residentes de Cima.

– O que são os Residentes de Cima?

– Tu és uma Residente de Cima.

Silver olhou para o estranho garoto, com o jeito estranho de falar e as roupas esfarrapadas, e sentiu duas coisas simultaneamente; dois sentimentos tão interligados que não conseguia separá-los. Sentia como se conhecesse aquele garoto a vida toda, o que era uma bobagem, pois acabava de conhecê-lo, e sentia que podia confiar nele. Desde que seu pai havia morrido, e a sra. Rokabye chegara, e tudo dera errado, essa era a primeira vez que Silver sentia ter um amigo. Não pensou no que sentia, apenas falou diretamente, sem explicação:

– Estou com problemas. Você pode me ajudar?

O menino fez que sim.

– Vamos juntos para a Câmara.

– A Câmara?

– Venha – disse Gabriel.

FANTASMAS!

Thugger também estava tendo uma experiência subterrânea.

Havia descido o lance oculto de escadas até o porão e, assim que seus pés tocaram o degrau inferior, a abertura para a sala de leitura lá em cima se fechara com um terrível rangido.

Ele engoliu em seco e decidiu ser corajoso. Estava muito escuro, então pegou sua lanterna e iluminou o espaço ao redor.

Teias de aranha em toda parte, ECA!, o que significava aranhas em toda parte, ECA! E a maior ECA! de todas era o limo. Seus dedos ficaram verdes ao tatear as paredes em busca do caminho. E se estivesse entrando num esgoto?

Esgotos significavam ratos, e Thugger não gostava de ratos.

Por fim, encontrou uma porta e, agradecido, abriu-a. Portas significavam cômodos ou corredores, e cômodos e corredores levavam para fora dos esgotos.

Entrou no cômodo – nada ali, mas havia outra porta. Abriu-a para uma sala com outras duas portas, tentou uma, descobriu que dava para uma sala com três portas. Voltou e tentou a segunda porta da segunda sala. Dava para uma outra sala com três portas, que davam para outra sala com quatro portas, e as portas eram como espelhos, todas elas idênticas, todas elas mostrando-lhe a mesma coisa, mas multiplicando-se, de modo que ele já não sabia que portas havia tentado ou não.

Entrou em pânico, correu pelas salas, abrindo as portas. Havia ecos, também – passos, os seus próprios, deviam ser os seus próprios. As salas eram uma câmara de ecos e os ruídos vinham com atraso, pois mesmo quando parava, podia ouvir passos nas outras salas.

– Quem está aí? – gritou, e a voz respondeu: AÍ, AÍ, AÍ. Ele se virou. Onde, onde, onde?

– Quem é você?

– VOCÊ, VOCÊ, VOCÊ – disse a voz.

– Não estou com medo!

– MEDO! MEDO! MEDO!

– Tenho que sair daqui – Thugger sussurrou consigo mesmo, para que o Eco não o escutasse, mas ele o escutava, caçava-o passo após passo e sala após sala, enquanto ele seguia adiante na casa interminável.

– DAQUI, DAQUI, DAQUI.

– É só a minha voz – ele disse. – Estou perdido e não gosto disso, é tudo, mas não há nada com que me preocupar.

Então ele caiu. Não, não caiu, fizeram-no tropeçar; alguém ou alguma coisa havia estendido a mão e o empurrara bem no nariz. Desferindo golpes para todos os lados, ele acertou um objeto sólido que o atingiu imediatamente bem na cabeça. Quando ele perdeu a consciência, teve a sensação de que sabia o que, ou quem, era.

OS ATÁVICOS

Silver nunca tinha visto nada como o mundo subterrâneo dos Atávicos.

Seguiu Gabriel por um corredor estreito com cerca de quinze centímetros de água. Ela não usava sapatos e, ao correr pela cidade, suas meias tinham rasgado. Agora estava com os pés machucados e ensopada, mas não disse nada, apenas arregaçou o jeans e o pijama para mantê-los secos e andava o mais rápido que podia. Pedaços de lixo flutuavam na água ao redor; velhas embalagens de batatas fritas e hambúrgueres. Ficou feliz quando começaram a subir um pouco e a água ficava mais rasa, dando lugar a poças nas reentrâncias do chão de argila.

Gabriel não falou com Silver até poderem andar lado a lado.

– Este é o caminho para a Câmara, mas teremos que passar pelos Diabos.

– Quem são os Diabos?

– Poderás vê-los.

O teto da passagem ficava mais alto quando, subitamente, Gabriel mergulhou sua tocha numa poça e puxou Silver para uma abertura na parede. Enquanto ficavam imóveis e silenciosos como estátuas, ela pôde ouvir vozes se aproximando, e então viu quatro homens usando roupas vermelhas à prova d'água e capacetes que cobriam o rosto inteiro, com algum tipo de filtro de ar na frente. Levavam armas de água de alta pressão. Ela adivinhou que eram para a manutenção de escoadouros ou coisa do gênero. O que quer que fossem, não eram Diabos, mas Gabriel estava tremendo.

Assim que os homens passaram na direção do cano de esgoto onde o mamute havia entrado, Gabriel segurou a mão de Silver e eles recomeçaram sua jornada. Ele estava assustado e não parava de olhar ao redor.

– Está tudo bem, Gabriel – disse Silver. – Eles são seres humanos como nós. Hum, bem, como eu, mas homens, e adultos. Não são Diabos.

– Não viste seus corpos vermelhos, suas cabeças de monstro e suas armas?

– Aquilo eram só roupas à prova d'água, armas de água e algum tipo de capacete de segurança, é tudo. Quando tiram tudo isso, têm a aparência de humanos, como Residentes de Cima.

– Eles não podem tirar suas cabeças e corpos – disse Gabriel – e já os vi usar suas armas de água. A água é macia, mas a magia dos Diabos é dura como ferro.

– É pressurizada – disse Silver.

– Tu não os conheces – disse Gabriel. – É Golias que estão buscando.

– O mamute.

– Sim. Os Diabos vão matá-lo com suas armas.

– Gabriel – disse Silver –, você às vezes vai para a superfície?

– Não podemos viver na superfície. Podemos ir até lá, mas não podemos viver lá. Seríamos mortos.

– Quem mataria vocês?

– Diabos, vigias, soldados ou o Homem do Chumbo Branco.

Silver não conseguia entender nada disso, então ficou em silêncio e olhou ao redor para ver o que eram aqueles túneis e passagens.

Eram feitos de tijolos, aqui e ali escadas de aço estavam presas à parede, levando até lá em cima, ela supunha, até a calçada e a todas aquelas grades e tampas de metal que você vê quando anda pela cidade. Ela nunca havia pensado no que estaria debaixo daquelas tampas e grades. Nunca havia imaginado que talvez houvesse todo um mundo.

Um ruído abafado que veio pela parede fez com que ela pensasse que deviam estar perto de uma estação de metrô. Olhou para Gabriel; ele não parecia incomodado com o barulho.

– O que é isso? – disse ela, para ver se ele sabia.

– Isso é a Carroça Comprida – disse Gabriel. – Os Residentes de Cima usam-na quando vêm aqui para baixo. Temem caminhar aqui sozinhos. Vêm todos juntos na Carroça Comprida.

– Por que é que eles vêm aqui, os Residentes de Cima?

Silver sabia que todo mundo usava o metrô para andar pela cidade, mas queria saber o que Gabriel pensava daquilo.

– Por causa de sua saudade – ele disse. – Os Residentes de Cima sentem saudade do chão de onde vieram. Vêm até aqui para se lembrar.

Silver estava começando a se dar conta de que o mundo de Gabriel não era nem um pouco parecido com o dela. Mas o dela tinha um bocado de coisas erradas, então não diria nada de rude sobre o dele.

– Os Residentes de Cima moraram aqui outrora. Olha e verás.

Gabriel abriu uma portinha na parede e levou-a até uma plataforma abandonada.

A princípio parecia-se com qualquer outra plataforma de estação de metrô, mas então Silver se deu conta de que os cartazes nas paredes eram da Segunda Guerra Mundial, porque todas as pessoas neles usavam máscaras de gás.

– Residentes de Cima – repetiu Gabriel, e de fato eles toparam com uma fileira de colchões listrados apodrecendo, com cobertores ainda jogados por cima, e aqui e ali velhos jornais e revistas.

– Abrigos para ataques aéreos – disse Silver, que havia lido sobre a guerra.

– Isso era quando todas as pessoas moravam debaixo da terra – complementou Gabriel.

Silver não acreditava que isso fosse verdade, mas não queria discutir, pois estava fascinada por aquele momento específico do tempo. Era como se o tempo estivesse preso ali e não pudesse seguir adiante. Ela não se sentia como quando ia a algum museu e via um monte de coisas velhas; sentia como se o tempo existisse de maneira diferente ali. Mesmo que as pessoas tivessem ido embora e seguido adiante, o próprio tempo fora deixado ali, ou um pedaço dele, de qualquer modo, tão real e sólido quanto os colchões e as canecas de lata.

Os letreiros sujos e antigos diziam ALDGATE OESTE.

– Meu trabalho é encontrar o jantar – disse Gabriel. – Não posso voltar sem nosso jantar.

– Onde você vai encontrar isso? – perguntou Silver, indagando-se por que alguém jantava nas primeiras horas da manhã.

– Aqui – disse Gabriel, e desapareceu.

Agora Silver estava sozinha na escuridão, ouvindo os ratos e camundongos passando apressados em seus afazeres. Ela fechou os olhos e visualizou seu quartinho em Tanglewreck, com a lareira acesa, e independentemente de qual fosse a comida que ela tivesse conseguido roubar debaixo dos olhos egoístas e aguçados da sra. Rokabye. Ela supunha que a sra. Rokabye houvesse acertado tudo com Abel Darkwater, mas isso significava que ela era realmente má ou apenas ambiciosa e burra? Os adultos estavam sempre se preocupando com dinheiro, ela sabia disso, mas do que você precisava quando podia comer e se sentar diante da lareira e ler livros? Isso era o que Silver faria com o seu dinheiro.

Ela se perguntou se os Atávicos teriam dinheiro...

Nesse instante Gabriel reapareceu, arrastando um enorme saco.

– Pizza – disse ele –, do Pizza Hut.

– Você esteve no Pizza Hut? – perguntou Silver, incrédula.

– Minha mãe Éden é do reino da Itália. Há uma Cabana a alguma distância daqui e a esta hora uma Carroça Pequena vem e dois Residentes de Cima trazem estas caixas para a Cabana. Trata-se de um depósito de comida. Venha.

Arrastando seu saco, ele atravessou rapidamente a plataforma abandonada e desapareceu no túnel onde passavam os trens. Como não queria ser deixada para trás, Silver correu atrás dele.

Estava escuro feito breu e havia um ruído forte de gotejamento vindo de cima. A cada cinco segundos Silver sentia mais uma gota fria escorrendo por seu pescoço ou seu nariz. Estava toda ensopada e começando a tremer. Tudo o que queria era dormir.

Alguma coisa está me seguindo, ela pensou, e olhou amedrontada para trás, na escuridão compacta. Não havia nada visível ou audível, exceto os passos apressados e o gotejar, mas ela tinha certeza de que havia mais gente do que eles dois no túnel.

Subitamente, vindo na direção deles, ela viu um clarão, depois outro e mais outro, e Gabriel correu na sua frente, enquanto ela hesitava, e então um homem surgiu feito uma aparição, saído da penumbra. Tinha o corpo robusto, como Gabriel, era mais alto, embora não muito, e usava um casaco de peles preto. Gabriel lhe disse alguma coisa e ele fez que sim, antes de caminhar com passos largos até Silver.

– Nós te recebemos, Forasteira. Micah ouvirá tua história.

– Vocês têm que me ajudar – disse Silver. – Há um homem terrível que...

Mas ela não disse mais nada, porque desmaiou no ato.

Quando voltou a si, pôde ouvir vozes baixas e sentiu a luz fraca sobre as pálpebras. Por um momento não abriu os olhos, pois queria ficar acordada sem ninguém saber.

Estava aquecida. O ar tinha cheiro de gasolina e cachorros. Alguém estava tocando o que parecia ser uma flauta doce.

Ela abriu só um pouco um dos olhos. Um grupo de homens, mulheres e crianças estava sentado em torno de uma fogueira feita num poço raso com pilhas de antigos caixotes e estrados de madeira. A maioria bebia algo no que pareciam ser canecas gigantes de lata. Alguns tinham sobre os joelhos peças que remendavam, tricotavam ou entalhavam.

Os homens eram baixos e quadrados, com o cabelo preso atrás em pequenos rabos de cavalo. Silver sabia que não devia ficar olhando para suas orelhas, mas todos tinham orelhas do tamanho de mãos. As mulheres eram mais altas do que os homens, e mais magras, como brotos crescendo na direção da luz. As crianças pareciam fortes, algumas brincavam com os cachorros, ou andavam pelas beiradas da câmara montadas nos menores pôneis que Silver já vira.

– *Bog ponies* – disse uma voz junto ao seu ouvido. – Os cães são Jack Russells, os pôneis são *bog ponies* e meu nome é Micah. Eu sou o líder do clã.

Silver abriu os olhos e se deparou com o homem que havia saído das sombras. Todos os outros tinham cabelos escuros, mas Micah era louro. Usava uma camisa de mangas arregaçadas, um colete rasgado bordado com flores e um par de calças azuis de marinheiro. Tinha na mão um comprido cachimbo de barro e em cada um dos dedos usava três anéis de ouro.

Silver sentou-se. Sentia-se mais forte, mas estava faminta.

– Olá – disse ela. – Gabriel me resgatou. Pode me dar um pouco de comida, por favor?

– Éden! Podes trazer comida para a criança?

Uma mulher se aproximou com um prato de madeira. Havia uma fatia de pizza ali e um pouco de sopa amarela e espessa.

– *Eccola bambina bella!* – disse Éden.

Silver não se importava com o que fosse, comeu e comeu, e durante todo o tempo Micah a observava.

Então Silver começou a contar toda a história de seus pais, da sra. Rokabye, de Abel Darkwater e do ópio no molho de tomate.

– E qual seria a razão desses eventos? – perguntou Micah.

– É um relógio chamado Guardião do Tempo e uma casa chamada Tanglewreck.

O rosto de Micah mudou, mas ele não disse o que fez seu rosto pálido ficar vermelho, e depois mais pálido do que antes. Ele apagou o cachimbo e ficou olhando fixamente para o fogo baixo.

Então disse:

– Vamos te ajudar. Conhecemos o homem Abel Darkwater.

– Vocês o conhecem?

– Nós o conhecemos outrora, sim, e estamos a par dos seus feitos.

Micah bateu palmas e todos pararam de trabalhar ou de beber, e os cachorros pararam de pular uns sobre os outros e os pôneis ficaram parados lá atrás.

– Não nos relacionamos com os Residentes de Cima – disse Micah –, mas tu és uma criança e uma Forasteira, e faz parte de nossas crenças ajudar os Forasteiros. Todos aqueles que vês diante de teus olhos foram um dia Forasteiros.

E Micah, com sua voz aguda e monótona, começou a contar a história de como os Atávicos vieram a existir.

– Há um hospital chamado Bedlam, embora não seja exatamente aquilo que tu chamarias de hospital em teus dias, mas um alto e horrível lugar de tortura onde um homem e uma mulher poderiam ficar amarrados a uma cadeira por dias sem receber outra comida além de camundongos mortos.

"Era um hospício. Era um lugar para os loucos, embora muitos de nós que iam para lá não sofressem de loucura, de loucura alguma, mas eram uma ofensa aos nossos mestres. Há muitas formas de entrar em Bedlam, mas apenas uma de sair. E esse era o caminho estreito que todos devem tomar. Sim, a Morte.

"Estive eu próprio em Bedlam no ano de 1768. Naquele ano o diretor cunhou para nós nossos nomes de Atávicos, e pendurou os nomes em nossos pescoços nestes medalhões – sim, estes medalhões, olha tu mesma aqui."

Micah estendeu a mão em torno do pescoço e tirou dali um disco circular de metal numa corrente. Num dos lados estava seu nome, MICAH, e do outro lado a palavra BEDLAM.

– Atávicos somos, e em sua crueldade ele nos deu nomes de anjos, também, para fazer rir os visitantes, pois naqueles dias visitantes iam a Bedlam e a outros hospícios para rir de nós como de bestas selvagens.

"Forte eu sou, e inteligente a meu modo também, sim. Certo dia, vi uma porta enferrujada numa cela suja, tramei um modo de ser posto ali e descobri que levava para fora e para longe, se apenas conseguíssemos cavar o bastante. Por três longos anos cavamos o bastante, encontrando o caminho para a liberdade, e muitos de nós escaparam para baixo da terra e se esconderam aqui.

"Quando estávamos livres, descobrimos algo de estranho, sim, que debaixo da terra não vivíamos e morríamos como os Residentes de Cima, mas que, para nós, o tempo se move mais lentamente, rastejando feito a escuridão. Levamos vidas longas, não como os Residentes de Cima, e conhecemos o tempo de maneira distinta da maneira como vós o conheceis."

– Mas como sabem quem é Abel Darkwater? – perguntou Silver.

– Trata-se do homem – respondeu Micah. – Trata-se do homem que nos deu nossos nomes.

– O quê? Lá nesse tal de Bedlam?

— Sim, ele era o diretor de Bedlam.

— Mas isso foi há uns duzentos e quarenta anos, por aí. Ele não é tão velho... isto é, ele é velho, mas não tem duzentos e quarenta anos ou sei lá eu.

— Tenho a idade dele.

— Ninguém vive até os duzentos e quarenta! Nem mesmo a sra. Rokabye chegou aos cem!

— No teu mundo, eu estaria morto. No meu mundo, estou vivo.

Silver ficou em silêncio. Não sabia se acreditava ou não nele – queria acreditar, mas como ele podia ser tão velho? E Abel Darkwater também?

Micah pôs a mão no ombro dela e sorriu.

— Tu és jovem. Nossa história é estranha para ti. Descansa, agora. Dorme.

— Deixei para trás meus sapatos – disse Silver, olhando tristemente para suas meias rasgadas e seus pés com bolhas.

Micah fez um gesto para uma das mulheres, que trouxe para Silver o que parecia ser um par de tamancos com fivelas brilhantes. Entregou-os a ela, e mais um par de meias de lã tricotadas à mão. Quando viu o estado dos pés da pobre Silver, sangrando e feridos, afastou-se e voltou com uma lata de alguma coisa grossa, amarela e malcheirosa, que esfregou em toda a superfície dos pés de Silver. A sensação era maravilhosa.

— O que é isso? – perguntou Silver.

— Banha de cão e trevos.

— Banha de cão!

— Quando um de nossos cães morre, amém, nós o vertemos dentro de um caldeirão e o transformamos nesta banha de boa qualidade.

— Vocês fazem isso com seus cães?

– Sim, mas não antes que estejam mortos, amém. O que os Residentes de Cima fazem com seus cães depois que morrem?

– Hum, nós enterramos, ou o veterinário leva embora.

– Desperdício – disse a mulher. – Lamentável desperdício.

Silver ficou bem enojada por estar coberta com cachorro fervido, mas não ousava dizer nada. Apenas calçou as meias rapidamente e tentou esquecer o que havia em seus pés enquanto bebia a deliciosa cidra quente de maçã que lhe deram.

Logo adormeceu profundamente.

ESTRANHO ENCONTRO

A sra. Rokabye tomava o café da manhã.
Era um café da manhã bastante delicioso, feito de arenque defumado, torradas e chocolate quente, e ela estava feliz por Silver não ter dado sinal de vida, aparecendo e estragando tudo. Ela queria o último arenque, e olhava para ele com tanta cobiça que Ranhoso se levantou com um suspiro e o colocou com um gesto brusco no prato dela.

– Se a criança quer dormir, não pode esperar tomar o café da manhã – anunciou a sra. Rokabye.

– Para dormir ela tem permissão, mas hoje não – disse Ranhoso.

– Do que você está falando? – perguntou a sra. Rokabye, que desejava muito ser deixada a sós com seu arenque.

– Ela fugiu.

A sra. Rokabye abaixou a faca e o garfo.

– Fugiu? Daqui? De mim? – Arrancou com os dentes a cabeça do arenque. – Pior do que dente de serpente.

– Encontrou uma espinha, foi?

– Pior do que dente de serpente é uma criança malagradecida – concluiu a sra. Rokabye, que só citava as piores passagens da Bíblia.

– Esta noite, que açoite! – disse Ranhoso. – O mestre pôs a culpa em mim. A senhora não me disse que ela não comia molho de tomate.

— Nunca dei a ela molho de tomate! As crianças não devem ser mimadas.

— O mestre a hipnotizou e — antes que Ranhoso pudesse continuar, a porta da sala de jantar se abriu e Abel Darkwater entrou, com suas roupas de sair.

Sentou-se pesadamente e fez um gesto para que Ranhoso lhe trouxesse café.

— O senhor já encontrou a criança? — perguntou a sra. Rokabye, que não tinha qualquer interesse no bem-estar de Silver, mas todo interesse em sua própria oportunidade de ficar rica rapidamente. A sra. Rokabye havia dormido um sono profundo, sem saber que fora drogada, e ao acordar estava feliz, à sua própria e maldosa maneira. Sim, feliz afinal, e agora aquela maldita criança estragara tudo.

— Ainda não a encontrei, mas sei onde ela está — disse Abel Darkwater. — Sei de algumas coisas que não sabia até ontem à noite, oh, sim.

— A hipnose foi bem-sucedida? — perguntou a sra. Rokabye, ansiosa.

— Foi e não foi — respondeu Darkwater, de modo obscuro.

— Bem, o que vamos fazer agora?

— Espere — disse Abel Darkwater — e verá.

Ele se levantou e saiu da sala. A sra. Rokabye tinha a nítida impressão de que estava sendo deixada de fora de algo importante. Serviu-se de um pouco mais de chocolate e ficou ruminando os pensamentos.

Enquanto ruminava e bebia, bebia e ruminava, ouviu-se um terrível uivo vindo do andar de baixo, e Ranhoso entrou aos tropeços pela porta, com sangue escorrendo do nariz.

— O que diabos aconteceu?

— Ele está me batendo de novo, oh, oh, oh, não, não, não. — Ranhoso desabou numa cadeira. — É a profecia.

— Que profecia?

— A senhora não acha que ele quer o maldito relógio, tique-taque, para dizer a hora, acha?

— Não desconfio por que ele quer – disse a sra. Rokabye. – Tudo o que sei é que ele vai me pagar uma quantia magnífica quando encontrá-lo.

— Se ele o encontrar. Procurou por ele durante toda a vida e nunca teve uma esposa.

— Quanta asneira você fala. Diga-me em inglês claro por que ele quer esse relógio.

Ranhoso cuspiu uma frase ensanguentada. Era o melhor que conseguia fazer. De de todo modo, ele próprio não entendia muito bem tudo aquilo.

— Quem controlar o Guardião do Tempo controlará o tempo.

A sra. Rokabye aguçou os ouvidos. Se pudesse encontrá-lo, nunca mais teria que esperar pelo ônibus.

— Mas somente a Criança da Face Dourada pode trazer de volta o Relógio para sua Verdadeira Morada.

— Você não pode estar se referindo a Silver?

Ranhoso fez que sim e limpou o rosto com seu lenço de pescoço.

— E agora nós a perdemos como uma moedinha entre as tábuas do assoalho.

— Mas ela não tem a menor ideia de onde o Guardião do Tempo esteja, tenho certeza disso.

— Sim, o mestre sabe disso agora, mas o mestre diz que...

Ranhoso baixou a voz. A sra. Rokabye arregalou os olhos, mas, antes que Ranhoso pudesse terminar sua lamurienta frase, Abel Darkwater havia irrompido na sala, o rosto redondo, excitado.

— É de grande importância que a senhora fique em casa hoje, sra. Rokabye. Posso sentir pequenas mudanças na superfície da Terra. Há um Tornado do Tempo se aproximando de nós.

– Um Tornado do Tempo!

– De fato, sim, oh, sim, de fato!

– Acho melhor eu voltar para Tanglewreck – ponderou a sra. Rokabye, que nunca pensara que um dia haveria de se ouvir dizendo tais palavras. – Esta vida de Londres faz muito mal para os meus nervos.

– A senhora não pode ir a lugar algum – retrucou Abel Darkwater –, a menos que queria correr o risco de ser varrida pelo tempo e depositada sabe-se lá onde.

– Por que ninguém aqui fala inglês claro?

– Minha senhora, é muito simples. Desde a Revolução Industrial, que como a senhora se lembra começou com a invenção do motor a vapor, nosso mundo está se movendo cada vez mais depressa. Durante a maior parte de sua vida evolucionária, um homem não poderia ir mais rápido do que suas pernas ou seu cavalo pudessem levá-lo. Agora, ele pode viajar num avião a jato ao redor do mundo em questão de horas. Suas fábricas produzem mais mercadorias por hora do que um artesão era capaz de produzir em sua vida inteira. Não nos interessamos mais pelo ciclo vagaroso das estações; fazemos nossa comida crescer com luz artificial, e nossas galinhas botam ovos o ano inteiro porque não sabem quando é inverno. As crianças ganham ovos de Páscoa, mas não sabem que é porque a Páscoa, no hemisfério norte, é o equinócio da primavera, quando as galinhas vão começar a botar ovos novamente devido ao aumento da luz solar.

"É estranho, mas a era da máquina e a era do computador prometiam dar aos simples mortais mais tempo em suas vidas, mas menos tempo é o que parecemos ter.

Estamos consumindo o tempo rápido demais, assim como estamos consumindo todos os outros recursos da Terra.

"Os seres humanos não compreendem o tempo, mas se meteram com ele. Em consequência disso, o tempo já não é o que costumava ser. O tempo está ficando inconstante."

– Mas o que vai acontecer?

– Isto é o que se há de ver – profetizou Abel Darkwater. – Ouça!

A sra. Rokabye ouviu um barulho terrível, como uma sirene de ataque aéreo.

– Esse é o aviso! A senhora está a salvo nesta casa, mas sob nenhuma circunstância deve fazer mais do que olhar pela janela, e não tente interferir, veja a senhora o que vir. Agora recomendo que espere aqui. Vou ficar na porta da casa, pois estou curioso.

– Mas...

– Oh, eu estarei a salvo, oh, sim.

A sra. Rokabye sentou-se junto à janela bem a tempo de ver um gato amarelo-avermelhado passar voando, seguido de uma antena parabólica. Era o bastante para ela; detestava transtornos, embora gostasse de provocá-los. Decidiu deitar-se.

Enquanto subia a escada, ocorreu-lhe ir revistar o quarto de Silver. O que a criança levara consigo? Teria guardado suas roupas?

A sra. Rokabye subiu em silêncio a escada, fechou com bastante ruído a porta de seu próprio quarto, para que Ranhoso não suspeitasse de nada. Então correu para os quartinhos no alto da casa.

A cama estava desfeita. As roupas de Silver estavam espalhadas. Ela havia saído sem seus sapatos! *Ela devia que-*

rer muito escapar, pensou a sra. Rokabye, e se perguntou o que teria acontecido ali. Lá estava o casaco de lã grosseira dela... A sra. Rokabye vasculhou os bolsos; uma castanha-da-índia, um lápis, algumas balas do trem, uma carteirinha de plástico onde havia um retrato da mãe dela, do pai e de Buddleia. Nada mais. Nada... ora, o que era aquilo? Ela remexeu dentro do forro e tirou dali o broche de diamantes. Ficou boquiaberta. Onde Silver encontrara isso? Devia valer uma fortuna se fosse verdadeiro. Talvez fosse parte do tesouro que ela ouvira estar enterrado em Tanglewreck? Que relógio que nada! Se houvesse um tesouro... O rosto dela endureceu, passando da surpresa à ira. Que criança terrível e perversa por guardar o tesouro só para si. Bem, agora esses diamantes pertenciam à sra. Rokabye!

Escondeu o broche em seus calções presos nos joelhos, desceu novamente a escada sem fazer ruído e se deitou na cama. Seu coração batia rápido. Abel Darkwater a tomara por tola, mas veria quem era a esperta ali! Talvez ela tivesse que convencer Ranhoso a ajudá-la. Sim, teria que usar seu charme. Seria preciso praticar, com o sorriso, por exemplo, mas ela estava à altura da tarefa.

Seu cérebro zumbia. Ela colocou seus protetores de orelhas cor-de-rosa e se deitou na cama com o travesseiro sobre os olhos e as mãos no broche de diamantes.

Abel Darkwater desceu e abriu a porta.

Homens e mulheres corriam pela rua, entrando em lojas, cafés e escritórios. Motoristas paravam onde quer que pudessem e se deitavam nos assentos de seus carros.

O céu estava escuro. A chuva começou a cair, depois se transformou em neve.

A neve derreteu. O sol brilhava tão intensamente que as janelas resplandeciam como fogo. Então houve um momento de absoluta imobilidade na rua deserta, antes que um vento fortíssimo irrompesse naquela parte da cidade como uma besta arrastando sua presa atrás de si.

Abel Darkwater se apoiou na moldura da porta e consultou seu relógio de bolso. Os ponteiros giravam alucinadamente; ele podia ver pelo seu Anômetro que o tempo dava guinadas para trás e para a frente, como um motorista aprendiz se atrapalhando com a mudança de marchas.

O Anômetro era outra de suas próprias invenções. Ela lhe dizia se o tempo estava ou não tendo um lapso. Mesmo antes que os problemas com o tempo começassem, Darkwater notara que em alguns lugares poderia haver lapsos. As pessoas que experimentavam essa estranha sensação de andar para trás ou para a frente no tempo às vezes estavam certas. O tempo se atrapalhava ocasionalmente com as suas marchas e dava ré, depois podia saltar para a frente. Agora isso acontecia de modo tão intenso que todo mundo podia sentir. Mas sempre acontecera aqui e ali.

O Tornado do Tempo surgiu, e um edifício inteiro do outro lado da rua foi arrancado das fundações e levado pelos ares, como uma criança jogando uma casinha de boneca. Darkwater observava com interesse enquanto os ocupantes do edifício acenavam desesperadamente para o ar, gritando por ajuda. Não havia ninguém que pudesse ajudá-los. O edifício desapareceu numa nuvem preta.

Abel Darkwater estudou a falha do outro lado da rua. Não era uma falha como uma bomba ou uma explosão causaria, mas mais como se o edifício tivesse sido cuidadosamente cortado do chão com uma faca.

Darkwater checou o Anômetro. Registrava 2060. A imagem vacilante de dois prédios apareceu em linhas gerais no pedaço de terra agora desocupado. Já que o futuro não era fixo, não era possível ver o que aconteceria definitivamente em 2060, mas possibilidades de acontecimentos podiam ser vistas. A primeira possibilidade era uma torre de aço inoxidável. A segunda possibilidade era um museu chamado Museu do Tempo. Debaixo de ambas ele achou que podia ver os contornos de um parquinho para crianças, como balanços e escorregas. Sorriu. Era uma possibilidade de fato bem remota.

Uma outra rachadura se abriu no céu e, para surpresa de Abel Darkwater, começou a chover livros na rua. Ele se enfiou debaixo de seu lintel para evitar ser atingido na cabeça, depois saiu para pegar o volume mais próximo. Era velho e encadernado em couro. Ele leu a lombada: A ORIGEM DAS ESPÉCIES, de Charles Darwin.

Hummm...

17 de março de 1859. John Samuel Martin, um livreiro de Charing Cross, Londres, caminhava para ir jantar com um livro debaixo do braço quando um forte vento que soprava naquele dia arrancou-o de seus dedos e o atirou para o ar. Para sua surpresa, o livro não pareceu cair de volta na Terra, o que é contra as leis da gravidade.

Consultando seu Anômetro, Darkwater se deu conta de que o tempo estava se comportando de maneira diferente naquele dia. Era como uma criança tendo um ataque de raiva. Havia apanhado um livro do passado e o atirara no futuro. Havia apanhado um edifício e o atirara – quem sabia onde?

Enquanto ele estava parado na rua, indiferente ao caos a seu redor, disse em voz alta, para si mesmo:

– Isto não aconteceu antes.

– Antes é uma época ou um lugar? – disse uma voz, sedosa, macia e debruada com algum material mais duro.

Darkwater se virou. Tinha sido apanhado de surpresa, e isso o desagradava.

– Faz muito tempo, não faz?

– Eu esperava que pudesse ser para sempre – disse Abel Darkwater.

– Se é que existe algo assim – disse Regalia Mason.

E ali estava ela – com seu conjunto branco e seus sapatos brancos, seu cabelo comprido e louro preso atrás com simplicidade. Somente seus olhos eram pretos, como ele se lembrava deles.

Abel Darkwater desligou o Anômetro.

– Ainda usando suas Invenções Caseiras? – disse Regalia Mason, com uma voz cheia de simpatia. – Pegue, tente isto aqui. É só um protótipo, claro.

Regalia Mason pegou uma caixa preta lisa, do tamanho de um iPod, e apertou os botões.

– Quem você estava tentando encontrar?

– Não estou tentando encontrar ninguém! – disse Abel Darkwater.

– Oh, perdão – disse Regalia Mason. – Tive a nítida impressão de que estava.

– Estou seguindo o Tornado do Tempo. Isso é tudo.

– É por isso que estou aqui – disse Regalia Mason. – Cheguei de Nova York hoje. Tenho uma reunião com o Comitê.

– Em Greenwich?

– Em Greenwich. Eles estão muito preocupados com essas distorções no tempo. A população não gosta nem um pouco delas. Parece que você talvez precise da minha ajuda.

– Certamente que não – disse Darkwater.

– O governo precisa. Eles precisam voltar a ficar com o tempo sob controle. Para fazer isso, precisam de dinheiro e de especialistas. Isso significa os Estados Unidos.

– Quando penso que vocês um dia foram uma colônia – disse Abel Darkwater.

– Nunca fui colônia de ninguém – disse Regalia Mason.

Abel Darkwater olhou para ela com antipatia.

– Você ainda mantém aquele seu pequeno negócio?

– Bem, não estou vendendo relógios de parede ou de pulso, se é isso que você quer dizer.

Ela olhou brevemente para as vitrines da loja.

– O tempo não para, você não acha? Até, jacaré.

Alta, elegante, imperturbável diante da visão de carros virados e janelas quebradas, Regalia Mason foi embora, caminhando de maneira vivaz.

Abel Darkwater a observava. Não havia motivo algum para que Regalia Mason estivesse caminhando diante de sua loja naquela manhã. De qualquer modo, ela não era o tipo de mulher que caminhasse para qualquer lugar.

Durante toda a noite ele pensara na hipnose, em como Silver não podia levá-lo mais adiante e em como ela alegava não ter qualquer conhecimento do Guardião do Tempo. Ele não gostava da criança, mas tinha certeza de que ela em geral dizia a verdade. Havia uma lembrança – ele a encontrara –, mas algo ou alguém a bloqueara e o fizera de maneira tão poderosa que mesmo Abel Darkwater não conseguira recuperá-la de seu esconderijo.

Algo
ou
alguém.

Um Bentley Continental preto passou silenciosamente por ele e parou um pouco abaixo na rua. Regalia Mason entrou. Ela não olhou para trás.

Darkwater sentiu alguma coisa pressionando seu peito. Era seu Sinal de Alerta. Apanhou-o. PERIGO, ele brilhava em números nove vermelhos. PERIGO.

REGALIA MASON

Em Nova York, o topo dos edifícios rasga o céu. Quando a neve cai, o alto dos edifícios fica parecido com os picos das montanhas. As pessoas mais importantes na cidade vivem e trabalham o mais alto que podem em suas montanhas fabricadas pelos homens. Quando querem viajar, um helicóptero aterrissa no telhado e as leva embora, do mesmo modo como feiticeiros em montanhas de vidro assobiavam para que as águias viessem.

Regalia Mason tinha um escritório numa parte de Nova York chamada Tribeca. Ela estava tão alto que as nuvens às vezes faziam nevar do lado de fora de sua janela enquanto edifícios mais baixos ainda desfrutavam da luz do sol.

Em seu amplo escritório branco, ela dava ordens a pessoas que nunca a haviam visto. As pessoas sabiam seu nome e tinham medo dela, mas apenas uns poucos sabiam como era sua aparência.

Era bonita.

E fria.

Regalia Mason era a executiva-chefe e presidente de uma companhia chamada Quanta. A Quanta ganhava dinheiro só vendendo coisas que as pessoas tinham que comprar – como ar, água e petróleo. O que quer que estivesse escasso, a Quanta vendia. Vendia muito caro. Vendia para pessoas que não tinham dinheiro para comprar.

Vendia a Terra, as estrelas e o Sol. Sim, haviam até vendido estrelas para homens ricos preocupados que a Terra estivesse cheia demais, e vendido energia solar para pessoas que acabaram com todo o combustível fóssil que possuíam. Haviam vendido tudo o que viesse da Terra – seu ouro, seu titânio, seu plutônio, seu irídio, seus rios, mares, florestas e corais.

A Quanta controlava os parques nacionais, onde os últimos poucos animais viviam, e todas as reservas de petróleo do Oriente Médio.

A Quanta controlava a maior parte da vida, e Regalia Mason controlava a Quanta.

Só havia umas poucas coisas que a Quanta não controlava; uma delas era o tempo.

Regalia Mason estava sentada em seu escritório branco, usando seu casaco de pele de raposa branca e olhando pela janela para a planície lisa das nuvens iluminadas pelo sol.

Estava acima da silhueta dos edifícios, do modo como você fica num avião, e quando olhava para fora as nuvens pareciam sólidas, como depois que a neve cobre a terra. Uma infinitude branca se estendia diante dela.

Em sua mesa havia uma ampulheta de ouro branco e ela indolentemente virou-a de um lado para outro, e pequeninos fragmentos de diamante caíam de uma esfera para outra.

Regalia Mason era cientista. Por baixo de seu casaco de pele de raposa branca, ela usava um paletó branco. Ela analisava, quantificava, media e experimentava. Seu último experimento havia sido tirar o tempo das pessoas que o tinham sobrando – pessoas inúteis, ou preguiçosas, desempregados, crianças – talvez, sim, crianças –, e vender o tempo que havia tirado delas para quem não tinha o bastante – pessoas importantes, ricas, pessoas bem-sucedidas, pessoas velhas, pessoas à beira da morte, que pudessem pagar.

Tinha uma pasta em sua mesa com a inscrição Confidencial. Ali dentro estavam os esboços iniciais de sua nova ideia.

Transfusões de Tempo.

Ela venderia Transfusões de Tempo.

Lá em cima, ainda bem fraco, ela ouviu o zumbido do helicóptero que vinha para levá-la ao aeroporto. Iria para Londres.

PÔNEIS DE GASOLINA

Micah e Silver estavam sentados de pernas cruzadas na Câmara.

– A pergunta é a que se segue – disse Micah, puxando uma baforada de seu comprido cachimbo de barro. – És tu a Criança da Face Dourada?

– Quem é ela? – perguntou Silver, que havia contado a Micah tudo o que sabia sobre qualquer coisa.

– Existe uma profecia relacionada ao relógio, o Guardião do Tempo, mas há também uma história sobre o relógio que tu não conheces.

– Conte-me... por favor – disse Silver.

Gabriel saiu em silêncio das sombras e se sentou ao lado de Silver, escutando o que Micah tinha a dizer.

– Vivia em Yorkshire um homem, de nome John Harrison, que fabricava relógios. O trabalho de sua vida era resolver a questão da longitude no mar para que os marinheiros pudessem sempre saber sua posição sem ter que consultar as estrelas.

– O que é longitude? – perguntou Silver.

– Longitude vem a ser a distância angular, leste e oeste, do primeiro meridiano, que é uma linha central, e imaginária, note bem, fazendo a volta na Terra, como um grande aro, de norte a sul.

– Qual é o primeiro meridiano?

– Ora, Greenwich, criança! Greenwich, aqui em Londres, nas margens do Tâmisa! Você nunca esteve no mar?

Silver sacudiu com tristeza a cabeça, e Micah riu e explicou que nos dias em que ele foi para o mar, Greenwich também não era o primeiro meridiano.

— Demorou até 1884 para eles se decidirem sobre ele, mas na minha época o que se fazia era escolher a própria linha central e calcular a partir dela para descobrir onde se estava. O problema era que um homem não podia descobrir onde estava, a menos que soubesse sua longitude, e isso representava um cálculo dos diabos com as estrelas. Meu mestre, John Harrison, queria inventar um relógio...

— O Guardião do Tempo! — gritou Silver.

— Não, criança, isso não; mas tem muito a ver com a história...

Silver mal conseguia ficar parada, tamanha a excitação.

— Morávamos em sua casa, seu filho e eu, pois eu era seu aprendiz. Lembro-me disso, do dia em que ele fez seu Cronômetro Número Quatro. Ele estava com um dos relógios que havia fabricado em sua oficina, no fogo, e um lá fora na neve, e corria para um lado e para outro, observando o grau de calor e de frio nos mecanismos, para ver se o calor ou o frio fazia algum dos dois andar devagar ou rápido demais, pois nenhum relógio fabricado até então funcionava corretamente com excesso de calor ou de frio.

"Ele me diz: 'Micah, leva um exemplar do Cronômetro Número Quatro numa viagem à Jamaica, traz de volta para casa, e registra tudo o que acontecer do lado de dentro e do lado de fora do meu relógio.'

"Bem, na Jamaica, eu estava bêbado feito um gambá certa noite, e um homem apostou comigo todo o meu ordenado num último lance de dados. Não, eu devia ter dito que não, mas sim, concordei, e dou graças pela minha sorte, pois ganhei nos dados, e então me virei para ele e perguntei o que ele me daria pela minha vitória. Ele riu como um buraco aberto no chão, e jogou uma sacola tosca para mim.

"Abro a sacola e lá dentro há um relógio, sim, quebrado e bonito, com várias joias faltando, com duplo mostrador, e estranhos desenhos marcando-os. Levei-o de volta comigo na viagem, tentei consertá-lo ao longo dela, e consertá-lo foi o que fiz, mas não importava o que eu fizesse, o relógio sempre funcionava um pouco e parava, funcionava um pouco e parava. Não havia nada que eu pudesse fazer.

"Certa noite, as ondas se elevando como torres, o vento como o dos confins da Terra, um menino da Jamaica que trabalhava no navio se aproxima de mim sem que eu perceba, com os olhos grandes como a estrada para a danação, e ele diz: 'O relógio é vodu, só traz má sorte', é o que ele diz. Diz que eu devia jogá-lo no mar, me dá um pedaço de papel, não, não era papel, era pele humana seca feito pergaminho, e no papel estava escrito "A Criança com a Face Dourada trará de volta o Relógio para sua Verdadeira Morada". Dentro do pedaço de papel, aquele papel feito de pele, e embrulhado como bebês enfaixados, estavam duas imagens que eram parte do relógio, uma era uma estrada, a outra, uma criança.

"Bem, eu não dei atenção ao seu vodu assustador, mas quando nosso barco chegou ao porto, um homem estava esperando por mim no cais. Tinha o rosto redondo, usava um casaco de lã e me ofereceu ali mesmo 200 libras pelo relógio. *Não*, eu disse, levaria o relógio para o meu mestre, John Harrison.

"Enquanto seguia viagem para o norte, rumo a Yorkshire, vi alguém me seguindo, e me seguindo, e me seguindo tão de perto quanto minha própria sombra, mas sem falar. Consegui despistá-lo, numa noite louca e confusa, me vi numa ampla casa em Cheshire, e foi ali, para salvar a mim mesmo e ao relógio, que implorei ao chefe da casa que ficasse com o relógio sob seus cuidados, prometendo que eu voltaria com meu próprio mestre antes que se passasse uma lua.

"Nunca voltei. O homem que me seguia era Abel Darkwater; ele me pegou e, com seus homens, me meteu em Bedlam, por roubo de um relógio. Durante muitas noites, fez com que eu interpretasse desenhos para ele e explicasse como um relógio tal qual o que desejava poderia ser feito.

"Eu podia ter lhe dito onde o relógio estava escondido, mas algo me impedia. Não sei nem mesmo dizer o que me impedia, pois várias vezes eu ia lhe dizer e ganhar a liberdade. No entanto, quando abria minha boca para falar, juro que não conseguia lembrar para onde o havia levado; juro honestamente até o dia de hoje que, quando tu disseste a palavra, minha língua se desatou pela primeira vez em todas essas centenas e centenas de anos e mais."

– Que palavra? – indagou Silver.

– Tanglewreck – revelou Micah. – Tua própria casa é o lugar.

Silver ficou em profundo silêncio por um momento, depois disse, subitamente:

– Mas o Guardião do Tempo não está mais lá. Ninguém sabe onde ele está!

– Ele deve ser encontrado – disse Micah. – O momento chegou. Ele deve ser encontrado.

– Mas não sei onde procurar! – Silver começava a chorar de frustração.

– Não tens nenhuma ideia, criança? Nenhuma ideia, seja ela qual for? Pensa, com toda a tua força!

Silver pensou. Mas sempre que pensava no Guardião do Tempo ela não conseguia imaginá-lo em absoluto. Era como se alguém tivesse jogado uma capa sobre ele, bem quando ela estava prestes a falar. Mas havia algo...

– Encontrei um broche, esqueci isso, estava em meio ao pó do carvão. Era brilhante e pontudo e...

Conforme ela descrevia o broche, Micah fechou os olhos e começou a descrevê-lo também:

– ... de ouro, com uns oito centímetros, coberto de diamantes, com esmeraldas no alto e embaixo. Criança, isso não é um broche nem uma joia, é o primeiro ponteiro do Guardião do Tempo!

– Tem certeza?

– Eu não o vi com meus próprios olhos e te contei toda a verdade agora há pouco?

Sim. O rosto de Silver desabou.

– Mas eu o deixei na casa de Abel Darkwater. No bolso do meu casaco de lã, na casa!

– Temos que ir até lá depressa! – disse Micah. – Ele não há de tê-lo!

– Mas não posso ir lá de novo. Ele vai me capturar e me colocar numa gaiola!

– Seguiremos contigo, entraremos juntos.

– Mas...

– Não como fazem os Residentes de Cima. Há um modo. Vem! Depressa! Apronta-te! Baltazar! Gabriel! Os Pôneis de Gasolina!

Os quatro avançaram pela Câmara, onde a maioria dos Atávicos agora dormia em catres cobertos com peles de animais e cobertores.

Silver esperava uma outra longa caminhada através da lama, da água e de túneis abandonados, então imagine sua surpresa quando Micah abriu uma porta para uma câmara de concreto, seca e quente, revelando três arrumadas fileiras de motocicletas.

– Pôneis de Gasolina – disse Micah, orgulhoso. – Construídos no teu mundo nos anos 1930.

– Onde foi que você os arranjou? – perguntou Silver, tocando os assentos polidos de couro e os faróis de cromo brilhantes.

– Teu mundo não mantém suas posses. Quando eu era um Residente de Cima, há mais de duzentos e cinquenta anos, um homem permanecia com a mesma colher, o mesmo prato, casaco e cadeira por toda a vida. Suas botas se acabavam, seus cavalos se acabavam, mas o que quer que não acabasse ele guardava. Já faz muito tempo que os Residentes de Cima jogam fora o que possuem para que possam comprar coisas novas. Não compreendo esse desperdício doentio, mas ganhei com ele. Esses Pôneis de Gasolina foram recuperados por nós, e por nós restaurados. Chamam-se Enfields.

– Achei que podia sentir cheiro de gasolina – disse Silver.

– Vem deste lugar – apontou Micah. – Acima de onde estamos fica um lugar aonde os Residentes de Cima levam suas carroças e carruagens. Há gasolina em abundância. Venha, agora, monte atrás de mim.

Micah pegou a maior das Enfields e Silver subiu no assento atrás dele. Nunca tinha visto uma moto como essa; em vez de um assento comprido, tinha dois selins, como selins antiquados de bicicletas, sobre molas enroscadas e pesadas.

Micah manteve a moto de pé apoiando-se com uma perna troncuda, e pisou com força no pedal de arranque com o outro. A moto ganhou vida com um rugido, o farol dianteiro iluminou o túnel adiante, e subitamente partiram, no que parecia ser uma velocidade vertiginosa, irrompendo por passagens tão estreitas que Silver tinha que encolher os ombros para evitar que raspassem nas paredes.

O rugido grave das motos era amplificado pelas pedras e tijolos. Silver queria tapar os ouvidos, mas estava com medo de largar Micah e acabar caindo.

– Por que você as chama de Pôneis de Gasolina? – gritou Silver para Micah. – Nós chamamos de motocicletas.

– Sim – disse Micah –, mas os vossos veículos de duas rodas não têm qualquer utilidade para os Atávicos, com motor ou sem motor. Sempre usamos pôneis. Quando viemos para cá, um de nós trouxe *bog ponies* da Irlanda, pois são pequenos, leves e podem trabalhar debaixo da terra. Então encontramos essas Enfields, e as chamamos de Pôneis de Gasolina. Vós tendes um nome para eles, nós temos outro. Vós tendes um mundo, nós temos outro.

Ele freou tão abruptamente que Silver quase caiu da moto. As motos atrás dele tiveram que dar guinadas ou frear cantando pneus para evitar uma colisão. Micah desligou o motor. Agora tudo estava escuro e silencioso novamente.

– Ouve – disse Micah. Silver aprumou os ouvidos, mas não conseguia escutar nada. Micah se virou para Baltazar. – Tu ouves, irmão?

– Sim.

– O quê? – sussurrou Silver, se virando para falar com Gabriel.

– Tique-taque – disse Gabriel.
– Nós nos encontramos sob a casa de Abel Darkwater – disse Micah.

Micah fez sinal a Baltazar para que se abaixasse, de modo que pudesse subir em seus ombros. Equilibrou-se com a destreza de um macaco e, com suas mãos quadradas em forma de pá, abriu uma tampa de metal enferrujada no teto do túnel abobadado.
Empurrou-a para um lado e, com um movimento do corpo, lançou-se para cima, fazendo um gesto para que Silver fosse passada através da abertura.
Ela se viu no pequeno pátio atrás da loja.
Enquanto Baltazar passava, Micah disse a Silver que não falasse até ele lhe dar permissão.
– Atávicos não leem nem escrevem, não lhes ensinaram em Bedlam, embora eu seja um que sabe ler. Naquele lugar, ensinamos uns aos outros a falar sem usar palavras, de modo que nossos cruéis Guardas não nos ouvissem. Lerei a mente de Baltazar, e ele a minha.
– E quanto a mim? – perguntou Silver, que nunca tinha sido boa em jogos de adivinhação.
– Tu deves ficar em silêncio. Corremos muitos riscos vindo até aqui. Gabriel vai esperar por nós, e nos trazer ajuda, caso sejamos pegos como coelhos por aquele que é uma armadilha viva.
Micah foi em silêncio até a porta que dava para a loja e testou a maçaneta. Abriu. Franziu a testa. Temia uma armadilha. Quando ele sentiu esse medo, Silver viu a imagem de uma armadilha de metal em sua mente – do tipo que se usava escondida nas florestas para capturar caçadores ilegais, mesmo que arrancasse suas pernas. Pela primeira vez ela notou que Micah coxeava. Estremeceu.

Agora estavam todos na loja, passando furtivamente diante dos relógios vigilantes e saindo para o vestíbulo de onde Silver escapara. Ela subitamente se perguntou quanto tempo teria passado desde então, e se deu conta de que não tinha ideia se seriam horas ou dias.

A casa estava lugubremente silenciosa. Micah foi na frente subindo a escada estreita e, quando chegaram no primeiro andar, Silver puxou sua manga. Queria adverti-lo de que aquele era o estúdio de Abel Darkwater, então pensou nisso com o máximo de intensidade, e Micah fez que sim.

Passaram furtivamente por ali, e agora estavam no segundo andar, onde a sra. Rokabye dormia. Silver parou diante da porta fechada. A sra. Rokabye sempre roncava, mas nenhum som vinha de seu quarto.

Seguiram em frente, até a série de quartos no andar de cima onde Silver comera e dormira. Ambas as portas estavam abertas.

Micah entrou, primeiro num quarto e depois no outro. Não havia ninguém ali.

A cama estava cuidadosamente arrumada. A mala de Silver estava aberta sobre uma cadeira onde ela a deixara, seu velho casaco de lã pendurado nas costas. Ela correu, agarrou o casaco e virou os bolsos do avesso. Nada! Enfiou-se de quatro debaixo da cadeira; nada! Deslizou para baixo da cama deitada de barriga; nada!

Micah e Baltazar se entreolharam, depois se puseram a procurar no quarto. Silver sabia que o broche estava em seu bolso. Sabia que alguém o havia apanhado. Ranhoso? Abel Darkwater? A sra. Rokabye não, ela era burra demais para saber de alguma coisa...

Vestiu seu casaco de lã, enfiando os tênis nos bolsos. Deixou a mala de roupas limpas. De algum modo elas não pareciam mais ter importância.

Em silêncio, os três voltaram para o andar de baixo, na direção do quarto da sra. Rokabye. De modo impulsivo, e antes que Micah pudesse segurar seu braço, Silver abriu a porta.

O quarto estava vazio. O mais recente romance de mistério e os protetores de orelhas cor-de-rosa da sra. Rokabye estavam na cama, mas ela não.

Micah e Baltazar se entreolharam, inquietos. Teriam que revistar a casa inteira, e isso incluía o estúdio de Abel Darkwater. Se ele tivesse encontrado o broche, certamente o teria levado para lá, a fim de examiná-lo.

O piso térreo da casa tinha três cômodos intercomunicantes que Darkwater usava como quarto, sala de estar e estúdio. Silver fez um gesto aos Atávicos para que abrissem a porta do quarto e começassem por ali. Ninguém queria ir diretamente para o estúdio.

A cama de dossel de Abel Darkwater estava arrumada. Ninguém dormira ali. Sem fazer barulho, eles abriram os armários, cheios de roupas, e Silver notou que as roupas dele não eram de um século ou de uma época, mas uma confusão de calças, sobrecasacas, cartolas e ternos de *tweed*, como uma caixa de fantasias ou de roupas para teatro.

Na sala de estar encontravam-se os restos de uma refeição sobre a mesa, e uma vela que tinha sido recentemente consumida, derramando cera sobre a toalha.

Agora estavam do lado de fora da porta do estúdio. Era uma porta almofadada coberta de baeta verde, do tipo que se usa em mesas de sinuca, e a baeta verde ficava presa na porta por tachas brilhantes de metal que reluziam com a luz da lareira e da vela; refletiam seu rosto como minúsculos espelhos, distorcendo-o. Silver olhou para si mesma e seus novos amigos, e todos ficaram escutando o silêncio absoluto.

Não havia mais nada a fazer; tinham que abrir a porta do estúdio.

Silver ouviu Micah respirar fundo enquanto avançava e entrava com firmeza no estúdio.

Então, ela ouviu um ganido baixo, como o de um animal chicoteado.

Abel Darkwater estava esperando por eles.

– Acho que vocês não encontraram o que estavam procurando – ele disse a Micah, sem sorrir. – Têm minha solidariedade. Eu próprio estou na mesma situação.

Silver correu para dentro da sala, esquecendo o que lhe haviam dito sobre ficar quieta.

– Você não sabe o que estamos procurando!

– Ah, bem, isso me diz que estão procurando alguma coisa!

Silver se calou, presa em sua própria armadilha. Abel Darkwater sorriu.

– Eu me pergunto o que seria.

– Nunca vou dizer nada a você! Nunca, jamais!

Ela deu um passo à frente, corajosa e desafiadora. Abel Darkwater ergueu a mão para dar um tapa nela. Micah se colocou entre os dois. Darkwater pareceu surpreso, e depois zangado.

– Então, homem de John Harrison, como você costumava ser conhecido, você se ergue contra seu mestre?

– Tu não és nem meu mestre, nem meu superior – desafiou Micah.

– Infeliz, você se esqueceu quem mandava em você? Você se esqueceu disso?

Abel Darkwater se virou para um de seus armários e tirou dali o que parecia ser um pequeno bastão de couro. Silver viu Micah estremecer. Darkwater riu.

– Você já se esqueceu disto?

Com um súbito movimento, Darkwater atingiu Micah na parte lateral da cabeça. O sangue espirrou no tapete enquanto Micah caía de joelhos. Silver se jogou sobre Abel Darkwater, que segurou seu punho. Ela o mordeu. Ele a empurrou para longe, afagando o punho.

– Criança tola! Nenhum de vocês pode me enfrentar. Vou esperar pelo momento oportuno, oh, sim, pois eu tenho mais tempo do que você, Silver. Você vai me levar ao Guardião do Tempo, quer saiba disso, quer não, quer goste, quer não.

Micah se levantou cambaleante, enxugando o rosto. Disse a Abel Darkwater:

– É ela a Criança da Face Dourada?

– Rá-rá-rá, rá-rá-rá – riu Abel Darkwater –, então você se lembra de uma coisa ou outra, afinal, não é? Bem, vou lhe dizer tanto quanto vocês vão me dizer: nada! Agora, volte ao seu imundo pântano debaixo da terra, e leve esta criança com você. Vai me fazer economizar os custos de alimentá-la.

Micah e Baltazar nada disseram. Saíram pela porta arrastando os pés, e assim desceram a escada, como se tivessem sido subjugados por alguma coisa pesada e maligna. Silver os seguiu, sem saber o que devia fazer. Abel Darkwater ficou parado no alto da escada, observando-os ir.

Ela se virou.

– Onde está a sra. Rokabye?

– A sra. Rokabye está no teatro. Foi ver *O Rei Leão*. Ranhoso a levou. Ela até que começou a gostar de Ranhoso quando descobriu que ele é um envenenador profissional. Você se lembra de Ranhoso, não se lembra, Micah, embora o conhecesse como o Homem do Chumbo Branco naqueles dias?

Micah não respondeu.

– Ela não se importa nem um pouco comigo? – perguntou Silver, que sabia que a sra. Rokabye era má, mas até então tinha uma leve esperança de que não fosse inteiramente má.

– É claro que sim – disse Abel Darkwater alegremente. – Todos nos importamos, muito, mas teria sido uma pena desperdiçar os ingressos.

Ele se virou, voltou para o seu estúdio e fechou a porta.

Assim que os três se viram de volta no túnel, Gabriel, esperando pacientemente por eles, podia ver que as coisas tinham ido muito mal, mas não quebrou o voto de silêncio. Eles voltaram nos Pôneis de Gasolina e os estacionaram em silêncio.

Só quando estava de volta no círculo quente da Câmara, com uma garrafa de algo de cheiro forte para beber, Micah falou:

– Certo é que ele não descobriu aquele broche, aquele ponteiro do relógio.

– Então onde ele está? – perguntou Silver.

– Isso eu não sei – disse Micah.

– Mas o que podemos fazer, agora? Vamos voltar para Tanglewreck?

– Não sei – disse Micah. – Preciso refletir sobre isso um pouco, mas há algo que sei. – Ele fez uma pausa para acender seu cachimbo. – Alguém mais tem conhecimento do Guardião do Tempo. Alguém que tua família encontrou no dia de que tu nos falaste, o dia em que viajavam para se encontrar com Abel Darkwater.

– Como você sabe? – questionou Silver.

– Eles desapareceram, sim. O Guardião do Tempo desapareceu, sim. O homem que o tem procurado há séculos perdeu-o mais uma vez. Alguém mais deve estar por perto.

– Mas quem? – indagou-se Silver.

O COMITÊ

Regalia Mason gostava de chegar antes da hora nas reuniões; era um modo interessante de deixar os outros se sentindo desconfortáveis. Se a pessoa mais importante da sala está lá antes da hora, até mesmo aqueles que chegam pontualmente se sentem como se estivessem atrasados.

Regalia Mason se divertia em manipular a ideia que as pessoas tinham do tempo dessas pequenas maneiras. Em breve ela pretendia manipular o tempo de maneiras bem maiores, também.

Estava lendo as notas fornecidas pelo Comitê. Desde que o primeiro Tornado do Tempo atingira a ponte de Londres e o ônibus escolar desaparecera, haviam ocorrido alguns outros incidentes, e em todos o padrão parecia ser o mesmo; o tempo ficava parado, depois saltava para frente numa velocidade assustadora. Havia sete testemunhas dizendo ter visto um mamute lanoso nas margens do Tâmisa, e na véspera, bem como o desaparecimento de vários prédios, carros e pessoas, certos artefatos do passado haviam sido encontrados na rua.

Ela fez uma anotação em seu bloco.

– O tempo está se movendo para frente, em nossa direção. Nós não estamos recuando no tempo.

Os conselheiros estavam entrando na sala. Ela conhecia alguns; o astrônomo real, sir Martin Rees. O professor de cosmologia em Cambridge, Stephen Hawking; o físico quântico, Roger Penrose; a neurocientista, Susan Greenfield, sempre elegante em suas saias curtas e botas longas – Regalia Mason reparou nas botas. E havia dois membros do governo e um funcionário civil sênior que todos conheciam como sir Bertie. Uma adição de último minuto era um homem do MI5, cujo nome era secreto, e que suspeitava que tudo aquilo tinha algo a ver com os chineses.

Houve o habitual farfalhar de papéis, retinir de xícaras de café e os olhos compridos para os biscoitos das reuniões importantes. Mesmo que o mundo estivesse chegando ao fim, os homens ainda batiam papo sobre seu golfe e seus filhos.

Regalia Mason sorriu consigo mesma. Ela nunca batia papo e nunca comia biscoitos.

Esperou ser apresentada. Esperou para ouvir os fatos que já sabia sobre os Tornados do Tempo e os eventos desorientadores da véspera. Alguns dos físicos achavam que o tempo tinha se rasgado – que um buraco aparecera no tecido do tempo, mais ou menos como o buraco na camada de ozônio.

Aos geofísicos, que estudavam o impacto de vulcões e terremotos no movimento da Terra, perguntaram se o tsunami na Tailândia tinha alguma coisa a ver com o estranho comportamento do tempo. Todos concordavam que depois do desastre a Terra tinha se movido cerca de um milímetro em seu eixo, mas ninguém podia concordar que algo desse tipo pudesse fazer diferença no tempo.

O homem sinistro do MI5 queria saber se a atividade humana podia afetar o tempo, assim como tinha afetado as mudanças climáticas.

Regalia Mason podia ver a impaciência nos olhos dos cientistas. Queriam equações, cálculos, não enredos ao estilo de James Bond.

Regalia Mason falou:

– Acho que é altamente provável que os seres humanos *tenham* afetado o tempo.

Houve uma pausa na sala.

– Não é estranho que quanto mais rápido tenhamos aprendido a ir, menos tempo pareçamos ter? A totalidade do mundo ocidental está apressada, e os países em desenvolvimento estão numa corrida para nos alcançar.

– Eu disse que isto tinha alguma coisa a ver com a China – disse o homem sinistro do MI5.

– Não acredito que tenha algo a ver com a China – disse Regalia Mason.

– Bem, com o Paquistão, então.

Ela o ignorou.

– Qual de vocês não disse, esta semana, que está ficando sem tempo, que não tem tempo, que o tempo é curto ou que o tempo voa?

– São apenas figuras de linguagem – disse sir Bertie, ajustando com dedos irritados sua gravata vermelha de seda com bolinhas brancas.

– Discordo – retrucou Regalia Mason. – Acho que são pistas.

Stephen Hawking digitou uma única frase em seu computador de voz.

– Einstein e o relógio na praça da cidade?

– É claro, é claro – Regalia Mason fez que sim.

– Que história é essa? Não estou entendendo – disse o homem sinistro do MI5. Regalia Mason sorriu para ele. Ele tinha a vaga ideia de que aquilo era assustador, mas não sabia por quê. Era uma mulher tão bonita. Ela começou a explicar, como se falasse com uma criança boazinha que em seguida fosse devorar.

– As Teorias da Relatividade de Einstein sempre começaram com imagens simples em sua mente. Quando menino, ele se perguntava como seria correr ao lado de um raio de luz. Mais tarde, se imaginou afastando-se, na velocidade da luz, do grande relógio na praça de sua cidade. Quando olhou para trás, deu-se conta de que os ponteiros do relógio estavam parados. Isso porque quando viajamos na velocidade da luz o tempo parece andar para trás.

– Você poderia me lembrar qual é a velociade da luz? – disse sir Bertie.

– Trezentos mil quilômetros por segundo – a sala inteira respondeu em uníssono.

– Isso é rápido – disse o homem do MI5.

– É rápido de fato – concordou Regalia Mason –, e é um paradoxo que na velocidade da luz o tempo diminua de velocidade até quase parar, mas em velocidades mais lentas, nossas velocidades aqui na Terra, parecemos estar forçando o tempo a se mover mais rápido.

– A senhora está dizendo que nossos aviões, nossos computadores, estejam acelerando o tempo? – questionou sir Bertie.

– Estou dizendo que o tempo está se distorcendo. Temos provas disso. Estou dizendo que as pessoas normalmente percebem o tempo de modo diferente do que outrora fizeram. Sentimos que nossos dias não são longos o suficiente. Bem, talvez não sejam.

– O que a dra. Mason diz sobre a percepção está absolutamente correto – disse Susan Greenfield. – O cérebro humano é altamente subjetivo.

– Mas o tempo não é subjetivo! – disse um dos homens. – Existe algo chamado tempo, e ele passa! Seja qual for a maneira como o percebemos, ele existe fora de nós.

– Não tenho certeza disso – falou Regalia Mason, simplesmente.

– A raça humana só tem 50% de chances de sobreviver – disse sir Martin Rees. – Talvez nunca cheguemos ao futuro, independente de quanto tempo temos, ou de como o percebemos.

– Isso seria uma pena – disse Regalia Mason. – Um futuro em que pudéssemos controlar o tempo seria digno de se viver.

– Se pudéssemos controlar o tempo... poderíamos viajar nele – disse o homem do MI5 –, e isto não é ficção, vocês sabem, isto é a vida real.

Stephen Hawking fazia que sim. Ele lembrou a todos o que dizia com frequência – que se a viagem no tempo fosse possível no futuro, teríamos visitantes do futuro visitando-nos agora, em nosso presente, mas no passado deles. Como não havia visitantes do futuro, não poderia haver viagens no tempo acontecendo no futuro.

– Está certo! – concordou o homem do MI5.

– Não está totalmente certo... – replicou Regalia Mason.

Enquanto os cientistas começavam a discutir, Regalia Mason sorria para si mesma e consultava o relógio. Podia haver um outro Tornado do Tempo naquela noite, e então as discussões iam parar. Eles viriam a ela, à Quanta, em busca de ajuda.

Fundo debaixo da terra, Silver, Micah e Gabriel haviam rastejado pelos túneis sob o rio. Os espiões de Micah haviam ficado sabendo da reunião, e Micah disse a Silver que eles podiam descobrir alguma pista que pudesse ajudá-los. Ficara particularmente interessado numa das conselheiras do Comitê que viera dos Estados Unidos. Mais do que isso ele não dizia.

Os três rastejaram para dentro de uma passagem secreta que Micah disse ter sido construída para que o primeiro astrônomo real pudesse ir visitar sua amante do outro lado do rio Tâmisa.

– O que é uma amante?

Micah hesitou.

– Uma amante seria uma mulher que tu amas mesmo não sendo casado com ela... Londres inteira está atravessada por essas Ruelas das Damas, para que um homem possa ir estar com sua amante em segredo. Algumas são profundas, outras são rasas, algumas se arrastam por quilômetros através da penumbra do túnel, algumas conectam duas casas que estão coladas uma à outra, e todas iluminadas pelo amor.

Houve um estrondo acima deles quando sir Bertie deixou cair a xícara de café no chão.

Na confusão da sala, em meio aos desculpem-me... deixemeajudálo... escorregouporentreosmeusdedos... quegentilezaobrigado... ohmeuDeus, Micah fez Silver e Gabriel seguirem depressa até uma abertura larga na própria sala. Silver se deu conta de que tinham emergido dentro da lareira.

– Muitos acreditam que sir John Flamsteed, o primeiro astrônomo real, fosse um alquimista – disse Micah –, que podia desaparecer no fogo. Na verdade, ele desaparecia na lareira.

Micah e Gabriel estavam mais recuados do que Silver. Podiam ouvir mas não ver o que acontecia. Silver podia espiar por entre a guarda ornamental que ficava em frente à lareira, que ninguém mais usava hoje em dia, ou por causa do aquecimento central ou porque o astrônomo real já não tinha mais uma amante.

– Sua proposta me surpreendeu – dizia sir Bertie, ainda limpando o café de seus papéis.

– Minha proposta é prática. O velho ditado que diz *Tempo é dinheiro* tem toda razão. Estou aqui para comprar tempo. Se a Quanta investir os bilhões necessários de que seus cientistas precisam para estabilizar o tempo, a Quanta vai querer um retorno desses investimentos. Todas as "descobertas" vão nos pertencer. Todo tempo excedente vai nos pertencer. Se vou comprar tempo hoje, quero poder vendê-lo amanhã, se os senhores me entendem.

– Não entendo – disse sir Bertie.

– Então serei clara. Acredito que o que está acontecendo com o tempo nos dê uma oportunidade única para controlá-lo. Seremos nós a decidir a duração das estações. Se quisermos verão o ano inteiro, teremos verão o ano inteiro; se preferirmos que nossos inimigos vivam no inverno o ano inteiro, é o que acontecerá. Se alguns países estiverem com falta de tempo, se algumas pessoas estiverem com falta de tempo, vamos vender-lhes o tempo das pessoas que têm tempo demais em suas mãos. Mas todo esse comércio deve ser controlado pela Quanta.

– A senhora não pode comercializar o tempo – retrucou sir Bertie.

– Por que não? – sorriu Regalia Mason. – Nós comercializamos tudo o mais.

Silver se inclinou para trás dentro da lareira e sussurrou a Micah:

– Quem é ela?

– Temo não saber – disse Micah. – Mas não posso ter certeza até ver-lhe o rosto.

Naquele momento, Regalia Mason se levantou da mesa e caminhou na direção da lareira. Silver pensou que ia morrer de medo, mas ficou absolutamente imóvel. No instante exato em que Regalia Mason estaria olhando diretamente para ela, uma voz chamou, da sala:

– Dra. Mason, uma palavra em particular, por favor.

Regalia Mason se virou. Silver se encolheu no fundo da lareira. Micah tinha conseguido dar uma espiada na mulher que acreditava conhecer. Seu rosto estava sério.

– Se ele é o diabo, ela é a serpente.

– Quem? O quê?

– Se Abel Darkwater é o diabo, então ela é a serpente. Seu nome verdadeiro é Maria Profetisa. Um se torna Dois, Dois se tornam Três, e dos Três vêm os Quatro que são Um.

– O quê? – indagou Silver, sem entender nada.

– Essa mulher estava na Jamaica quando eu estava lá. Diziam que sua magia de vodu vinha das pirâmides do Egito. E quando embarquei no navio para voltar para casa, ela estava lá, sempre numa cabine fechada, e eu a vi visitar Abel Darkwater em Bedlam muitas vezes. Foi ela quem deu início às Experiências.

– Que Experiências? – perguntou Silver, cuja cabeça rodava, fosse por excesso de informação ou por falta de ar.

– Vem – disse Micah. – Se temes a ele, tema a ela ainda mais. Vamos embora!

O TEMPO PASSA

S ilver e Gabriel eram amigos.

De volta à Câmara, Micah deixou-os correr e brincar tanto quanto quisessem, nem pediu a Gabriel que fosse procurar comida ou ajudar nos trabalhos diários.

Ele não precisava dizer a Gabriel o quão perturbado estava por sua visita à casa de Abel Darkwater, e depois à reunião em Greenwich. Queria proteger Silver, mas não podia permitir que Abel Darkwater e Regalia Mason destruíssem a moradia segura dos Atávicos. Ele temia por seu clã e pela sua espécie, assim como por Silver.

Mas se Abel Darkwater encontrasse o Guardião do Tempo...

Perdido em seus pensamentos, Micah mal falava com Silver, confiando a Gabriel os cuidados com ela.

Gabriel começou a ensinar Silver como se localizar nos labirintos e como ir para Cima. Contavam um ao outro histórias sobre suas vidas, e Silver prometeu a Gabriel que, acontecesse o que acontecesse, um dia ela ia levá-lo a Tanglewreck.

– Eu ficaria feliz em ver o lugar que tanto amas – disse Gabriel. – Nada mais importa além das coisas que importam, é o que diz Micah.

Silver achou que tinha entendido.

No espaço fora do tempo e imutável dos Atávicos, Silver se sentiu feliz novamente, mais feliz do que se sentia havia anos. Ela se lembrava de que com seus pais e Buddleia em Tanglewreck, cada dia se estendia até o próximo dia, e ela era livre, desse exato modo. Começou a dormir deitada de costas, em vez de enroscada como uma bola. Ela não tinha ideia de quanto tempo passava – talvez todo o tempo. Talvez nenhum.

Um dia, encontrando Micah em sua própria câmara, fumando seu cachimbo, ela lhe perguntou o que ele queria dizer com "Experiências". O rosto dele se tornou sombrio.
– Eles são alquimistas, ele e Maria Profetisa.
– É a bela mulher chamada Regalia Mason?
– Sim.
– Um alquimista é uma espécie de mágico?
– Sim, num certo sentido.
E Micah explicou como, centenas de anos antes, a ciência e a magia eram quase a mesma coisa. Ninguém estudava física ou química, estudavam matemática ou astronomia, e estudavam alquimia. Astrônomos também eram astrólogos, que prediziam o que ia acontecer medindo o movimento das estrelas. Até Isaac Newton, que estudava matemática e descobriu a gravidade, era astrólogo.
– E Isaac Newton era membro de uma sociedade secreta chamada Tempus Fugit.
– O tempo voa! – disse Silver. – A loja de Abel Darkwater!
– Sim – disse Micah. – Muitos alquimistas passaram toda sua vida trabalhando para transformar o metal em ouro, mas alguns, como Isaac Newton, Abel Darkwater, Maria Profetisa e um mágico muito poderoso chamado John Dee trabalharam para criar tempo.
– Você não pode criar tempo – disse Silver, pensando, no mesmo instante em que falava, como os adultos sempre

diziam que tinham que criar tempo, normalmente para seus filhos.

– É por isso que ele está vivo na Terra, e não morto – disse Micah.

– Mas você também está vivo – complementou Silver.

– Sim – concordou Micah. – Ele fez experiências conosco no hospício de modos que iam fazer gelar teu sangue, mas quando escapamos descobrimos que não íamos morrer como os Residentes de Cima. Tu notaste algo a respeito de Abel Darkwater?

Silver pensou em seus olhos como bolas de gude, em seu corpo redondo, seu rosto sombrio...

– Ele é como nós, que não toleramos a luz. Se a nossa espécie for para a luz, como os Residentes de Cima, morreremos. Abel Darkwater é mais esperto do que nós; ele não morre com a luz, mas não pode ficar na luz muito tempo. A escuridão faz a morte demorar a chegar, como a hibernação. Como os animais que dormem o inverno todo.

– O que mais faz a morte demorar a chegar? – perguntou Silver.

– O frio – respondeu Micah. – Tu colocas um pedaço de carne em teus cofres frios... geladeiras, como dizeis. Sim, no cofre frio ela não apodrece. Sob o sol, apodrece.

– Escuro e frio – concluiu Silver.

– Sim – disse Micah. – Escuro e frio. Vem.

Micah colocou Silver nas costas quentes e peludas de um pônei e a levou por um curto labirinto de túneis.

Silver se segurou na crina espessa do pônei, e sentiu seu calor em seus dedos. Agora ela entendia por que a casa de Abel Darkwater era tão fria. Não era por ser uma casa antiga como Tanglewreck; era para mantê-lo vivo. Era por isso que ele não tinha luz elétrica, e era por isso que a sra. Rokabye reclamava tanto do frio – ela reclamara muito, até mesmo com ela. Silver não sentia muito o frio. Eles mal tinham qualquer aquecimento ou eletricidade em Tanglewreck, porque seus pais não podiam pagar. Somente a sra. Rokabye tinha lareiras elétricas, cobertores elétricos e até mesmo um lenço elétrico para a cabeça, que ela usava no inverno.

– Olha! – disse Micah.

Tinham chegado a um curral redondo onde meia dúzia de cabeças de gado mascavam feno, felizes. A temperatura era de gelar, e uma neblina de frio pairava sobre as vacas.

Silver estremeceu e encolheu as pernas junto ao corpo do pônei. Olhou para cima e viu que a opaca luz natural e o frio fumegante vinham de um lençol perfeitamente redondo de água que parecia vidro fosco. Mas tinha talvez cinquenta metros de diâmetro.

– Em teu mundo este é um lago de patinação no gelo – disse Micah. – Uma grande maravilha, pois se mantém congelado durante o ano inteiro, através das quatro estações.

– É um rinque de patinação – disse Silver.

– Dependemos dele para o nosso gado. Esse gado foi criado por Abel Darkwater em 1805. E mantido para o leite, e comemos os bezerros pela carne.

– Quando eles vão morrer? – perguntou Silver.

– Não sei. Nenhum de nós sabe quando vai morrer. Mas isso também é verdade no teu mundo.

Silver e Micah voltaram à Câmara.

– Por que você ainda tem medo de Abel Darkwater? – perguntou Silver.

– Pelas correntes, surras, sangrias, desmaios, as dissecações e estudos de anatomia que ele executou, o frio intenso em que nos mantinha, a escuridão em que vivíamos antes de sermos feitos de modo diferente dele e dela, e porque ele era meu mestre. Ele ainda poderia nos destruir. Não nos destrói por motivos próprios, mas quais são não sei dizer.

– Por que ele quer o Guardião do Tempo?

Micah parou de caminhar.

– Abel Darkwater jamais deve encontrar o Guardião do Tempo. Se você verdadeiramente souber onde ele se encontra...

– Não sei onde ele se encontra, quer dizer, onde ele está – disse Silver.

– Ele não deve se tornar o Senhor do Universo, pois esse é o seu desejo e o trabalho de seus muitos períodos de vida – disse Micah, com uma expressão grave no rosto.

– Como podemos detê-lo? – perguntou Silver.

– Ele não pode fazê-lo sem o relógio.

– Mas ele diz que vou levá-lo ao relógio!

Micah fez silêncio.

– Talvez tenhas que viver conosco até o fim dos teus dias.

Silver deu um grito sufocado ao ouvir isso:

– O quê? E nunca mais voltar para Tanglewreck?

– É possível. Se tu fores a Guardiã do Relógio, é tarefa tua mantê-lo a salvo.

– Mas EU NÃO SEI ONDE ELE ESTÁ!

– Esse talvez seja o modo de mantê-lo a salvo – disse Micah.

Micah estava preocupado. Debatia intensamente com Éden e Baltazar, mas nenhum deles conseguia decidir se Silver deveria ficar ou partir. Por fim, Micah decidiu que Éden devia consultar o Oráculo e ler as runas.

— Ela aprendeu com uma prisioneira em Bedlam, uma verdadeira bruxa dos tempos de outrora. O Oráculo vai falar.

— Quando? – perguntou Silver.

— No dia de hoje – disse Micah.

Naquele dia, fosse dia mesmo, o que era impossível de saber, Silver pensou em tudo o que Micah havia dito. E se ela tivesse que ficar ali com os Atávicos? Morar debaixo da terra pelo resto da vida? Mas a casa lhe prometera que ela retornaria. Sim, mas um dia, um dia podia ser dali a muito tempo. E o que aconteceria a Tanglewreck se ela nunca voltasse? Será que a sra. Rokabye ia herdá-la se Silver simplesmente desaparecesse? A sra. Rokabye jamais gostaria dela. Nem mesmo tirava o pó da casa.

Mas se ela não ficasse, então teria que confrontar Abel Darkwater outra vez, e tinha medo dele, de Ranhoso, e do que eles poderiam fazer.

Todos esses pensamentos e outros mais se acumulavam na mente de Silver quando Gabriel apareceu com um saco na mão. Ela subitamente se perguntou quantos anos ele teria. Parecia ter cerca de treze.

Mas Gabriel não sabia quantos anos tinha. Os Atávicos nunca comemoravam aniversários, tampouco seguiam calendários ou relógios, como os Residentes de Cima. Gabriel nascera debaixo da terra, sabia disso, e ainda não tinha idade o bastante para ter filhos.

— Você não se lembra de nada de quando era bebê? – perguntou Silver.

– Sim, lembro-me de grandes cavalos com tufos de pelos ao redor das patas, puxando carruagens.

– E quanto aos carros e coisas do tipo?

– Não, não até eu ter crescido e estar quase tão alto quanto um barril.

– Bem, o que as pessoas vestiam quando você era bebê?

– Vestiam roupas pretas e chapéus altos, e as senhoras usavam saias que pareciam sinos.

Silver pensou nisso. Gabriel era só um garoto, como ela era só uma garota, mas ele falava de cem anos atrás, ou talvez mais. Ela vira quadros da rainha Vitória e das pessoas no século XIX, mas era impossível que Gabriel fosse tão velho e tão novo.

– Agora tenho que ir dar comida ao Golias – disse Gabriel. – Vens comigo?

Ele sorriu e estendeu a mão. Silver tomou-a timidamente, sentindo o quão diferente a palma forte e quadrada era de sua própria mão, pequena e macia. Ele fazia com que ela se sentisse segura, aquele garoto, com suas maneiras cuidadosas e lentas. Silver tinha a sensação de que ele estava sempre olhando para ver se ela estava a salvo.

Enquanto eles seguiam pelo labirinto de passagens, Gabriel tinha começado a cantar com sua voz estranha e aguda. Logo o túnel começou a tremer, e, quando eles entraram na Sala de Alimentação, onde toda a comida dos animais ficava guardada, Golias já estava lá, piscando para eles suavemente seus olhos pequenos.

– Eu te amo, Golias – disse Gabriel. – Quando eu era um bebê, tu me salvaste dos Diabos.

Gabriel abriu um cercado de madeira e começou a atirar lá para dentro o que pareciam ser bolos de melaço.

Golias entrou trotando e começou a comer, satisfeito. Ele era muito maior do que um elefante e muito mais forte também. Silver tinha um pouco de medo dele, mas Gabriel se ocupava correndo ao redor e aparando nós e emaranhados de seu espesso pelo.

– Mamutes supostamente estão extintos – disse Silver.

– Ele é o único – disse Gabriel. – Ficaria solitário sem mim.

– Quando ele veio para cá?

Gabriel se sentou, como todos os Atávicos faziam quando estavam prestes a contar uma história. Ele começou:

– Houve um tempo antes que os Atávicos existissem chamado A Grande Geada. O rio Tâmisa se cobriu de uma capa como se fosse terra firme, e a água congelou tão rapidamente numa camada tão espessa que durante um inverno inteiro, quatro luas, homens, mulheres e seus filhos viveram em cima da água, em casas de madeira e em tendas, acenderam fogueiras que eram quentes como o inferno mas não o bastante para queimar a provação de gelo por baixo. E era uma provação por baixo, pois, sob o gelo, vultos e aparições dos mortos podiam ser vistos.

"Deve ter sido por um acidente do tempo, de que nos fala Micah, sim, que o mamute ficou preservado muito, muito fundo no rio por mais tempo do que qualquer homem soubesse, mas o inverno gelado o trouxe muito devagar até a superfície, e uma multidão de cavalheiros escavaram sua capa de gelo e o exibiram ali no rio em todo seu sono silencioso e força invernal.

"Então, quando ninguém esperava que isso acontecesse, por acaso e por conta do destino, o degelo começou certa noite, casas, barcos e vidas foram puxados através do gelo para dentro das águas onde dizem que a vida começou. Mas ali a vida terminava, e muitos se foram.

"O mamute em sua capa de gelo começou a degelar também, sim, mas ele não voltou para a lama onde estava desde os dias de Boadicea, grande rainha da Bretanha. Ele acordou com um forte trompete, e suas pernas troncudas o levaram através das torrentes do rio, e se escondeu nos labirintos de suas margens – às vezes visível, conforme o tempo derretia os anos, mas ele era uma superstição e um sonho.

"Então viemos, o encontramos e o salvamos.

"Havia dois homens que começaram a cavar fundo no subsolo: Brunel, era como um deles se chamava, e Bazalgette, o outro. Escavaram canos, esgotos, escoadouros, condutos e passagens fundo na terra, e Golias foi visto neles. Queriam-no para seu zoológico, e o perseguiram. Mas nós o salvamos, e o tempo seguiu em frente. Os homens morreram, e outros vieram, mas na nova época não havia algo como um mamute lanoso; ele era apenas uma superstição e um sonho."

Silver olhou para o animal, para o garoto e subitamente se sentiu melhor. Sentia que podia ficar ali com aquele estranho garoto que se tornara seu amigo. Tanglewreck e o Guardião do Tempo pareciam muito distantes. Talvez ela não precisasse ser corajosa em absoluto. Talvez outra pessoa viesse a ser corajosa em seu lugar.

Em algum lugar no túnel uma corneta soou.

– Ouve – disse Gabriel. – O Conselho acabou. Temos que ir ver o que eles debateram.

– Eles estavam lendo as runas – disse Silver. – Estou um pouco preocupada com isso. Não sei o que é uma runa.

Golias curvou sua cabeça peluda para que Gabriel pudesse afagá-lo entre os olhos, depois, deixando-o comendo devagar como ele gostava de fazer, Gabriel segurou a mão de Silver e os dois voltaram correndo pelas passagens até a Câmara.

BURACOS!

Enquanto Thugger recobrava a consciência, teve a sensação de que alguém muito agitado afagava seu cabelo, e dizia "sinto muito" o tempo todo.

Era Fisty.

– Eu não queria acertar o senhor, sr. Thugger. Eu estava brigando pela minha vida, depois de toda aquela história do coelho.

– Que história do coelho? – disse Thugger, sentindo o galo em sua cabeça.

– Fomos enganados por um coelho. Animal terrível e malvado aquele, com grandes olhos grudados na gente. Ele me amarrou, mas consegui livrar um braço e foi com isso que acertei o senhor.

– Você nasceu burro e vai morrer burro – disse Thugger.

– Elvis já está morto – disse Fisty tristemente, pegando a orelha de seu cachorro com a mão livre.

– Ele não pode estar morto, porque nunca esteve vivo – disse Thugger.

– Para mim estava – disse Fisty tristemente, contemplando o corpo rígido de metal de Elvis estendido no chão.

– Buá – disse Thugger. – E quando acabarmos de chorar por causa do seu cachorro inexistente, como é que vamos conseguir sair daqui?

– Não vamos. O coelho tem espiões em toda parte.

– Não tenho medo de um coelho – sentenciou Thugger.

– Espere só para ver; ele é do tamanho de um pônei, de verdade.

– Passe para cá o seu pé, vou cortar o cordão e vamos encontrar um modo de sair. Vamos, vamos!

Quando Fisty estava livre, ele pôs cuidadosamente os restos de Elvis, incluindo as orelhas, no saco de cenouras, e o jogou por cima do ombro. Então seguiu Thugger ao redor do porão enquanto procuravam uma saída.

– O que é isso? – disse Thugger, sentindo uma placa de metal debaixo dos dedos. – Acenda minha lanterna.

A placa no chão estava enferrujada e gasta, mas, escritas com muita clareza, ali estavam as palavras

REI ELFO

– Esqueça – disse Fisty. Já me meti com coelhos, não vou me meter com elfos.

Mas Thugger já tinha levantado a placa e estava iluminando com a lanterna o buraco.

– Há uma escada de corda aqui, e se não estou maluco, o que não estou, mas você sim, posso ouvir água corrente.

– Elfos aquáticos – disse Fisty. – Péssimas notícias.

– Vamos lá, super-homem, vamos descer. Você na frente.

– Não, não, não!

– Sim, sim, sim!

Aterrorizado, Fisty colocou as pernas dentro do buraco e foi descendo tateando a escorregadia escada. Por um rápido instante, teve uma visão feliz de si mesmo de volta em casa, comendo comida indiana comprada em algum restaurante e assistindo a uma luta de boxe, com Elvis a seus pés mastigando um rato mecânico.

Não era para ser assim. Ele estava num buraco, de fato, e as pernas de Thugger vinham logo acima dele.

Os dois desciam. Desciam e desciam. Lá no alto bem alto, observando e observando, estavam os olhos amarelos de súlfur de Bígamo.

UMA JORNADA ATÉ A PONTE DA TORRE

Era uma noite soturna na Câmara.
Todos estavam em silêncio quando Gabriel e Silver regressaram. Ela adivinhara que tinham chegado a uma conclusão. Sentiu uma pressão estranha na cabeça, como antes de uma prova.

Éden se aproximou para dar às crianças lentilhas com maçãs e cebolas assadas para comer. Como de hábito, havia pão denso e massudo no prato, e leite para beber.

Quando terminaram, Micah disse a Silver para ir se sentar ao seu lado junto à fogueira. Ele falava de modo gentil mas grave:

– Silver, todos somos teus amigos aqui. Eu havia pensado em manter-te aqui, para que o Guardião do Tempo ficasse a salvo de Abel Darkwater, e para que tu ficasses a salvo também, mas Éden consultou o Oráculo, leu os segredos nele e agora sabemos que tu deves encontrar o Guardião do Tempo, custe o que custar.

– Mas o que vou fazer quando encontrá-lo?

– Isso não sabemos. A jornada há de revelar. Teu destino há de se revelar. Mas primeiro precisas começar.

– O Oráculo diz a verdade, Silver – confirmou Éden. – Olha, vê aqui as runas. Olha.

Éden havia desenhado um círculo no chão e jogado dentro dele espessas moedas de ouro e contas que formavam um padrão através das linhas esfumaçadas ao redor.

Enquanto Silver apertava os olhos para enxergar em meio à fumaça, viu um rosto se formando no padrão de moedas e contas. Prendeu o fôlego. O rosto era o seu, seu rosto. Desesperada, ela olhou ao redor para os outros. Éden fazia que sim.

– Tu és a Criança da Face Dourada.

– Mas quem é ela? Isto é, se ela é eu, quem é ela? Isto é, quem sou eu?

– Tu és aquela que deve guardar o relógio. Aquela que controla o tempo.

– Não entendo – disse Silver, muito infeliz.

– Tu és uma Guardiã do Tempo.

– Mas isso é o relógio!

– O relógio te pertence. Ele deve encontrar seu devido lugar.

Micah fez uma pausa e, com alguma hesitação, muito lentamente, abriu um tosco saco de juta e tirou de lá duas pinturas – do tamanho de algo que viesse de um medalhão.

– Estas são as duas últimas imagens dos números do Guardião do Tempo – disse Micah. – E este é o teu rosto.

– Onde você conseguiu isso? – perguntou Silver, revirando-as nas mãos; uma era uma estrada sinuosa entre as estrelas, e a outra, uma criança pequenina segurando um relógio.

– Na noite em que guardei por segurança o relógio em tua casa, levei estas duas comigo, não sei por quê. E as escondi ao longo dos séculos, mesmo de Abel Darkwater, não sei como. Jurei nunca mostrá-las a vivalma. Mas mostrá-las a ti eu devo, pois a ti pertencem.

Ele as colocou de volta no saco e o entregou a Silver.

– Eu poderia ficar aqui. Eu gostaria de ficar aqui – confessou Silver, desesperada.

Micah sacudiu a cabeça.

– Iremos com ela? – perguntou Gabriel.

Mais uma vez Micah sacudiu a cabeça devagar e com tristeza.

– Abel Darkwater vai nos destruir se formos contigo. Há forças poderosas em ação. Abel Darkwater deseja o Guardião do Tempo acima de todas as coisas, sim, acima da própria vida, e Maria Profetisa vai entrar em ação para derrotá-lo, como ela tramou fazer em tempos idos. Não podemos enfrentar esses dois com os meios de que dispomos. Só podemos rezar para que ambos sejam derrotados juntos. Tu sabes bem que se deixarmos nossa casa por muito tempo, morreremos.

– Mas e quanto a mim? – perguntou Silver.

– Tu hás de viajar para as Areias do Tempo.

– O quê? Por quê?

– O Oráculo aponta nessa direção. Talvez o Guardião do Tempo esteja escondido lá.

– Mas meu pai estava com ele no trem.

– Talvez teu pai esteja lá, também.

O coração de Silver deu um pulo.

– A profecia fala das Areias do Tempo, e há centenas de anos idos, quando ganhei o relógio num jogo de dados, esse mapa também me foi dado, o mapa das Areias do Tempo.

– Onde elas ficam?

– Não sei, mas podemos sentir o tremor na Terra, assim como os animais sentem, e nesta exata noite haverá um grande transtorno. Tu irás para a Ponte da Torre, sobre o rio Tâmisa, e quando o momento chegar, deves acreditar em teu destino.

Micah pegou um mapa antigo dentro de uma pasta de couro. Passou-o para Silver.

– Não estou com medo – disse Silver, mas estava. Depois disse: – Tenho mesmo que ir?

– Sim.

– Micah... – interpelou Éden, com a voz cheia de dúvida. Ela enviava a Micah uma Mensagem Mental, algo que não queria que Silver escutasse. Micah fez que sim, com relutância.

– Silver – disse ele. – O sim ou o não é uma escolha tua. Não precisas ir. És livre para ficar aqui, livre para voltar à tua casa, livre para embarcar na jornada que somente tu podes realizar. Qual é a tua resposta?

Silver olhou dentro dos olhos gentis e preocupados dele. Tinha algumas perguntas.

– Tenho que ir sem Gabriel?

– Para além da ponte ele não pode ir. Na ponte, deves viajar sozinha.

– Quando tenho que ir?

– Neste exato instante. Se fores.

Silver baixou os olhos para o mapa. Eram só rabiscos. Seus olhos estavam embaçados com lágrimas. Ela nunca havia sido boa em geografia.

Lembrou-se de quando se sentara em seu quarto no sótão, em Tanglewreck, e perguntara à sua adorada casa o que fazer, e tinha a resposta em seu próprio coração. É mais fácil quando outra pessoa lhe dá a resposta, mas quando se trata de coisas realmente importantes, ninguém mais pode fazê-lo.

Ela olhou para a Câmara ao redor. Subitamente, todos tinham ido embora.

Silver começou a colocar um pouco de comida em sua bolsa. Então calçou seus sapatos e vestiu seu casaco de lã. Levantou-se, muito ereta, com a pequena bolsa pronta.

– Sim – ela disse. – Sim.

Subitamente, saído de lugar nenhum, Micah estava ao seu lado outra vez. Abraçou-a com força, e então segurou sua mão. Apertava alguma coisa de encontro à sua palma.

– Tu podes não ser versada em telepatia e não saber enviar Mensagens Mentais como nós, mas segura isto em tuas mãozinhas e diz meu nome, e eu ouvirei.

Era o medalhão que ele usava no pescoço, com seu nome inscrito. Ela fez que sim, lacrimosa demais para falar. Micah recuou.

– Três coisas eu te dei: o mapa, este medalhão e os mostradores cobertos de joias do relógio. O Guardião do Tempo tu deves encontrar sozinha.

Silver fez que sim, perturbada demais para falar. Gabriel saiu das sombras trazendo dois pôneis. Ajudou Silver a montar oferecendo-lhe apoio para a perna, e Micah bateu no lombo do pônei com a palma da mão, e o animalzinho se pôs em movimento.

– Adeus, Criança do Tempo!

Andando devagar, Silver e Gabriel seguiram sem falar através das passagens e túneis, pelo que podia ter sido uma hora ou podia ter sido um dia, até Gabriel parar e descer de seu pônei.

– Aqui estamos, Silver. Vou te levar até a luz, embora eu não possa ficar.

Gabriel abriu uma portinhola de madeira e ajudou Silver a subir a uma plataforma até o que parecia ser o abrigo de um gerador. Ela podia ouvir carros zumbindo na rua, em algum lugar próximo.

Gabriel subiu junto com ela.

– Temos que passar por esta porta até a torre.

– Que torre?

– A Torre de Londres. Há uma passagem secreta da Torre de Londres até a sala do vigia, na ponte.

Gabriel liderou o caminho, passando por uma porta baixa de carvalho até um corredor de pedra. Nas sombras, havia vultos escuros de pé. Silver hesitou.

– São apenas armaduras – explicou Gabriel, apressando-a para que seguisse. – Aqui é onde eles guardavam suas armaduras e armas.

Silver sabia que todos os lugares como museus e castelos mantinham um bocado de seus tesouros escondidos nos porões.

– Não devemos levar nada – recomendou Gabriel –, essa é a regra.

Silver tinha parado ao lado de uma pequenina armadura que devia ter sido feita para uma criança. Queria muito colocá-la. Poderia protegê-la.

– Apressa-te – disse Gabriel, já lá na frente, na penumbra.

Rapidamente Silver pegou um par de luvas de cota de malha com couro e pele e colocou-o no bolso de seu casaco de lã. Havia um pequeno machado de lâmina dupla pendurado na parede ao lado da armadura e, lançando um olhar culpado na direção do vulto de Gabriel, que se afastava, ela a enfiou em sua bolsa de pano, e correu, passando pelas clavas, piques, bolas em suas correntes, as bestas, as espadas, e alcançou Gabriel, que olhou para ela com uma pergunta nos olhos.

Repolho, pensou Silver, *repolho, repolho, repolho.*

Nada contra as regras, mas ela não tinha nada e ninguém para cuidar dela, só sua própria perspicácia e o que pudesse roubar.

Neta de Roger Rover, de fato!

– O quê? – disse Silver, certa de ter ouvido uma voz, e mais uma vez, como acontecera no túnel que a levara até os Atávicos, olhou ao redor com a desagradável sensação de que estava sendo seguida.

– Olha, ali estão as joias da Coroa – disse Gabriel, tentando animá-la, e de fato, sobre pelúcia vermelha e pele de arminho, trancada numa caixa de vidro, estava a coroa da Inglaterra, que havia sido usada por tantos reis e rainhas ao longo da história.

Que estranho, pensou Silver, *você poder usar o tempo em sua cabeça.*

Pérolas do tamanho da cabeça de um bebê – isso era o que Roger Rover dera à rainha Elizabeth I, e ainda restava uma, num estojo especial dos tesouros elizabetanos.

Quando Silver olhou para ela através do vidro sombrio, teve certeza de ver um rosto, sim, um rosto, um reflexo, um homem com uma caprichada barba ruiva. Ela se virou. Não havia ninguém atrás dela. Olhou outra vez para o estojo. A pérola estava opaca.

O castelo estava fechado aos visitantes naquele dia; assim, Gabriel e Silver conseguiram passar como ratos pelos arredores do salão.

– O Olho Maligno – disse Gabriel, apontando para as câmeras de segurança. Com habilidade, ele pegou um pano com pesos de chumbo nas extremidades e jogou-o sobre a câmera enquanto cruzavam o piso diante dela, indo para outra porta.

– Guardas da torre – disse Gabriel, apontando para os homens de vermelho guardando a entrada. – E corvos. Quando os corvos não mais voarem para a torre, a Inglaterra cairá.

Com passo constante, Gabriel os levava em frente, entrando no subsolo outra vez, depois emergindo num tubo de ventilação diante de uma escada enferrujada e abandonada.

— Isso nos leva à ponte – disse ele.

— Como você conhece estas passagens? – perguntou Silver.

— Conhecemos todas as passagens – respondeu Gabriel, simplesmente.

A Ponte da Torre ergue-se alta sobre o Tâmisa. É a única ponte sobre o rio que pode se abrir para deixar passar navios altos. Cada metade da ponte é içada com um grande sarilho, e os navios de mastros altos podem passar.

Abel Darkwater sabia exatamente onde Silver estava porque acompanhava seu caminho com o Detector. Tinha uma meia que Silver deixara para trás. Ele colocou a meia na gaveta de seu Detector, e deixou a máquina rastrear sua trilha de átomos enquanto ela se movia pelo mundo.

— Somos todos feitos de átomos – disse ele à sra. Rokabye –, e o que são os átomos se não espaço vazio e pontos de luz? Os alquimistas entendiam isso como fogo, e aprenderam que o corpo de fogo pode ser consumido e criado novamente, como a fênix das cinzas. Oh, sim, podemos todos ser consumidos e criados novamente.

A sra. Rokabye não tinha a menor ideia do que Abel Darkwater estava falando e não se importava. Tinha um plano seu, e agora estava numa liga com Ranhoso. Eles logo levariam a melhor sobre Abel Darkwater com seu *nonsense* sobre átomos e corpos de fogo, e então teriam para si o Guardião do Tempo, que venderiam para quem pagasse mais.

Regalia Mason, a que pagava mais do que todos, estava sentada, em silêncio, em sua suíte no hotel Savoy, que dava para o Tâmisa. Seu casaco branco de pele estava sobre a cama. Usava seu jaleco branco de laboratório por cima de seu vestido Armani e estava ocupada digitando números em seu computador. Ela também sabia exatamente onde Silver estava, porque a rastreava com o satélite do GPS.

– Uma grande melhora desde os dias da bola de cristal – ela disse, para ninguém em particular, e para quem quer que pudesse estar escutando.

Quando Gabriel e Silver chegaram ao topo da Ponte da Torre, Silver ficou surpresa ao ver miniaturas de carros zunindo lá embaixo, e ao ouvir o rugido feroz da cidade em toda parte ao seu redor. Tantas pessoas, tantas vidas, e o rio correndo em meio a elas, como sempre correra.

Ela se virou para Gabriel e viu que ele estava aterrorizado. Ele estava alto demais. Havia luz demais, era quente demais para ele debaixo das luzes que iluminavam sua torre. Ela nunca o havia visto com medo. Agora ele estava com medo.

– Tenho que descer mais rápido do que uma pedra cai.
– Não me deixe, Gabriel. Por favor!
– Cheguei longe demais. Tenho que me despedir. Leva comida e cobertores contigo.

Ele colocou sua bolsa na plataforma onde estavam. Silver a apanhou, ou tentou apanhar.

– É muito pesada para mim, Gabriel. Você vai ter que levá-la de volta.
– O tempo é um lugar frio.
– Você não liga para o frio.

– Os Residentes de Cima gostam de se sentir aquecidos.
– Tenho meu casaco de lã. Vai ficar tudo bem comigo.

Estava quase escuro. As luzes dos carros, amarelas na frente e vermelhas na traseira, iluminavam a rua abaixo da ponte. Gabriel colocou as mãos sobre os olhos. Ele os apertava.

– O que eu tenho que fazer agora, Gabriel? Aqui na ponte?
– Micah diz que tu deves esperar.
– Por favor, espere comigo.

Ele hesitava, seu medo lutando contra seu amor por ela, pois também fora solitário e um pouco diferente dos outros, e então Silver chegara e ele sentia como se a conhecesse desde sempre.

– Gabriel...

Ela passou os braços em torno dele. Ficaram assim, muito próximos e muito quietos, pelo que parecia não ser tempo algum, e para sempre, quando de repente toda a ponte começou a tremer como se um gigante a segurasse com as duas mãos.

Silver caiu estatelada no chão da plataforma. Não conseguia se levantar. Era como se um peso pressionasse seu corpo. Ela ergueu a cabeça e olhou para o rio lá embaixo.

O céu havia ficado completamente negro. Os carros estavam parados. Houve um estampido como um trovão. Então a chuva começou, tão intensa que ela ficou ensopada em segundos, tão forte que perfurava suas roupas e ferroava sua pele.

Gabriel estava agarrado à escada. Ela gritou para ele, que no entanto não conseguia ouvi-la por cima do estrondo da chuva.

Silver estava olhando rio acima, na direção do Big Ben. Tinha consciência de que o relógio havia parado, seu mostrador de cor creme lustroso, suave e imóvel.

Ela se sentiu enjoada. Sentia que estava cambaleando, deslizando, e então se deu conta de que a ponte abaixo dela estava se abrindo, e que ela e Gabriel estavam se balançando lá no alto dela.

– Segura! Segura! – gritou Gabriel, mas as mãos de Silver eram pequenas e macias. As máquinas que operavam a ponte eram pesadas e sem acesso. Se ela não se lançasse para fora dali naquele momento, seria esmagada.

Lembrou-se das luvas de cota de malha. Colocou-as e se segurou com toda sua força. Lá embaixo, os carros que estavam inclinados sobre a ponte que se abria teriam caído no rio, mas não caíram; ficaram dependurados no tempo por um momento e desapareceram. Desapareceram por completo.

Logo a ponte estava vazia. A ponte estava aberta.

Pronto! Vindo na direção dela agora, flâmulas esvoaçando, velas inchadas com um vento que as empurrava, remos subindo e descendo da água no ritmo de um tambor, homens acenando dos tombadilhos, a proa alta e pontuda, meninos pendurados no cordame, e, no cesto de gávea, um velho com um trompete.

O navio está passando agora, cercado por uma flotilha de pequenos barcos a remo. Multidões ocupam as margens do rio. As construções são baixas, desordenadas, afundadas na lama, inclinadas sobre a água, algumas apoiadas em troncos de árvores cravados no rio. A roupa lavada é pendurada em cordas entre as casas, e um homem, ao cortar a cabeça de um porco, tinge o rio de vermelho. Ele ergue os olhos quando ouve gritos: *Sim, sim, o navio está chegando!* Deixa o porco no cais e grita com toda a força, cortando o ar com sua faca:

– VIVA ROGER! VIVA ROGER!

No leme do navio, vestido com peles e pérolas, está o homem barbado que Silver conhece tão bem de retratos e de sonhos. Roger Rover está velejando pelo rio Tâmisa acima, seu navio imerso até as vigias com o peso do tesouro.

Quando o navio passa exatamente abaixo da ponte, o topo da vela mais alta reluz de ouro. A luz dourada se derrama pela vela abaixo, como uma tintura, e então a vela inteira fica dourada, e depois o ouro inunda o convés e todo o navio, conforme este avança, oscila e tremeluz.

O navio dourado tremeluzente se espalha como uma onda. É difícil dizer agora onde está, ou onde não está, porque parece agora estar em toda parte e em nenhuma parte. A luz dourada é intensa.

Silver olha para si mesma. Estará se dissolvendo? Olha para Gabriel, que segura o casaco azul por cima da cabeça para se manter afastado da luz.

Baixa os olhos para o navio, ou para o que restou dele, e uma coisa consegue ver: os olhos de Roger Rover fixos nela.

Então, faz algo que nunca tencionou fazer. Solta-se, simplesmente. Solta-se na torrente de luz dourada.

– SILVER! – é a voz de Gabriel, muito distante. – SILVER!

Mas agora ela está definitivamente se dissolvendo. Tem uma vaga noção de seus braços e de suas pernas, mas não em seu lugar habitual. Pensa: *Vou pegá-los mais tarde.* Ri. Ridículo. Braços são braços, e pernas são pernas. Mas não ali, naquele lugar que rodopia e se dissolve. Deveria ser doloroso, mas não é, não é nem um pouco doloroso. É como deslizar para dentro do sono, exceto pelo fato de que ela está totalmente acordada.

– SILVER! – a voz de Gabriel novamente, alta e aguda. Ela tenta responder, mas não sabe onde está sua boca, então as palavras não saem.

Os Atávicos sabem ler a mente, vou mandar uma Mensagem Mental para ele, como Micah disse. Esse pensamento lhe ocorre como se alguém o tivesse colocado numa ranhura em sua mente. Sim, uma Mensagem Mental.
– Estou aqui, Gabriel. ESTOU AQUI.
Um par de braços robustos a envolve, como se estivesse sendo resgatada no mar. De repente, pode sentir seus braços e pernas outra vez. Pode sentir os contornos de seu corpo. Não está se dissolvendo, é Silver, tem um metro e cinquenta e cinco de altura e pesa quarenta quilos. Gabriel está carregando a ela e aos seus pertences para o que parece ser uma barreira numa estrada vazia. Há guardas e barreiras e, na direção deles, vem um homem com um uniforme de segurança carregando uma arma e caminhando com um cão de duas cabeças.
– Onde estamos? – perguntou Silver.
– Não sei dizer – respondeu Gabriel. – Tu saltaste no ar e ficaste pendurada ali como um pássaro flutuando, como uma ave de rapina, como um falcão sobre um campo. Eu te chamei, e tu se viraste para mim, e eu não podia te deixar sozinha, então saltei também, para dentro do redemoinho no ar, cheio de vozes.
– Não ouvi voz nenhuma – disse Silver.
– Tu me chamaste e eu te encontrei.
– Achei que você não viria comigo!
– Eu estou aqui.

Abel Darkwater arrumava uma pequena mala de couro. Usava seu velho terno de *tweed*, como de hábito, mas por cima do terno amarrara uma capa de lã escura, debruada de pele. Tinha alguns instrumentos, uma bola de cristal, seu Detector, uma jarra esférica de vidro chamada alambique, um fogão Primus e um faca afiada.

Consultou seu relógio de bolso de ouro. Sim, estava na hora de ir.

A conexão de Regalia Mason com o satélite do GPS havia falhado no instante que o Tornado do Tempo atingiu a Ponte da Torre. Ela fechara o computador, saíra para a sua sacada que dava para o rio e colocara seus óculos de vigilância de longo alcance, algo que sua empresa desenvolvera para o Pentágono.

Podia ver com clareza a Ponte da Torre e via Silver e Gabriel na barra acima dela. Como todos eram tão previsíveis! Previsível que a criança e seu amigo idiota imaginassem que o tempo era uma aventura que podiam vencer. Previsível Abel Darkwater, saindo em busca de um relógio. Ela podia ter dito que tudo isso ia acontecer sem uma bola de cristal. Riu. A ciência havia liquidado com tanta magia e rituais obscuros. Abel Darkwater inventava seus artefatos exóticos, como o Medidor de Idade, mas um leitor de carbono poderia lhe dizer a idade de uma árvore ou de um naco de calcário. Informação biométrica significava que qualquer pessoa em qualquer lugar podia ser rastreada através de um chip de silicone, um satélite e um computador. Não havia necessidade de Detectores e Localizadores, e todo o restante dos brinquedinhos de Darkwater.

Nos velhos tempos, ela também havia passado suas mãos pela bola de cristal, enfiado alfinetes em bonecos e suado em cima de um caldeirão para fazer uma cabeça de bronze falar. Tudo desnecessário agora. Ela era a mulher mais poderosa do mundo, e não através da mágica. Ela era uma cientista.

Esses pensamentos eram como nuvens flutuando por sua mente enquanto ela observava a ponte. Sem dúvida que o Tornado do Tempo levaria embora a criança Silver, e Abel Darkwater iria atrás dela, para atormentá-la e ameaçá-la, e então tudo o que restaria seria que ela, Regalia Mason, cuidasse para que o Guardião do Tempo nunca fosse encontrado. Tinha direito de perdê-lo. Afinal, ele lhe pertencera, um dia...

Ela sorriu.

"Pois embora não possamos fazer o sol parar,
Ainda assim podemos fazê-lo se apressar."

Então, de repente, viu a menina Silver saltar por sua livre e espontânea vontade da ponte para dentro das ondulações de luz.

Regalia Mason se encheu de fúria. A criança não podia ter permissão de assumir o controle. Saltando dentro do tempo, a maldita criança já tinha começado a controlá-lo. Agora ela chegaria ao Posto de Controle. Bem, não poderia passar dali.

Regalia Mason foi para o seu quarto e abriu o computador quântico. Era o único que existia. A computação quântica ainda estava a décadas de distância, e o teletransporte era só um sonho de filmes de ficção científica, mas Regalia Mason já tinha ido mais longe do que isso.

Na tela, estava o rosto de uma mulher.

– Mande-me seu gêmeo Castor imediatamente – ordenou Regalia Mason.

Pouco depois bateram à porta do seu quarto, e um belo jovem entrou, idêntico, de rosto, à sua irmã na tela do computador.

Ele tremia, a cabeça baixa.

– Beije-me – disse Regalia Mason.

O jovem Castor beijou-a, e Regalia Mason desapareceu, reaparecendo do outro lado do universo como uma cópia exata de si mesma.

Enquanto isso, Silver e Gabriel se encontravam num lugar de fato muito estranho. Um policial muito alto com um cão de duas cabeças caminhava zangado na direção deles. Lá em cima, no céu, havia três luas.

– Acho que não estamos mais em Londres – disse Silver.

A LINHA DE EINSTEIN

S ilver e Gabriel estavam sentados numa cabana comprida e baixa cercados por um monte de gente zangada gritando:

– Eu tenho o meu visto, posso viajar!

– Você não pode ver que estou aqui a negócios?

– Meu marido já foi, só estamos nos juntando a ele.

– Isso simplesmente não é aceitável no mundo moderno.

O problema era simples. Todas as pessoas na cabana queriam viajar de volta no tempo, mas a Polícia do Tempo não deixava. As viagens no tempo eram proibidas. Bem, quase proibidas.

O que significava que Silver e Gabriel haviam descumprido as regras.

O policial com o cão de duas cabeças lhes fez todo tipo de perguntas sobre de onde tinham vindo, e Silver tentou lhe explicar acerca do Tornado do Tempo que os soprara para fora da ponte.

– Vieram soprados, foi? – questionou. – É o que todos dizem.

– Isto é o futuro? Onde estamos agora? – perguntou Silver.

– Não, no que me diz respeito – disse o policial. – Isto é agora – 2:45 da tarde precisamente – e estou em serviço por mais seis horas. Se isto fosse o futuro, já estaria em casa.

– Mas isto é o futuro para mim?

– Não exatamente, porque vocês não têm futuro. Serão deportados de volta ao seu próprio tempo, depois que os papéis tiverem sido preenchidos, e se os papéis não puderem ser preenchidos, vocês serão atomizados.

– Atomizados? O que isso quer dizer?

– Quer dizer que vocês Não Serão Mais.

– Você não pode nos matar! Somos crianças, não fizemos nada de errado!

– É o que todos dizem. Agora, venham comigo.

Gabriel e Silver seguiram o policial pela cabana comprida e baixa no interior do posto de controle. A cabana e o posto de controle eram feios, mas o céu era de um negro profundo e brilhava com estrelas grandes. A leste, havia três luas crescentes.

– Ainda estamos no planeta Terra? – perguntou Silver.

O policial sacudiu a cabeça negativamente.

– Este é Philippi, do lado oposto ao da Terra na Via Láctea, mas ligado pela Estrada Estelar. Vocês viajaram pela Estrada Estelar, através do tempo, e aterrissaram aqui. Todo mundo sempre aterrissa.

– Todo mundo?

– Até mesmo o papa.

Silver sabia tudo sobre os papas porque sua própria família tinha sido católica por centenas de anos, embora seu pai nunca fosse à igreja. Ela se perguntou por que os papas iam querer viajar no tempo.

– Quando eles morrem, vêm para cá – disse o policial. – Ninguém sabe por quê. Milhões de pessoas morrem a cada ano e nunca voltamos a vê-las, mas por algum motivo os papas dão saltos mortais na Estrada Estelar e vêm parar aqui. Ao fim, construímos isto para eles.

Ele puxou uma cortina e mostrou a Silver e Gabriel uma réplica em tamanho natural do Vaticano, em Roma. Os papas estavam ocupados indo de um lado a outro para abençoar as pessoas.

– É meio que uma atração turística – disse o policial –, e quando ficamos abarrotados de gente aqui (e se você acha que hoje há movimento, devia ver no verão), bem, quando de fato há muito movimento, os papas ajudam. Eles rezam a missa e distribuem bênçãos e coisas do gênero.

– Quantos papas vocês têm? – perguntou Silver.

– Todos eles. O último papa morreu em 2333, mas temos a coleção completa. Três são mulheres.

– Os papas estão vivos ou mortos?

– Ah, bem – disse o policial –, isso é o que você não entende, porque vive no passado. Mortos ou vivos tem a ver com o tempo, não tem? Os papas morrem, de fato, e pensam que foram para o Céu, porque sempre esperaram que o Céu seria como uma enorme Cidade do Vaticano, e sempre esperaram que estivesse cheio de outros papas, mesmo os maus. Então aqui estão todos eles, e porque viajaram pela Estada Estelar estão fora do tempo, agora. Não existe tempo aqui.

– Nenhum?

– Nenhum em absoluto. Temos relógios para poder dividir o dia, e até temos dia e noite, mas essa é a Linha de Einstein. O tempo é fixo aqui, não há futuro, não há passado, só o presente. Fique aqui e você não vai envelhecer nunca. É por isso que as pessoas vêm; não é só pela viagem no tempo, é um pouco como um spa.

– Não parece muito um bom lugar para um feriado.

– Não neste exato lugar, idiota! Esta é uma zona militar, mas um pouco mais adiante, atrás da Basílica de São Pedro, é bem bonito.

— Bem, eu não viria para cá – disse Silver. – Gosto de ir para o litoral nos feriados.

— Há muito litoral aqui. Temos as Areias do Tempo aqui.

— Onde? – perguntou Silver, atenta.

— Só a um arremesso de estrela daqui. Agora pare de fazer perguntas.

— Só estou fazendo perguntas porque o senhor as está respondendo – replicou Silver.

— Bem, agora eu vou lhes fazer algumas perguntas. De que ano vocês vêm?

— 2009 – disse Silver, inventando uma data.

— Distrito?

— Londres.

— E quanto a ele, o seu amigo, esse de aspecto engraçado?

— Tu ris de mim? – indagou Gabriel, e havia algo em sua voz que fez mesmo um policial de quase dois metros e meio de altura pausar.

— Gabriel é um Atávico – disse Silver –, e eu sou uma Pirata.

— Um Atávico e uma Pirata, é? É melhor vocês irem direto para a Quarentena, sem passar pelo Vá e sem pegar mil Astros.

— Vocês ainda jogam banco imobiliário? – perguntou Silver.

— Claro que sim! – disse o policial. – Todo mundo joga banco imobiliário, até mesmo os papas. Agora venham.

Silver e Gabriel se levantaram para seguir o policial quando uma bela mulher apareceu na sala usando um casaco de pele de raposa branca. Os policiais se levantaram.

Regalia Mason sussurrou no ouvido do oficial superior com o cão de duas cabeças, ele riu e fez um gesto na direção de um cômodo nos fundos. Subitamente, Silver e

Gabriel foram erguidos e levados para o cômodo nos fundos como dois pacotes.

– Vocês não me conhecem – disse Regalia Mason.

(*Oh, sim, conhecemos*, pensou Silver, mas não disse nada e tentou praticar suas Mensagens Mentais para dizer a Gabriel que ficasse quieto.)

Regalia Mason sorria.

– Estou aqui para ajudá-los. Vou acompanhá-los de volta ao seu próprio tempo. Vejam, vocês foram pegos por um Tornado do Tempo, e isso deve ser muito desconcertante para vocês. Não se preocupem. Embora as viagens no tempo sejam estritamente proibidas, alguns de nós estão menos sujeitos às regras do que outros.

Ela riu como pingentes de gelo se quebrando.

– Onde nós estamos? – perguntou Silver.

– Vocês estão na Linha de Einstein.

– Foi o que o policial disse, mas não acreditei nele.

– A polícia às vezes diz a verdade – disse Regalia Mason.

Então Regalia Mason explicou que a Linha de Einstein era uma fronteira no tempo; não importava em que parte do futuro você vivesse, essa linha era o máximo a que qualquer um poderia viajar no tempo em direção ao passado.

– Há pessoas que querem voltar para os anos de 1960 ou de 1560, e isso não é permitido. Você talvez tenha notado que em seu mundo não há visitantes do futuro. Alguns cientistas acreditam que isso significa que as viagens no tempo simplesmente não aconteceram. Mas é claro que aconteceram, nós só não deixamos que aconteçam antes de terem sido inventadas.

– O quê? – perguntou Silver, completamente confusa.

Regalia Mason suspirou:

– As viagens no tempo são uma possibilidade científica desde que Einstein descobriu algumas coisas interessantes sobre o espaço curvo e a velocidade da luz, no começo do século XX, mas as viagens no tempo só se tornaram uma realidade no século XXIV. Então, se você vive no século XXVII, por exemplo, tem permissão para recuar até onde as viagens no tempo permitem (para o século XXIV), mas não antes disso. É estritamente proibido.

– Quem proíbe? Deus?

– Deus não existe mais. A Quantum controla o tempo.

– Bem, o que é a Quantum? – perguntou Silver, obstinada.

– Isso seria difícil demais de entender para você, que ainda é jovem, e vive no passado. No seu mundo há governos, parlamentos, o Banco Central, a Lei, as Forças Armadas, os presidentes, até mesmo reis e rainhas, até mesmo Deus. No futuro, todas essas coisas, todas essas instituições, são controladas pela Quantum. É muito mais simples para todos.

Silver pensava, muito concentrada. Em Greenwich, escondida atrás da lareira, ela escutara Regalia Mason falar de sua companhia nos Estados Unidos chamada Quanta; então, o que a Quanta tinha a ver com a Quantum?

– É muita gentileza sua levar-nos para casa – disse Silver –, mas não podemos ficar por alguns dias e dar uma olhada ao redor, já que chegamos de tão longe? Os policiais disseram que há um areal logo adiante na estrada. Podemos ir até lá?

Os olhos de Regalia Mason brilharam com um fogo frio.

– Sinto desapontá-los, mas, vejam, vocês não podem ir a lugar nenhum daqui. Não passaram pela Quarentena.

– Quarentena? O quê? Como um cachorro quando você vem do exterior?

– Mais ou menos – disse Regalia Mason. – No futuro, todas as doenças do passado terão sido derrotadas. Pense como seria horrível se alguma dessas doenças voltasse.

– Nunca fiquei doente! Eu nem mesmo espirrei desde setembro passado.

– Não podemos correr o risco, podemos? Agora esperem aqui enquanto organizo as coisas. Vou mandar servirem limonada e bolo de chocolate.

Regalia Mason sorriu seu sorriso branco feito neve e saiu da sala.

Silver se perguntou se todos os adultos que não eram dignos de confiança serviam limonada e bolo de chocolate. Era o que Abel Darkwater lhe dera. Bem, ela não ia cometer o mesmo erro que a Fada Sininho.

– Não coma nada do que ela nos der! – recomendou a Gabriel, quando um guarda entrou com uma bandeja.

Gabriel cheirou a comida. Tinha um olfato aguçado como o de uma toupeira.

– A comida está drogada – ele disse. – Sinto o cheiro no bolo.

– Temos que fugir antes que ela volte – disse Silver. – Faça alguma coisa, Gabriel!

– Eu?

– Você não consegue cavar um buraco ou algo do tipo?

Enquanto Regalia Mason caminhava, alta, projetando-se da mutidão de militares no Posto de Controle Zero, só uma coisa a preocupava: o futuro não é fixo. O tempo se bifurca. Todas as possibilidades estão sempre presentes, embora apenas um desfecho seja escolhido. Mas Regalia Mason era uma viajante do tempo. Havia visitado o futuro e sabia que a Quantum controlava o universo. Tudo o que fazia agora era garantir que o futuro acontecesse como devia.

Abel Darkwater ela não considerava uma ameaça, embora soubesse muito bem o que ele queria. Ele não era um perigo, mas era capaz de diminuir o ritmo das coisas. Era improvável que ele pudesse alterar o curso dos eventos, mas sua interferência podia causar uma hesitação no tempo, e isso seria o suficiente para perturbar os planos de Regalia Mason no século XXI. Era essencial que os Tornados do Tempo fossem assustadores o bastante para persuadir todos os governos do Ocidente a cooperar com a companhia dela, a Quanta. Uma vez a Quanta começando a assumir o controle do tempo – *a pedido do mundo*, é claro –, o futuro era história.

Tolice deixar uma criança se intrometer no seu caminho...

Preocupada como estava com esses pensamentos, ela não notou a chegada de Abel Darkwater ao Posto de Controle Zero. Não foi a única a não notar; ele caminhou direto em meio à polícia e seus cães, invisível em sua capa de lã, e foi na direção da Basílica de São Pedro, onde conhecia pessoalmente um dos papas.

Chegara bem a tempo da missa.

Preocupada como estava, não notou que Gabriel tinha reparado num alçapão no chão da sala dos fundos onde esperavam que Regalia Mason voltasse.

– É um declive e um túnel, mas estreitos como a esperança. – Ele entrou com seu pequeno corpo. – Tu vens depois de mim, e me segue, e eu o farei com que ele se abra?

Silver espiou lá para baixo. Era do tamanho de uma minhoca. Não havia coisas no espaço chamadas buracos de minhoca? Buracos que ligavam uma parte do tempo a outra? Onde é que eles iam parar?

– Estou com medo, Gabriel – ela disse. – Talvez só devêssemos deixar que ela nos mandasse de volta para casa. Você não deveria estar aqui, de todo modo. Somos só crianças – todo mundo aqui tem dois metros de altura. E agora ela também está aqui, e Abel Darkwater está a caminho. Devíamos ir para casa.

Silver foi até a janela; tinha barras. Foi até a porta e abriu uma fresta; havia um guarda do outro lado, a arma por cima do ombro. Oh, por que ela havia se metido nisso? Queria estar de volta a Tanglewreck. Queria até mesmo estar de volta a Tanglewreck com a sra. Rokabye.

Enquanto ela estava ali parada, hesitante e infeliz, Gabriel disse, em voz baixa:

– Lembra-te do que vieste fazer.

De súbito, em sua mente, como se ela estivesse assistindo a um vídeo, viu uma imagem de Abel Darkwater, como ele havia batido em Micah com seu bastão, e como Gabriel saltara da ponte para salvá-la, quando podia tê-la deixado sozinha para sempre.

Todos eles podiam tê-la deixado sozinha para sempre. Nem mesmo a conheciam, mas haviam se importado com ela. Seus olhos se encheram de lágrimas.

Ela não entendia absolutamente nada sobre o Guardião do Tempo, mas não podia desistir agora – por Gabriel e Micah, por Éden, pelos Atávicos, tinha que dar o melhor de si. E por seu pai também... todos eles deram o melhor de si por ela.

Ela se aprumou, respirou fundo e se virou para Gabriel...

Que
tinha
descido
por um
buraco.

As luzes brilhantes e o ar fresco estavam fazendo com que ele se sentisse doente, embora não tivesse dito nada a Silver. Estava determinado a se aventurar debaixo da terra, e para surpresa de Silver começou a fazer algo que ela nunca o tinha visto fazer antes.

Ele estava de pé no buraco, os ombros e a cabeça na altura do chão. Atou as mãos na altura do peito, para que os cotovelos se projetassem dos dois lados, e começou a se virar, primeiro devagar, depois cada vez mais rápido. Estava fazendo de si mesmo um saca-rolhas humano.

A terra vinha voando para fora do buraco em torno dos pés de Silver enquanto Gabriel afundava cada vez mais. Ela o ouviu chamando-a, depois ouviu a voz de Regalia Mason brincando com os guardas.

Pulou atrás de Gabriel, tapando o nariz.

Não havia outra saída além do buraco...

AUDIÊNCIA COM O PAPA

Abel Darkwater falava com o papa Gregório XIII.
– Ah, quanto tempo faz da última vez que nos vimos?

– Meu filho, aqui não existe tempo, e nenhum relógio com que medi-lo. Estamos na Eternidade agora.

Abel Darkwater sabia que estavam no Posto de Controle Zero na Linha de Einstein, mas também sabia que os papas gostavam de acreditar na Eternidade.

E aquele papa em particular não tinha o menor respeito pelo tempo – em 1582 ele cortara fora dez dias do calendário a fim de alinhar a festa sumamente importante da Páscoa com sua data designada. A Bula Papal dizia: "Faça-se de modo que após o quarto dia de outubro o dia seguinte seja o décimo quinto. Amém."

Qualquer um que se negasse a seguir esse novo calendário era considerado herege. Durante muito tempo – na verdade, cento e setenta anos –, isso incluía todas as pessoas da Inglaterra.

Abel Darkwater sabia que um homem como aquele, que queria o tempo em seus próprios termos, era um homem com quem ele podia barganhar.

– Podemos estar na Eternidade – começou Abel Darkwater –, mas o tempo ainda está se movendo para frente no resto do universo, e muitas coisas aconteceram para desagradar-lhe. Não há Deus e não há Igreja.

– Eu poderia mandar queimá-lo na fogueira por dizer tais coisas, Filho de Satã.

— Eu fui queimado na fogueira — disse Abel Darkwater, com suavidade. — Foi desagradável, mas estou preparado para esquecer isso.

— O que você quer, homem tolo?

— Se eu lhe dissesse que poderíamos reverter o tempo, que poderíamos planejar um universo onde a Igreja fosse outra vez todo-poderosa, e o papa como chefe da Igreja, o mais poderoso homem de todos, o que o senhor diria?

O papa olhou ao redor com seus olhos cobertos pelo capuz. Niguém os ouvia.

— Tenho conhecimento suficiente para saber que no século XXIV a Santa Igreja Romana entrará em colapso, e o Vaticano se tornará um museu.

— E o senhor sabe que o que descreve começa no século XXI, quando uma companhia chamada Quanta aprende a controlar o tempo? — questionou Abel Darkwater.

— Quanta? Você está falando da Quantum? — retrucou o papa.

— Como é chamada agora e em seguida, oh, sim, mas a Quantum é todo-poderosa. A Quanta não era todo-poderosa. A Quanta era uma corporação multinacional, uma pedra no sapato razoável, mas não todo-poderosa, oh, não.

— O que você está me oferecendo, filho dos homens? — perguntou o papa num sussurro.

— Uma chance para fazer o relógio recuar! — respondeu Darkwater, triunfante.

— Como?

— Só há uma forma de fazer o relógio recuar, e isso é encontrando o próprio relógio, o Guardião do Tempo. Oh, sim, com certeza o senhor se lembra do Guardião do Tempo.

O papa se reclinou em sua poltrona púrpura, o nariz comprido repousando nos longos dedos cobertos de anéis. Os olhos redondos de Abel Darkwater eram como duas orbes com uma luz escura hipnotizando-o. Sua mente recuava em meio a mantos vermelhos e corredores púrpura. Sim, ele se lembrava, sim, ele se lembrava, ele se lembrava, e suas memórias rodopiavam como fumaça num espelho...

Ficino, um garoto com olhos flamejantes correndo pelas ruas de Roma.
Conversas heréticas sobre uma vida após a morte sem Céu ou Inferno.
Um leão verde com as patas decepadas.
Um lobo preso num jarro.
A prisão de Maria Profetisa.
A câmara de torturas. A tábua para esticar o corpo dos torturados. O pino e a tarraxa.
Seus aposentos privados no Vaticano. A mobília pesada e escura, as frutas na mesa, as janelas compridas abertas para a noite, o som distante do coro de meninos cantando o Te Deum. *Uma nova máquina para esmagar a mão de um homem sob tortura. Seu livro de orações, coberto de joias e muito usado. Um decantador de vinho.*
As lembranças esfumaçadas se tornaram mais claras. Ele tinha entrado no espelho, agora. Estava de volta ao seu próprio passado.
Serviu o vinho. Bebeu. Estava esperando.

Gabriel e Silver saíram do túnel engasgados e caíram de cara no chão. Quando Silver abriu os olhos, viu uma laranja rolando até ela. Estendeu a mão, pegou-a, descascou-a e deu metade a Gabriel.

O sol brilhava. O dia estava muito quente. Estavam num jardim interno onde belas árvores frutíferas, laranjeiras e limoeiros, cresciam em vasos. Podiam ouvir um coro cantando a uma pequena distância dali. Acima deles havia uma larga janela de pedra que dava para uma pequena sacada. A janela estava aberta. As vozes de dois homens podiam ser ouvidas vindo do aposento.

– Onde estamos? – sussurrou Silver.

– Não sei – disse Gabriel. – Cavei, cavei e então senti como se estivesse sendo puxado por um vento, era como um vento.

Famintos, sedentos e empoeirados, eles comeram mais duas laranjas cada um, e olharam ao redor. O jardim tinha peras crescendo de encontro ao muro e um querubim alado esguichava água numa fonte de chumbo. O jardim era belo e não havia ninguém ali.

– Há uma escada – disse Silver. – Podíamos pular o muro.

Havia uma escada de jardineiro com a base ampla e uma extermidade triangular para que se subisse até as árvores frutíferas. Gabriel foi arrastá-la até o muro, quando Silver ouviu uma agitação e acenou a ele para que se escondesse.

Pela portinha que dava para o jardim vieram dois homens usando uniformes estranhos. Uma mulher caminhava orgulhosa entre eles.

– É ela! – disse Silver, com a voz entrecortada.

E era mesmo ela, sem dúvida, embora muito diferente. Regalia Mason, o cabelo tão preto quanto viria a ser louro. Seus olhos com a mesma expressão feroz e orgulhosa.

Ela falava com altivez numa língua que Silver não entendia.

– É italiano – disse Gabriel. – Minha mãe, Éden, é italiana, tu te recordas. Esses homens estão levando a mulher até o papa!

– O papa! – exclamou Silver. – Então isto deve ser o Vaticano, como na Linha de Einstein, mas nós recuamos no tempo. Recuamos quilômetros no tempo! Olhe para os sapatos deles, as roupas e todo o resto. Eles parecem certas pessoas nos quadros nas paredes de Tanglewreck. O que vamos fazer?

– Não sei. Espera, olha o que eles fazem.

Um dos guardas pegou uma corneta e a fez soar. Um rosto apareceu na janela aberta. Era um homem vestido de vermelho; manto vermelho e um barrete vermelho, com uma grande cruz de prata pendurada no pescoço.

– Um cardeal! – sussurrou Gabriel.

– Que seja trazida a cativa. Sua Santidade o ordena.

Os guardas levaram Regalia Mason por uma portinha trancada. Silver e Gabriel os ouviram trancá-la com um ruído alto pelo lado de dentro.

Gabriel olhou rapidamente ao redor e disparou até a escada. Apoiou-a no muro, subiu e saiu para a sacada.

Não!, pensou Silver, querendo chamá-lo de volta e sabendo que não podia. Havia só uma coisa que podia fazer, e correu pelo pavimento de lajes, subindo atrás dele.

Ajoelhados lado a lado, eles espiaram lá para dentro.

O aposento estava escuro, embora o dia estivesse brilhante e o sol, quente.

Estavam diretamente atrás da imponente cadeira entalhada do próprio papa. Na parede oposta a ele havia um espelho ladeado por castiçais dourados. As velas estavam acesas, apesar do sol. Eles podiam ver a face sombria do papa no espelho, o que significava que se não tomassem cuidado...

Subitamente, a porta se abriu e Regalia Mason entrou, os punhos atados nas costas. O papa ergueu a mão. Ela foi liberada. Ele ergueu a mão novamente e os guardas deixaram o aposento, fazendo mesuras e andando de costas. O cardeal de vermelho estava sentado num canto, pronto a fazer anotações.

O papa falou:

– Então, Maria Profetisa. Vemos que ainda se dedica à sua feitiçaria.

– Sou uma alquimista, não uma maga qualquer.

O papa fez que sim, os dedos tamborilando nos lábios.

– Que prodígio você me trouxe para comprar sua liberdade?

– Trouxe-lhe o próprio tempo.

Ele a observou abrir a bolsa. Em parte esperava que o universo fosse cair dali, enrolado como uma bola, escondido em seus próprios pensamentos. Santo Agostinho não havia dito que antes de o tempo começar o universo se escondera em seus próprios pensamentos, esperando?

Ele entendia isso; cada um de nós é um pequenino universo, esperando.

Esperou. Da bolsa ela tirou um relógio, maior do que um relógio de mesa mas menor do que um relógio papal. Anjos decoravam seu mostrador duplo. Os vinte e quatro segmentos das horas estavam gravados com desenhos. Ela disse que cada segmento era uma hora e que cada hora era um século. O relógio começava com o nascimento de Cristo e ia funcionar até o Fim dos Tempos.

Ao soar a meia-noite do último dia do século XXIV, pelo que dizia a profecia, o tempo deixaria de existir para sempre.

O relógio agora estava no século XVI, em 1582. O papa Gregório virava-o entre as mãos enquanto ela falava.

Sorriu quando viu as imagens; sabia o que elas eram, inventadas havia mais de duzentos anos para amigos de sua família, os viscondes de Milão. Eram conhecidas como as cartas do tarô. Alguns diziam serem um inofensivo jogo de cartas, outros diziam serem muito mais; algo oculto e proibido.

A hora zero mostrava a imagem de um Louco do Carnaval em roupas esfarrapadas, com seu cachorrinho pulando atrás dele, enquanto ele pisava alegremente na beira de um penhasco.

A primeira hora mostrava o Mago, Senhor do Universo.

A segunda hora mostrava a Sacerdotisa, sentada entre seus pilares, Guardiã dos Mistérios.

A terceira hora mostrava a Imperatriz, Mãe do Mundo.

A quarta hora mostrava o Imperador, legislador mundano deste domínio.

A quinta hora mostrava o próprio papa, encapuzado e com sua capa, todo-poderoso entre o Céu e a Terra.

A sexta hora mostrava os Enamorados – três deles. Ele às vezes chamava essa imagem de Triângulo Eterno.

A sétima hora mostrava o Condutor do Carro conduzindo seu Carro, puxado por esfinges pretas e brancas; sucesso mundano e conhecimento secreto.

A oitava hora mostrava uma mulher domando um leão.

A nona hora mostrava o Eremita, lanterna na mão.

A décima hora mostrava a senhora Fortuna girando sua roda.

A décima primeira hora mostrava a Justiça, espada e balança ao lado.

A décima segunda hora, que era a hora zero, retornava ao Louco.

O papa virou o relógio para seu mostrador oposto e examinou minuciosamente o que viu.

Na décima terceira hora havia um homem pendurado de cabeça para baixo, uma perna cruzada sobre a outra.

A décima quarta hora mostrava um anjo, um pé no mar e outro na costa, derramando líquido verde de uma taça dourada para outra.

A décima quinta hora mostrava o Diabo.

Na décima sexta hora, uma torre atingida por um relâmpago explodia.

A décima sétima hora mostrava uma donzela-estrela nua junto ao seu poço, derramando água dourada.

A décima oitava hora mostrava a Lua, prateada e misteriosa sobre um poço prateado.

A décima nona hora mostrava o Sol.

A vigésima hora mostrava o Julgamento: um anjo com uma trombeta.

A vigésima primeira hora mostrava o Mundo, girando e glorioso, e completo.

E então o papa franziu o cenho e se deteve, porque suas cartas eram só vinte e duas – três grupos de sete, de acordo com os números sagrados, e o zero do Louco. O que eram aquelas outras imagens que ele via agora? Aquelas duas últimas?

Maria Profetisa sorria.

Entalhadas em prata e ouro estavam duas imagens do futuro. Uma era uma estrada sinuosa entre as estrelas. A outra era uma criança segurando um relógio.

Lá fora na sacada, Silver tateou a bolsa com as duas imagens. Sim, ainda estava ali, mas como podiam estar em dois lugares ao mesmo tempo? *Mas este não é o mesmo tempo*, ela pensou consigo mesma.

O papa Gregório olhou atentamente para a imagem da criança com o relógio. O relógio era o relógio em suas mãos. E a criança?

– A Guardiã do Tempo – disse Maria Profetisa.

O papa serviu vinho a ambos. Lembrou à mulher de que podia mandar torturá-la e queimá-la.

– Por ter um relógio? – Ela sorriu de novo, o sorriso frio no calor do começo da noite de verão na Itália. Ela não tinha medo dele. Ele tinha um certo medo dela, mesmo que ela fosse uma mulher e portanto inferior.

– Deus decretou as horas e os dias – ele disse. – Temos provas de que você não segue o nosso calendário.

– Não é verdade – disse Maria Profetisa. – Muita magia foi feita nos dez dias que o senhor retirou. Agora os chamamos de nossos dias secretos, trancados fora do tempo, mas ainda assim poderosos.

– Você será queimada por isso – disse o papa.

Ele estava prestes a chamar os guardas, mas seu olhar caiu sobre a estranha beleza do relógio e ele se sentiu atraído a saber mais a respeito dele. Tamborilou o comprido nariz aquilino com os dedos.

– Qual você diz ser o propósito deste relógio, deste Guardião do Tempo?

Maria Profetisa fez uma pausa enquanto as sombras da noite caíam em barras através da janela, e então começou a falar:

– Há muito tempo, nas margens do Nilo, os sacerdotes sagrados do deus Rá ordenaram que devia haver doze horas diurnas e doze horas noturnas.

"Rá, com a cabeça de falcão, Legislador do Sol, empurrava seu barco pelo Céu todos os dias e, à noite, navegava pelo Mundo Inferior, até ser outra vez hora de renascer ao raiar do dia.

"Os adoradores de Rá entendiam os antigos mistérios do universo, e então lhes foi revelada uma profecia que o deus moribundo renasceria no Fim dos Tempos.

"Esse deus seria o novo legislador do universo.

"As grandes dinastias do Egito passaram para as Areias do Tempo, e a cabeça da esfinge foi enterrada no pó. Moisés, o israelita, trouxe um novo deus do Egito, feito não de ouro, nem à imagem de um animal, mas à imagem do Homem. Esse Deus, Jeová, teve um filho, Jesus, cujo nascimento foi anunciado por uma estrela.

"O padrão dos Céus é claro. Vinte e quatro séculos vão se passar até o Fim dos Tempos."

– E então? – disse o papa, observando-a.

– O deus vai renascer e o tempo pertencerá a ele.

– Mas você diz que o tempo não mais existirá.

– O tempo não mais existirá do modo como o conhecemos.

– Isso é um mistério – ponderou o papa.

Maria Profetisa inclinou a cabeça.

– E a criança? Quem é a criança no vigésimo quarto símbolo?

– Ela é a Criança da Face Dourada – disse Maria Profetisa.
– E qual o significado disso? – perguntou o papa.
– Não sei. Nem tudo pode ser revelado.
– Você não sabe ou não quer dizer?
– A criança é um mistério, como o relógio – disse Maria Profetisa.
O papa disse:
– Você não é uma crente.
– Não acredito no que o senhor acredita, essa é toda a diferença entre nós, mas sou uma crente.
– Você é uma herege. – O papa esmurrou a mesa.
– Não acredito no que o senhor acredita – ela repetiu.
– Você foi presa por suspeita de feitiçaria e heresia, e em sua defesa me oferece um relógio? – O papa rosnava como um lobo.
– Estou lhe oferecendo o segredo do tempo!
– Como você encontrou esse relógio? – perguntou o papa.
Maria Profetisa ficou em silêncio.
Então o papa fez uma coisa terrível. Pegou o relógio e o atirou na parede, onde ele se desfez em pedaços.
– Que seja amaldiçoado até os limites dos Céus! – bradou Maria Profetisa, de quatro, tentando capturar os anjos decapitados, as varetas dos pêndulos, as pequeninas rodas dentadas, os números adornados com joias.
O papa riu dela:
– Não me importo em nada com sua feitiçaria, mulher, e não me importo em nada com os seus brinquedos. O relógio foi destruído, e suas profecias delirantes também o foram. A Igreja de Deus há de resistir até o Fim dos Tempos, e o Fim dos Tempos será o dia em que Deus leva-

rá Seu rebanho ao Seu Céu, e o Inferno se fechará para sempre sobre a sua lamúria.

Maria Profetisa se atirou para frente, a fim de pegar os fragmentos despedaçados do relógio, e, ao tentar alcançar a área atrás da cadeira do papa, olhou para a sacada e se deparou com os rostos de Silver e Gabriel.

Houve uma pausa de um segundo, e então ela girou um pequeno frasco que estava em torno do seu pescoço e atirou neles, gritando:

– Vão embora, vão embora, ainda não está na hora!

O papa olhou ao redor, surpreso, mas não viu nada, porque Silver e Gabriel tinham desaparecido.

Ele fez soar o sino, os guardas vieram e carregaram para longe Maria Profetisa, gritando juras e maldições enquanto ia.

Então o papa se curvou e cuidadosamente recolheu os pedaços do relógio e colocou-os de volta na bolsa, que colocou em sua gaveta, para depois trancar.

Abel Darkwater estava inclinado para a frente, observando intensamente o papa. Ele o hipnotizara parcialmente; suas memórias estavam dispostas atrás dele, na parede.

Enquanto o papa recobrava por completo sua consciência, Darkwater dizia:

– O senhor falhou. Não destruiu o Guardião do Tempo.

– Os pedaços me foram roubados.

– E levados ao Peru, onde uma nova esmeralda foi lapidada, para substituir aquela com que o senhor ficou para usar em seu anel.

O papa deu de ombros.

– E foi num navio pirata para a Inglaterra, no reino de Elizabeth I.

– Ela era uma herege – disse o papa. – Nós a excomungamos.

– E então sua história está oculta até ele ser encontrado novamente na Jamaica, em 1762, por um aprendiz de relojoeiro chamado Harrison.

– E onde está o relógio agora?

– Essa é a questão – pontuou Abel Darkwater.

Por vários minutos o papa e Darkwater ficaram em silêncio. Uma freira serviçal veio lhes trazer vinho.

– Tudo podia ser alterado, ah, sim, se eu tivesse o Guardião do Tempo outra vez. Se o tivesse, poderíamos abrir nosso caminho com a justeza de uma agulha para trás no tecido do tempo, e o que aconteceu não precisaria ter acontecido.

– O que aconteceu, aconteceu – disse o papa.

– De fato, ah, sim, mas não precisava.

– O que você está dizendo?

– Estou dizendo – falou Abel Darkwater pacientemente – que as últimas horas do relógio são as que nos interessam. No século XXI, onde estou vivendo no presente, começam a acontecer pela primeira vez, se o senhor me perdoa a expressão, perturbações, rasgões, fendas no tecido do tempo, que, se entendidas corretamente, nos permitem um momento para mudar a história, isto é, para escolher nosso futuro. Sua velha inimiga ainda é sua inimiga. O senhor seria derrotado por ela?

– Maria Profetisa?

– Como ela se move através do tempo! – disse Abel Darkwater. – Seu nome é agora Regalia Mason e é ela, ah, sim, é ela quem está no comando da companhia chamada Quanta, que, se não fizermos nada...

– Vai se tornar a Quantum – disse o papa, seus olhos brilhando como seu anel de esmeralda.

– A Quantum – repetiu Abel Darkwater. – Legisladora do universo, um novo deus de fato.

– E se agirmos agora? – indagou o papa.

– A vitória será nossa.

– E Maria Profetisa?

– Será destruída.

Os dois homens sorriram um para o outro – o sorriso de um crocodilo e o sorriso de um lobo.

O GRANDE
ÔNIBUS VERMELHO

Pela segunda vez em quantos minutos, horas, dias, meses, anos Silver e Gabriel estavam caídos de cara no chão?

Não tinham a menor ideia de quanto tempo se passara ou de onde estavam agora.

– Ela jogou alguma coisa em nós – disse Silver, tentando se levantar.

– Essa coisa que ela jogou nos arremessou para longe – disse Gabriel, esfregando seus machucados. – Está ferida?

Silver sacudiu a cabeça e olhou ao redor.

– Gabriel! Devemos estar de volta a Philippi, há três luas!

– Isto é uma terra abandonada – falou Gabriel, olhando devagar ao redor.

Eles estavam nas bordas de um campo com vegetação rasteira e pilhas de metal sucateado: carros, máquinas de lavar, panelas elétricas, arquivos e bicicletas sem rodas. Enquanto andavam por entre as pilhas, algumas ardentes, outras frias, Gabriel enchia os bolsos largos de seu casaco azul com anzóis e porcas, fios de arame e clipes.

– O que você está fazendo? – perguntou Silver.

– Os Atávicos põem em uso tudo o que encontram – disse ele, simplesmente.

– Você entendeu o que Regalia Mason, quer dizer, Maria Profetisa, estava dizendo?

– Sim – respondeu Gabriel.

– Então, o que ela estava dizendo? E seja como for, o papa quebrou o relógio.

– Ela falava da profecia e do relógio – disse Gabriel. – Não penso que o relógio esteja quebrado para sempre. Lembra-te que Micah, meu pai, o encontrou muitos anos mais tarde, na Jamaica.

– Mas ele estava quebrado, nessa ocasião – disse Silver.

– Pode ser que tu venhas a consertá-lo – disse Gabriel.

Ele não falou mais nada. O que tinha visto e ouvido o assustou, não por ele, mas por Silver. Fizera um voto silencioso de que ia protegê-la a qualquer custo, mesmo que esse custo fosse sua própria vida. Enquanto tinha esse pensamento, Silver segurou sua mão.

– Olhe – disse Silver. – Isso é estranho, isso é realmente estranho.

A cerca de setecentos metros dali, mas nitidamente visível a distância, estava um grande ônibus vermelho de Londres. Vultos pequenos corriam ao redor dele. Enquanto Gabriel e Silver estavam parados observando-os, não viram um grupo de quatro homens se aproximando. Os homens usavam casacos compridos e gorros; seus rostos estavam ásperos e com a barba por fazer. Dois deles levavam tacos de beisebol. Subitamente, Gabriel pressentiu-os e agarrou a mão de Silver.

– Corre, Silver, corre!

Correram na direção do ônibus, com os homens seguindo-os. Gabriel e Silver correram o mais rápido que conseguiam – ou pelo menos o mais rápido que Silver conseguia –, mas os homens eram mais velozes, e os estavam alcançando.

– Socorro! – gritou Silver. – Socorro!

Os vultos no ônibus ouviram e se viraram, e com um forte rugido um deles começou a correr na direção de Silver, Gabriel e dos homens. Os homens diminuíram o passo, depois acabaram parando, balançando os tacos de uma das mãos para a outra. Pedras começaram a chover por cima da cabeça de Silver. As crianças do ônibus estavam atirando pedras nos homens.

– DEEM O FORA DAQUI, OUVIRAM? – um menino negro na frente das crianças gritava para os homens. Então ele acenou para Silver e Gabriel. – Venham, venham! Mais rápido, gente!

Os homens se viraram devagar, zombando das crianças e ameaçando-as, mas por fim voltando aos montes de sucata, enquanto o menino negro se mantinha firme no lugar. As crianças cercaram Silver e Gabriel.

– Obrigada! – agradeceu Silver. – Quem são eles?

– Sucateiros – respondeu o menino. – Maus de verdade. Moram nesses montes de sucata, sabem? Estão sempre por aí roubando.

O menino negro olhava com curiosidade para Gabriel: seus olhos, orelhas, seu rosto, suas roupas, suas mãos.

– Tu ris de mim? – indagou Gabriel.

– Não, cara, de jeito nenhum! – disse o menino, abandonando sua atitude arrogante. O menino não tinha medo dos sucateiros, mas um pouco de medo de Gabriel. Sorriu e abriu os braços para que todo mundo se adiantasse.

Silver e Gabriel começaram a andar na direção do ônibus com as crianças. Todas elas usavam uniforme escolar esfarrapado e remendado, exceto por um par de gêmeas que não se juntara aos outros e estava se balançando no poste da parte aberta do ônibus. Ambas usavam vestidos brancos idênticos, tão limpos que brilhavam. Silver se perguntou como alguém podia se manter tão limpo ali em meio a tanta terra e sucata.

— De onde vocês são? — perguntou o menino negro, que era alto e obviamente o líder.

— Londres — disse Silver.

— É, como a gente. A gente estava nesse ônibus. Indo para a escola e, de repente, a gente veio parar aqui. Só isso, POU! Em Londres. E de repente aqui...

— Vocês são as crianças do ônibus! — concluiu Silver, animada. — Vocês vieram com o primeiro Tornado do Tempo! Estavam na TV. Bem, não estavam, porque vocês todos desapareceram, mas todo mundo ouviu falar.

— Legal, a gente estava na TV! — comemorou uma das meninas.

— Ah, não seja idiota sobre a idiota da TV, eu quero ir para casa. Quero meu cachorro — a menina ao lado dela começou a chorar.

Outra foi consolá-la, dizendo para Silver:

— Temos comida e tudo o mais, está tudo bem, mas a gente não sabe o que está acontecendo. Há aliens na Terra?

— Não — disse Silver. — Há Tornados do Tempo.

E ela contou às crianças tudo o que acontecera.

Enquanto conversavam, uma sineta tocou e uma mulher surgiu de uma construção distante.

— Sally e Kelly! Para casa agora, por favor!

As gêmeas de vestido branco se afastaram do grupo e, de mãos dadas, caminharam pelo terreno com a vegetação rasteira na direção das construções de aço do outro lado. As construções pareciam essas casinhas que há em estacionamentos e lugares do tipo, mas eram feitas de aço.

— O que está acontecendo? — perguntou Silver.

– Não sei. – O menino sacudiu a cabeça. – Todos os dias as gêmeas vão para o hospital fazer check-up ou coisas do tipo, e têm que usar esses nanovestidos brancos.

– O que é um nanovestido?

– Não ficam sujos, não importa o que faça, você fica quente neles, não importa o tempo. As pessoas que vivem aqui usam nanovestidos o tempo todo, não têm que lavar nem nada disso. Eles têm nanochips no material. Como pequenos chips de computador, mas bem pequenininhos mesmo, entendeu?

– Não sabemos nada deste lugar – disse Silver. – Você nos leva por aí um pouco?

– Tá, podemos mostrar a vocês as coisas todas, como o Vaticano, que é uma idiotice completa porque está cheio de papas.

– Eu sou católica, então cale a boca – resmungou uma das meninas.

– É, mas você só devia ter um papa de cada vez, não é? Este lugar está cheio deles. Pra onde quer que você olhe, uau, outro papa.

– Estamos em Philippi? – perguntou Gabriel.

– Isso, Linha de Einstein, Posto de Controle Zero.

– Então voltamos ao lugar onde estávamos.

– Por quê? Onde vocês andaram?

– Roma, eu acho – intuiu Silver.

– Em 1582 – afirmou Gabriel.

– Legal! – elogiou o garoto. – Meu nome é Toby.

– Gabriel – disse Gabriel, fazendo uma pequena mesura.

– Silver – disse Silver, sorrindo.

Toby dividiu a comida que as crianças haviam recebido para o dia, de modo que havia o bastante para Silver e

Gabriel. Comeram salsichas, ovos cozidos e torta de maçã, e beberam suco de laranja.

Toby disse que ia mostrar a eles os arredores.

– É meio como a Disneylândia por aqui. Tipo um parque temático. Vou mostrar.

Silver, Gabriel e as crianças saíram num grupo barulhento para caminhar pelas ruas, que não eram ruas de fato, mas grupos de prédios e praças, e então espaços vazios com lixo por toda parte.

Homens maltrapilhos reviravam o lixo.

– Mais sucateiros – disse Toby. – Como os vagabundos em Londres, sem emprego nem nada. Eles vendem sucata. Estes aqui são tranquilos, não tão selvagens, mas aqueles lá nos depósitos de lixo, vocês têm que tomar cuidado.

– O que aquilo está fazendo ali? – disse Silver, olhando para uma torre alta.

– É, aquilo é a Torre Inclinada de Pizza.

– Não é Pizza, é Pisa – disse Silver, que não era tão ruim em geografia como pensava.

Em volta da base da torre havia um grupo de carros antigos: MG, Pontiac, Rolls-Royce, Ford Modelo T, Thunderbird, Big Healy, Bugatti, Porsche, todos com placas de À VENDA penduradas no para-brisa.

– Se fizéssemos ligação direta num deles, poderíamos fugir – disse Toby.

Gabriel ficou muito interessado nos carros. Contou a Toby sobre as Enfields.

– Legal! – Toby se empolgou. – Você pode fazer um destes funcionar?

Gabriel fez que sim. Ele podia fazer qualquer coisa funcionar.

– Hoje à noite, então! – disse Toby, que tinha decidido esquecer as orelhas engraçadas e as roupas estranhas de

Gabriel. Talvez aquele não fosse o lugar adequado para se comportar como se alguma coisa fosse estranha.

– Como essas carroças de gasolina vieram parar aqui? – perguntou Gabriel.

– Hã? Você está falando dos carros? Cara, tudo vem primeiro para cá. Os sucateiros me falaram – disse Toby. – Você sabe como as coisas e as crianças desaparecem e ninguém sabe para onde foram ou por que nunca voltam? Sim, bem, isso é porque eles são deformados pelo tempo e vêm para cá. Seja do passado ou do futuro, tudo vem pela Estrada Estelar e é registrado no Posto de Controle Zero. Então, é posto à venda em algum outro lugar. Todos os revendedores vêm para cá em busca de coisas baratas. Vendemos nossas mochilas, walkmans e telefones celulares, mesmo nosso dinheiro. Eles têm uma loja de moedas, esses caras.

– E quanto às pessoas? O que acontece com as pessoas que vêm para cá? – Silver quis saber.

– Não sei, para ser honesto. Estamos só esperando para sermos deportados, mas estamos numa fila ou sei lá o quê.

Eles tinham dobrado uma esquina, chegando a um elegante prédio de apartamentos parisiense, com um grande letreiro luminoso no telhado que dizia POL. A outra metade do POL havia caído.

– Papagaios, talvez – disse Toby. – Minha avó, em Barbados, tinha um papagaio chamado Pol, ou Polly. Ou talvez Pol seja Polícia, não sei. Esta é a parte elegante da cidade. O chefe de polícia vive aqui, e os cientistas também. Esse prédio simplesmente caiu aqui um dia, vindo de Paris, os sucateiros dizem.

– Deve ter sido um Tornado do Tempo – supôs Silver.

Silver se perguntou se Regalia Mason teria um apartamento no Pol. Descreveu-a para Toby. Ele nunca a tinha visto. Sacudiu a cabeça. Não tinha visto ninguém daquele tipo.

Uma zeladora gorda saiu da porta principal do Pol e gritou com as crianças para que fossem embora:

– *Allez! Dépêchez-vous! Je travaille! Je déteste les jeunes!*

E depois começou a limpar com um esfregão os degraus de mármore.

– Ela fala essa porcaria de língua francesa para que a gente não entenda – resmungou Toby. – Acho que ela veio para cá junto com o edifício.

Eles seguiram em frente, passando por fileiras arrumadas de casas com terraços e construções de ripas de madeira do Meio-Oeste americano, e uma fábrica abandonada que dizia SABÃO LUZ DO SOL.

Num desvio, sobre trilhos que não iam dar em lugar algum, havia trens de locomotiva, trens a vapor e trens a diesel, seus vagões abandonados servindo de casa para refugiados, que estavam de pé do lado de fora, cozinhando e fitando-os.

– Vocês têm que ter cuidado, aqui – recomendou Toby. – Crianças somem. Crianças são vendidas. Esses aí não podem fazer nada com a gente porque fomos registrados – e ele lhes mostrou seu triângulo laranja –, mas vocês ainda não foram registrados. Por quê?

– Seremos registrados mais tarde – disse Silver, com cautela. – Há uma fila. Nós só chegamos ontem à noite.

Toby fez que sim. Parecia satisfeito. As outras crianças andando por ali não estavam interessadas. Toby era o líder.

Bem à frente deles havia um grande edifício de pedra com colunas, fontes e uma área pavimentada com bancos e guardas armados andando de um lado a outro, mas sem ameaçar quem estivesse apenas sentado ou comendo seu almoço. Dois papas, usando túnicas e chapéus, conversavam com um homem tão branco que refletia a luz do dia. Silver contorceu os olhos.

– Que lugar é este, Toby?

– O hospital. O Hospital Belém.

– O quê? – surpreendeu-se Gabriel. – Bedlam?

– Não é Bedlam, nem nada disso, é BELÉM, essas coisas de Jesus e Natal.

– É a mesma coisa – disse Gabriel, caminhando um pouco mais adiante, olhando fixamente para o lugar odiado e temido de seus pesadelos e dos pesadelos de seu pai. Pensou que aquele lugar tivesse sido destruído havia muito.

Silver disse:

– Este é um hospital para pessoas doentes, como na Inglaterra?

– É, eu acho, é onde eles te examinam quando você chega. A gente vem aqui para ver se está doente. Recebe comida boa à beça e não é feito um hospital horrível em Londres. Estive em um certa vez, quando quebrei a perna. Era nojento, a comida era um mingau aguado, e sujo, e todo mundo gritava o tempo todo, dia e noite. Isto aqui parece um hotel.

– Podemos entrar? – Silver quis saber.

Toby sacudiu a cabeça.

– De jeito nenhum. Aqui fora é como o vácuo. Como um ponto de encontro. Mas você não pode entrar. Sally e Kelly vêm aqui todos os dias, mas, quando a gente pergunta o que acontece, elas dizem que nada acontece. Eles só mapeiam o DNA delas. Sabe o que é o DNA?

Silver fez que sim. O guarda olhava para eles. Gabriel chamava atenção com suas roupas estranhas. Estava agitado e nervoso também. Queria visivelmente que seguissem adiante, mas Silver olhava fixamente para o hospital imaculadamente branco.

Então Silver a viu, Regalia Mason, descendo a escada do hospital.

– Vamos embora – ela disse a Toby, já se afastando.

Era tarde demais. Regalia Mason tinha visto Gabriel. Em menos de um segundo ele estava cercado.

– O que é isso?

– Vá! – disse Silver. – Anda logo!

Algo na voz dela fez Toby obedecer. Ele assobiou para as crianças e eles desapareceram como ratos. Silver correu até onde Gabriel se encontrava, cercado.

– Soltem-no! – disse ela, tentando puxar os enormes guardas.

– Não há necessidade de violência – disse Regalia Mason. – Eles não vão machucá-lo.

– Você quer a mim, não a ele – disse Silver.

Regalia Mason riu.

– Só quero o que for melhor para vocês dois. Quando vocês desapareceram na semana passada, nós naturalmente ficamos preocupados.

– Na semana passada?

– O tempo voa, não é mesmo? – disse Regalia Mason.

– *Tempus Fugit* – disse Silver, antes que pudesse evitar.

– Sim... – disse Regalia Mason – e é por isso que precisamos ter uma conversinha, você e eu. Pode vir se sentar comigo? Conheço um café muito simpático nos arredores.

– E quanto a Gabriel?

– Vou fazer um acordo com você, Silver. Se vier falar comigo, garanto que Gabriel fique a salvo e não seja deportado imediatamente. Temos que fingir passar por todas as formalidades, então vão ter que levá-lo, mas prometo que ele não será deportado sem você. Está de acordo?

– Não acredito em você – desafiou Silver.

– Sempre digo a verdade – disse Regalia Mason. – Gabriel não será mandado de volta a Londres sem você. Dou-lhe minha palavra.

Ela fez um gesto para um dos guardas.

– Leve esse menino embora, mas trate-o como tratamos o conde Palmieri. Está entendendo? O conde Palmieri.

Virando-se para Silver, ela disse:

– Ele foi um importante aristocrata italiano de quem queríamos cuidar, mas aqui, na Linha de Einstein, devemos obedecer às regras, ou dar a impressão de que obedecemos, pelo menos. Agora venha, está bem?

Silver correu até Gabriel. Os guardas, no entanto, deixaram que se aproximasse.

– É só fingimento – ela sussurrou. – Você vai ficar a salvo.

Gabriel sorriu e fez que sim.

– Não temas por mim, Silver. Nunca te esqueças do que deves fazer. Nunca te esqueças do motivo que te trouxe até aqui.

E o engraçado era que Silver havia esquecido. Não pensara no Guardião do Tempo durante todo aquele dia. Sacudiu a cabeça como alguém tentando se lembrar. Os olhos de Regalia Mason a observavam.

– Não vou esquecer – Silver arantiu a Gabriel.

Gabriel observou-a se afastar com Regalia Mason.

Não sabia se voltaria a ver Silver outra vez.

– Micah – ele enviava uma Mensagem Mental. – Micah...

A ESTRADA ESTELAR

O Caffè Ora ficava atrás da Basílica de São Pedro.

Silver estava com fome e ficou feliz ao comer o *ciabatta* tostado que Regalia Mason pedira para ela. Durante toda sua vida, pensou Silver vagamente entre as mordidas, ela nunca tivera o suficiente para comer.

Regalia Mason não comia.

– Por que todo mundo aqui é tão alto? – perguntou Silver, olhando para o garçom. Como os guardas, ele tinha pelo menos dois metros e meio.

– As pessoas que vivem e trabalham na Linha de Einstein são conhecidas como *Les Marginaux*. São párias, marginais, refugiados, manifestantes, e foram obrigados a uma vida difícil. A vida difícil no espaço é diferente da vida difícil na Terra. A Terra tem gravidade, mas muitas das colônias espaciais não têm. Quando os humanos vivem sem gravidade por tempo demais, seus corpos começam a se expandir. Eles esticam.

– Essas são as pessoas de sorte que passaram por tratamento médico antes de esticar demais. Mas, como você vê, ainda são mais altas do que o habitual.

– Por que eles precisam ter uma vida difícil?

– Não precisam. Ninguém precisa. A Quantum oferece a todos casa e emprego.

– Então por que eles fogem?

— Sempre existem aqueles que não sabem o que é melhor para si. O futuro modificou muitas coisas, Silver, mas não modificou a natureza humana.

Silver fez que sim, e pensou na natureza humana; seus únicos exemplos eram seus pais e Buddleia – bons –, a sra. Rokabye e Abel Darkwater – muito maus. E os Atávicos e Gabriel, mas eles eram humanos? E Regalia Mason...

Silver olhou diretamente para ela, e então perguntou:
— Você vai me matar?

Regalia Mason riu, mas pela primeira vez em muito tempo ela se sentiu desconfortável.

— Talvez devêssemos ser honestas uma com a outra. Que tal?

Silver fez que sim.

— Tudo bem. Você está aqui porque procura o Guardião do Tempo.

Silver não respondeu.

— Mas se encontrar o Guardião do Tempo, o que vai fazer com ele?

— Não sei, mas não quero que chegue às mãos de Abel Darkwater.

— É uma decisão sábia. Nesse caso, é melhor você seguir meu conselho e ir para casa, porque vai levá-lo ao Guardião do Tempo, quer você queira, quer não, e ele é um homem muito poderoso.

— O que vai acontecer se ele encontrá-lo?

— Ele vai alterar a história.

— O que vai acontecer se você o encontrar?

— Não preciso dele.

Silver estava recordando a Maria Profetisa que vira em Roma. Tinha que se lembrar o tempo todo de que aquela mulher que parecia razoável e gentil também era a que Micah chamara de fênix e de serpente. Tinha a estranha sensação de estar aquecida e cansada. Não queria fazer nenhum esforço para pensar. Tinha que fazer esforço para pensar. Por baixo da mesa, puxou o medalhão de Micah de dentro do bolso e o esfregou entre os dedos. Sua mente se desanuviou outra vez.

– Então por que ele é importante para você? Sei que é importante para você...

Regalia Mason sorriu e encolheu os ombros.

– Não é importante desde que fique exatamente onde está.

– Você sabe onde ele está?

– É claro.

– Então...

– Então tudo o que você precisa fazer é ir para casa.

– Minha mãe e meu pai morreram por causa do Guardião do Tempo.

– Sinto muito.

– E ele tem alguma coisa a ver com nossa casa, Tanglewreck, e tem alguma coisa a ver comigo.

Regalia Mason observava Silver atentamente. A menina não era tola; mais do que isso, tinha algo em si que o dinheiro não podia comprar e que o medo não podia paralisar. Cresceria. O que se tornaria? Regalia Mason pretendera apagar sua memória e mandar deportá-la. Isso seria o bastante para frustrar os planos de Abel Darkwater, mas se essa menina fosse de fato a Criança da Face Dourada, será que a Quantum encontraria nela uma inimiga que nunca esperara? Improvável, altamente improvável. A Quantum era todo-poderosa... mas... o futuro se bifurca... o que pode acontecer... o que acontece de fato...

– Por que não vamos andar um pouco? – sugeriu Regalia Mason.

Elas se puseram a caminho por uma comprida avenida com árvores enfileiradas. Pássaros de cores brilhantes cantavam nos galhos.

– Você vai manter sua promessa sobre Gabriel? – perguntou Silver.

– Prometo que não vou matá-lo, e prometo que não vou mandar deportá-lo – disse Regalia Mason. – Prometo que vou dizer a verdade a você.

Silver fez que sim. Havia guardado o medalhão de Micah, e o sol a deixava quente e sonolenta outra vez.

– A rua continua toda vida – disse Silver.

– Esta é a Estrada Estelar. Poucas pessoas da sua época a viram.

Instintivamente, Silver tateou o bolso em busca das duas imagens que Micah lhe dera. A estrada serpenteando entre as estrelas – sim, a imagem era aquela estrada. Aquela estrada era a imagem.

Regalia Mason começou a contar a Silver a história do que havia acontecido depois dos Tornados do Tempo no século XXI, como as viagens no tempo começaram e como a Estrada Estelar foi descoberta.

– Volte à época em que você estava na Ponte da Torre. O que você viu?

– Vi Roger Rover subindo o Tâmisa em seu navio lotado de tesouros.

– O que você acha que aconteceu com as centenas de pessoas que caminhavam para um lado e para outro na Shad Thames aquele dia, ou atravessavam a ponte de carro?

– Não sei, porque pulei dentro do Tornado do Tempo quando ele veio na minha direção. Vi o rio se erguendo, dourado, e pensei: *Se eu não pular agora, vou ser varrida*.

– E você pulou.

– Sim.

– Aqueles que foram varridos foram arremessados com força através do tempo, e nunca poderão retornar ao seu próprio tempo. Alguns já foram atomizados. Outros terão que se adaptar à vida aqui na Linha de Einstein. Não podemos deportá-los de volta ao seu próprio tempo, pois seus parentes e amigos, o governo britânico, o mundo inteiro sabem que o tempo começou a se desestabilizar, e quaisquer refugiados que regressassem seriam examinados para fornecer informações sobre o futuro.

– Mas você acabou de dizer que posso ir para casa!

– Isso é porque ninguém sabe que está aqui, e caso sua disfunção de memória tenha sido completada por nós, você nunca saberá que esteve aqui. – Regalia Mason sorriu seu sorriso frio.

– Mas você disse que as pessoas vêm para cá do passado, de todo modo – argumentou Silver.

– Sempre houve acidentes nas viagens no tempo – disse Regalia Mason. – Talvez você tenha ouvido falar do Triângulo das Bermudas, uma estranha faixa de água onde marinheiros e seus navios desapareceram por completo. Ou ouviu falar de um navio chamado *Marie Celeste*, encontrado flutuando sem sinal de passageiros ou tripulação? Há uma montanha na Austrália chamada Hanging Rock, onde um grupo de crianças de escola e sua professora desapareceram sem deixar vestígios. E há milhares de homens, mulheres e crianças que simplesmente pisaram numa Deformação do Tempo e aterrissaram a anos-luz de casa.

– Mas agora é diferente – disse Silver.

– Sim, muito diferente, e foi por isso que vim para Londres oferecer ajuda. Na Quanta, temos talentos especiais, e no século XXI fomos gradualmente capazes de estabilizar o tempo outra vez. Sem nós, o que você acha que teria acontecido?

Silver não sabia.

– O espaço e o tempo são conectados – disse Regalia Mason. – Só podemos falar de espaço-tempo, não de um sem o outro. Se o tempo tivesse continuado a se erguer, o próprio mundo poderia ter se dobrado. Poderíamos ter desaparecido outra vez no pequenino ponto onde estávamos quando o tempo começou.

Silver fez que sim mais uma vez, ainda mais sonolenta do que antes. Tudo fazia sentido quando Regalia explicava. Era só Abel Darkwater quem estava aborrecendo todo mundo. Subitamente ela ouviu a voz de Micah, como se ele estivesse de pé bem ao seu lado: *Deves ter muito mais medo dela do que tens dele. Ela é a fênix dos tempos idos, aquela que morre e renasce.*

Silver arregalou os olhos e olhou ao redor. Regalia Mason a observava atentamente.

– O que foi, Silver?

– Oh, nada. Eu só escutei algo, só isso.

– Você está cansada – disse Regalia Mason suavemente –, muito cansada.

Ela segurou a mão de Silver.

Silver e Regalia Mason continuavam caminhando pela Estrada Estelar. Todos os prédios tinham ficado bem longe lá atrás. Campos se estendiam dos dois lados da estrada. O ar estava pesado com o som de insetos. Era como aquele dia no jardim em Roma...

– Para onde esta estrada nos leva?

– Esta estrada percorre o passado e o futuro, mundos mortos e recém-nascidos. É uma estrada comercial e uma estrada para os viajantes e outra coisa também; é parte da viagem.

– Que viagem é essa?

– Você vai descobrir.

Silver não queria parar de andar nunca. Sentia-se leve e livre sob o céu de sóis pálidos e estrelas visíveis. Queria simplesmente poder andar e andar até chegar ao dia em que estivesse adulta, e então ninguém poderia lhe perguntar para onde ia; iria até o último quilômetro da Estrada Estelar e desapareceria.

O Guardião do Tempo não importava. Tudo ficaria bem.

Regalia Mason apertou sua mão. Será que ela lera seus pensamentos?

A estrada tremeluzia sob o sol. A névoa do calor bruxuleava adiante.

– É a sua função de onda que você pode ver, bruxuleando ali – sussurrou Regalia Mason. – Você pensa que está confinada ao seu corpo, mas na verdade o seu corpo é apenas um contorno. Cada partícula subatômica que você é envia uma onda através do espaço e do tempo. Sua função de onda é o padrão que você constitui, espalhado pelo universo, e se você soubesse como fazer isso, poderia se concentrar em qualquer lugar e a qualquer momento.

Silver teve a sensação de dissolução que havia tido ao saltar dentro do Tornado do Tempo. Podia se sentir afastando-se de si mesma. Queria deixar acontecer; era como se deixar levar pelo sono e começar a sonhar.

Desta vez os braços de Gabriel não estavam ali para ampará-la. Desta vez não havia ninguém para chamar seu nome. Ela teve o pensamento de que era muito mais fácil se dissolver naquele padrão de onda do que se recompor como ela mesma, ou como qualquer outra possibilidade. Era mais fácil dormir do que acordar; ela estava muito, muito cansada.

– Onde está Gabriel? – perguntou ela, subitamente. – Você prometeu...

– Ele está onde você nunca vai encontrá-lo.

Regalia Mason largou a mão de Silver, e a menina caiu na beira da estrada.

A noite veio. Estrelas brancas e três luas.

UM BURACO NEGRO

Gabriel havia sido levado de volta ao Posto de Controle Zero.

Os guardas o haviam tirado da van e o empurrado na direção de um abrigo de zinco.

– "Palmieri", não esqueça – disse um dos guardas, rindo. Ele jogou um papel diante de Gabriel. – Este é o seu passe para tirá-lo daqui quando você quiser ir. Exatamente como Palmieri. Guarde bem!

Todos eles irromperam em risadas outra vez.

– Vós rides de mim? – Gabriel quis saber.

Fez-se silêncio. Os guardas pareceram desconfortáveis, depois zangados. Todos eles haviam sido recrutados entre os sucateiros, e por terem sido tratados de maneira tão ruim durante toda sua vida, tudo de que gostavam era fazer outras pessoas se sentirem pior do que eles.

– Bata nele – disse um dos guardas.

– Não, não se dê ao trabalho – disse outro. – Ele está livre para ir quando quiser, afinal de contas. – Houve uma outra explosão de risadas. – Entre aí, está bem, seu esquisitinho?

– Que lugar é esse? – perguntou Gabriel, olhando para o abrigo.

– Vá e veja você mesmo – disse o guarda –, e quando tiver dado uma boa olhada, estará livre para ir embora!

Eles abriram a porta com um puxão. Um vento cortante e terrível soprou lá para fora e os guardas tiveram que fazer esforço para ficar de pé. Com toda força, jogaram Gabriel dentro do abrigo. O abrigo não tinha chão. Gabriel caiu e caiu, através do vento, para dentro de um mundo completamente negro. Com um baque terrível, aterrissou em algo muito macio, algo que meio que o sufocou quando ele tentou se levantar.

– Quem foi que chegou? – disse uma Voz, num sussurro que era mais aguçado e mais agudo do que o vento impetuoso ao redor dele.
– Alguém como nós – disse outra Voz. – Deve ser.
– Puxe-o para cima!
– Não, deixe-o escorregar!
Gabriel tinha ouvidos capazes de ouvir tudo; tinha nascido e sido criado debaixo da terra e seus ouvidos eram aguçados como os de um animal que vive numa toca.
Também tinha olhos que conseguiam enxergar no escuro, mas em toda sua vida nunca tinha visto uma escuridão como aquela. Era espessa como um capuz. Ergueu a mão diante do rosto. Nada.
Concluiu que o que vivia debaixo da terra ali não tinha ouvidos nem olhos.
Melhor ficar quieto.
– Ele sabe que horas são? – lá estava a Voz de novo. – Quero saber que horas são.
– Ele perdeu a irmã gêmea. Nunca mais vai vê-la de novo. Pobrezinho! Rá-rá-rá!
Gabriel não gostava daquilo. Tinha que sair dali. Tentou se levantar, mas descobriu que não conseguia se mexer. Pelo menos não conseguia se mexer para cima. Podia se mexer para baixo, e era para lá que a força do vento queria empurrá-lo, para baixo.

– Vamos pegá-lo!

Gabriel entrou em pânico, aterrorizado. Memórias de ser perseguido, memórias de apanhar, memórias de correr com Golias por entre os túneis baixos, com os Diabos gritando lá atrás, seus corpos vermelhos e brilhantes, seus rostos pálidos e cruéis. Ele não seria mandado para Bedlam. Não seria acorrentado como seu pai.

Freneticamente, enfiou suas mãos quadradas de pá na substância macia para tentar segurá-la, e foi assim que o encontraram. Dois laços prenderam suas mãos. Outros dois laços prenderam seus pés, e ele estava sendo puxado para baixo, sufocando, para dentro do negrume macio.

– Peguei você, filhinho! Rá-rá-rá! Vamos sentir o que ele é.

Houve um som horrível, deslizante e úmido, enquanto tateavam o corpo de Gabriel.

– Dois braços, sim, duas pernas, sim, cabeça, mãos, pés e, orelhas engraçadas. Rá-rá-rá!

– Vós rides de mim? – Gabriel perguntou mais uma vez.

Fez-se silêncio. Não houve resposta. Gabriel ouviu sussurros rápidos. A raiva o deixou ousado.

– Vós sentis o que eu sou, agora sinto o que vós sois – disse, saltando para frente e tocando o vulto mais próximo.

Foi horrível. O vulto era comprido e magro. O vulto era redondo e polpudo, como espaguete quente, como um verme gordo; seu comprimento e sua magreza nunca pareciam terminar. Gabriel enrolava o corpo como uma corda em torno do braço.

– Onde fica o teu fim? – perguntou ele, já com menos ousadia.

– Não há fim – respondeu a Voz. – Muito em breve vai acontecer com você, filhinho. Isso é o que acontece aqui.

Você ainda não foi sugado para baixo o suficiente. Mas já terá sido quando for de noite, rá-rá-rá!

De noite? Como alguma coisa poderia ser mais escura do que aquilo?

– Que lugar é este?

– Buraco Negro.

– É este o nome? Buraco Negro?

Gabriel contou-lhes do abrigo, mas as Vozes não sabiam nada sobre ele. Disseram que haviam sido jogadas pela rampa do hospital depois das Transfusões de Tempo.

– Hospital? – disse Gabriel. – O Hospital Bedlam?

– O Hospital se chama Belém – disse a Voz.

– Temos tempo – completou a outra Voz. – Temos tempo, rá-rá-rá, isso é o que os médicos dizem, mas eles não têm tempo, NÓS tínhamos, e eles o tiram de nós para vender para outras pessoas, e depois nos jogam aqui. Metade de nós, de todo modo. Somos todos gêmeos. Se um gêmeo escapa, o outro é atirado aqui, filhinho. Sua irmã gêmea escapou, rá-rá-rá!

Gabriel estava feliz em saber que Silver havia escapado, mesmo ela não sendo sua irmã gêmea.

As Vozes lhe falaram rápida e asperamente sobre a vida no hospital. O hospital só pegava gêmeos. Durante seis meses eles os tratavam bem: os alimentavam e cuidavam deles, faziam com que se sentissem saudáveis e fortes, e então começavam as experiências.

Tantas pessoas no mundo estavam com falta de tempo, e era isso o que o hospital retirava – tempo. Os melhores anos eram cuidadosamente removidos e transfundidos em discretas embalagens para cada ano, a qualquer um que pudesse pagar por eles.

Os gêmeos envelheciam rápido. Quarenta e nove anos era o máximo retirado de qualquer corpo, mas, usando gêmeos, o hospital descobriu que podia retirar noventa e oito anos compatíveis e vendê-los como um pacote saudável a famílias ou a companhias que queriam estender o tempo de vida produtiva de seus altos executivos.

As transfusões eram feitas aos treze anos de idade.

– Órfãos – disse a Voz. – Órfãos ou mães que vendem seus filhos. Você ganha um bom dinheiro vendendo seus filhos.

– E qual é o destino dessas pessoas?

– Quando terminam as experiências, e elas nem sempre funcionam, você fica doente e velho. Um garoto de treze anos parece ter sessenta quando terminam, não consegue nem mais andar. Às vezes, tiram-lhe anos demais e ele morre logo em seguida; as enfermeiras recebem extra por vendas ilegais. Você pode conseguir tempo com desconto nos Vendedores de Tempo, mas um bocado dele não presta. Eles não lhe dão garantia e você não pode reclamar a ninguém se pagar o valor e a mercadoria for ruim.

– Bem, mesmo quando eles se atêm às regras e só retiram o que a lei permite, o menino logo fica doente do mesmo modo, e jogam aqui os fracos. Não há tempo num Buraco Negro, filhinho, nenhum tempo em absoluto. O tempo para, e para porque há tanta gravidade aqui que puxa tudo junto com ela, até mesmo a luz. Nem mesmo a luz consegue escapar deste lugar. Não há tempo, não há luz, só há o que eles chamam de Estiramento.

– Estiramento? – Gabriel estava nervoso.

– A gravidade aqui embaixo te estira como espaguete. Isso é o que nós somos agora: espaguete humano.

– Deixa-me ir – protestou Gabriel.

– Não podemos fazer isso, filhinho. Ninguém sai de um Buraco Negro porque ninguém consegue viajar mais rápido do que a velocidade da luz, e é o que você precisa fazer para sair daqui. Você vai ser sugado para baixo, e vai começar a ser espaguete. Rá-rá-rá!

A velocidade da luz. Gabriel não sabia muito a respeito da luz, porque vivia debaixo da terra, e nunca ouvira falar que a luz tivesse uma velocidade. Mas ele era um bom corredor.

– Com que rapidez a luz viaja?

– Trezentos mil quilômetros por segundo. Faça melhor do que isso, rá-rá-rá!

O coração de Gabriel sucumbiu. Era como se ele já estivesse cedendo à gravidade do Buraco Negro e sendo puxado cada vez mais para baixo.

– Eles eram estrelas brilhantes outrora, esses Buracos Negros – disse a Voz. – Pense só nisso.

– Por que eles nos aprisionam aqui? – Gabriel quis saber.

– Só um de nós – respondeu a Voz. – O outro é para a experiência. Veja, se não existe tempo aqui embaixo, e não existe, nós não podemos efetivamente morrer. Deveríamos ser esmagados pela força da gravidade, mas isso não aconteceu, nós apenas esticamos e esticamos e esticamos. Meus pés estão a mais de mil quilômetros daqui, facilmente. Enquanto vivemos no limbo aqui, nosso gêmeo também não pode morrer. Sabe-se lá por que não? Então eles nos usam para mais algumas outras experiências.

– Que experiências são essas? Conte-me – pediu Gabriel.

– Não posso lhe dizer, filhinho. Sei das Transfusões de Tempo, mas não sei do resto. Teletransporte, eles dizem, mas por que você precisa de gêmeos para isso, não sei. Só sei que estamos aqui sem luz, sem tempo, nos esticando devagar através desta estrela morta e escura. – A Voz se calou.

Gabriel sentia o vento puxando-o, e a sensação era de estar sendo sugado para fora e para baixo. Não podia nem se segurar com suas mãos fortes, pois não havia nada ao seu redor além de negrume.

Tentou se segurar com sua mente. Enviaria a Silver uma Mensagem Mental. Ela não era muito boa para lê-las, mas se ele apenas pudesse alcançá-la, como alcançara quando estavam ambos rodopiando no Tornado do Tempo. Ele sentira uma corda ligando-os naquela ocasião, e as únicas vezes que sentira isso haviam sido com a sua gente.

Concentrou-se. "Silver, Silver..." Mas sentia algo nublado e vago, não o sorriso brilhante dela ou seus olhos límpidos. Tentou imaginá-la, mas era como olhar para uma fotografia desbotada. "Silver, Silver." Ele fechou os olhos, mesmo estando tão escuro, e fez a imagem dela ficar mais forte. Agora, ela estava começando a adquirir certo contorno. Ele se deu conta de que ela também devia estar correndo perigo e ficou com medo.

– Nunca se sabe – disse a Voz. – Nunca se sabe onde ela pode estar agora, filhinho.

– Eu hei de saber! – gritou ele, por cima do vento que aumentava.

– Tarde demais, você já está escorregando. Não consegue sentir?

Sim, conseguia sentir. Conseguia sentir seu corpo robusto e compacto se afastando de si mesmo. Estava sendo fragmentado pela imensa força da gravidade no Buraco Negro. Bem, tudo certo. Se aquilo era o fim, usaria toda sua última força de vontade para se segurar em Silver. Seria como Golias e enterraria suas pernas para deixá-las fortes. Faria com que seus músculos trabalhassem para ele uma última vez. Acordaria Silver de seu sono. Haveria de moldá-la novamente e ela se lembraria de quem era.

O vento estava em seu corpo. As Vozes haviam desaparecido. Ele estava só.

Fundo debaixo da terra, em Londres, no Tâmisa, os Atávicos estavam sentados em círculo, de mãos dadas.

– Firme com ele – disse Micah. – Ele está no inferno. Firme com ele.

Ninguém falou. Um vento começou a se elevar na Câmara. O vento açoitava as panelas e as soprava de encontro à parede. Os pôneis choramingavam e tremiam, e Golias podia ser ouvido rugindo em seu túnel.

– Segurai-vos contra o vento – gritou Micah. – É o vento do Fim dos Tempos, é o vento dos Mortos, é o vento do Nada e do Vazio, segurai-vos!

Com toda força, agarraram-se uns aos outros e permaneceram sentados como estavam, usando cada grama de sua força para manter Gabriel em sua visão.

Gabriel, por sua vez, mantinha Silver em sua visão. Não pensava absolutamente em si mesmo, pensava apenas nela, e desenhou uma linha prateada ao redor de seu corpo. Quando essa linha vacilava, ele a fortalecia, e soprava seu próprio hálito através do vento furioso, como se soprasse vida para dentro dela.

Sua mente escurecia. Ele não ousava se mover, por medo de escorregar pela superfície macia para o vazio sem forma e ser açoitado pelo vento lá embaixo.

Tinha talvez uma chance de aguentar por mais tempo. Remexendo em seus bolsos, tirou o arame e os clipes que havia pegado dos montes de entulho, amarrou os pés à cintura, amarrando depois os braços em torno do peito. Se pudesse se tornar o mais compacto possível, seria difícil de se partir.

– Ajuda-me, Micah – ele disse. – Ajuda-nos a ambos.

Na Estrada Estelar, a garota estava caída ao lado. Ninguém tomava qualquer conhecimento dela ou tentava ajudá-la ao passar de um lado a outro. Ela era mais um dos párias. Era comum que os refugiados morressem à beira da estrada. Uma van viria levar seu corpo naquela noite ou no dia seguinte.

Fazia frio na estrada. A menina estava entorpecida e quieta, como algo que dormisse na neve. Então, suavemente, muito suavemente, como um piano que se escutasse a distância, sua mente, que se expandia e se dissolvia, ouviu um som que reconheceu de outro lugar, de outra vida.

– *Aguenta* – dizia o som.

O som veio outra vez, mais forte, o mesmo, um pouco distinto dessa vez:

– *Aguenta*.

Ou era só o vento nas árvores?

RESGATE INTERNACIONAL

Alguma coisa quente e peluda lambia seu rosto.

Ela sonhava que estava em Tanglewreck com seus pais vivos, e o mundo inteiro estava a salvo.

O que era aquela coisa quente e peluda? Ela não queria abrir os olhos. Mas fosse o que fosse, persistia, lambendo-a como se ela fosse um monte de manteiga. Sentia-se como manteiga. Manteiga derretida, exceto pelo fato de que para ser aquilo ela devia estar quente, e não estava; estava gelada. Manteiga derretida gelada. Que idiotice!

Abriu os olhos. Havia um gato amarelado a menos de três centímetros do seu rosto.

– Quem é você? – ela perguntou.

– Quem é você? – retrucou uma voz que não pertencia ao gato.

– Sou... – e ela parou, porque não sabia. Ali estava Tanglewreck, sua casa adorada, mas...

– Mal funcionamento da memória, talvez? – disse uma voz de mulher.

– Acho que não. Ela se dissolveu em sua função de onda. Temos que apontá-la de volta ao aqui e agora. Venha, venha, irmãzinha. Estamos observando-a, estamos falando com você. Você está aqui conosco.

Duas mulheres se inclinavam sobre ela.

– Queremos que você venha para dentro. Pode vir conosco?

A garota fez que sim e se levantou, cambaleante, usando os braços delas como apoio. O gato se esfregava em seu jeans.

– Queremos tirá-la daqui antes que a Van venha. Mais rápido, se puder. Só até ali, até o Caffè Ora.

A menina conhecia esse nome. Franziu a testa.

Elas saíram apressadas pela estrada. Um homem redondo numa capa de lã as observava das sombras. Ninguém o notou.

O Caffè Ora estava fechado e as persianas cerradas nas janelas, mas lá dentro as mesas estavam lotadas de gente sentada, conversando.

A menina piscou os olhos diante da luz e se sentiu fraca.

– Sente-se – disse uma das mulheres. – Meu nome é Ora, sou dona do café. – Ela colocou a mão no ombro da outra mulher e sorriu. – Esta é Serena. Todo mundo aqui é amigo. Agora vamos, concentre-se em algo que você conheça realmente bem. O que é?

Uma casa, um fosso, um quarto no sótão, uma entrada longa e mal-cuidada...

– Tanglewreck – gritou a criança. – É onde eu moro.

– É um planeta ou uma cidade? – perguntou Ora.

– É minha casa. Minha própria casa; bem, a não ser pela sra... – mas ela não conseguia se lembrar do nome.

– Isso é bom – disse Ora, de modo aprovativo. – Todo mundo aqui quer ajudá-la. Estamos todos olhando para você, e todos queremos saber seu nome.

As pessoas nas mesas começaram a aplaudir e dar vivas. A menina se sentiu envergonhada. Queria que...

ELE estivesse ali... qual era o nome dele? O nome dele, o nome dele...

– Onde está Gabriel? – disse a menina, arrebatadamente. – Ele é meu amigo. É pequeno mas forte, usa um casaco azul, tem o rosto pálido e cabelos pretos como azeviche. Viemos para cá num Tornado do Tempo. Regalia Mason me encontrou e me deixou na Estrada Estelar. Tenho que encontrar meu amigo Gabriel, e o...

Ela parou. Aqueles eram amigos de fato ou inimigos? O que estava acontecendo? Por que ela havia esquecido seu próprio nome?

– Meu nome é Silver – disse ela.

Ora suspirou aliviada.

– Você quase morreu lá fora. Se a Van a tivesse encontrado, você estaria morta a essa altura.

– O que é a Van?

– A Van leva gente que sobra para ser usada em outro lugar.

– O que aconteceu comigo?

– Você estava se dissolvendo em todas as suas possibilidades, isso é o que uma função de onda é. Num nível subatômico, suas partículas estão espalhadas pelo espaço e pelo tempo. Você está em toda parte e em lugar nenhum. No nível banal da vida cotidiana, você precisa ser alguém para existir, ou precisa existir para ser alguém, como preferir.

Silver fez que sim.

– Acontece um bocado na Estrada Estelar. É fácil esquecer quem você é. Isso era o que estava acontecendo com você. Estava sendo levada por todos os seus possíveis estados de existência. Quando chegamos, tiramos uma medida...

– Vocês me mediram? – perguntou Silver, realmente confusa.

— Num certo sentido. Mas não com uma fita métrica. Observando-a, nós determinamos sua posição no universo. Trouxemos você de volta de todos os lugares para algum lugar.

— Dê um pouco de massa para a garota! – recomendou um dos homens à mesa.

— John tem razão – concordou Serena. – Ela precisa de comida antes da ciência!

Ora trouxe para ela um prato fumegante de massa e Silver devorou-o. Entre um bocado e outro, ela disse:

— Eu estava aqui faz pouco tempo, no seu café. Esta tarde, eu acho. Regalia Mason me trouxe aqui.

Ninguém conhecia o nome ou a descrição, então Silver continuou falando:

— Ela é de uma companhia chamada Quanta, mas acho que aqui se chama Quantum.

— O que você sabe sobre a Quantum? – indagou Ora.

— No lugar de onde venho, Londres, no século XXI, alguma coisa está errada com o tempo. Há manifestações nas ruas e o governo não sabe o que fazer. Regalia Mason é dona de uma empresa chamada Quanta. Fica nos Estados Unidos, e só eles podem consertar o tempo, por isso ninguém no futuro pode interferir no passado. Se fizerem isso, ela diz que não haverá futuro nem passado. O tempo vai implodir e tudo desaparecerá.

Ora fez que sim.

— Vou lhe dizer uma coisa, Silver. Muitos de nós nesta sala hoje arriscaram suas vidas, e aqueles que não estão aqui as perderam tentando viajar no tempo, até o passado, a fim de mudar o que acontecia então, para que conseguíssemos alterar o que acontece agora. Todos fracassamos. Onde você está, em Londres, no século XXI, é o lugar e a época onde o futuro é estabelecido por centenas, talvez milhares de anos por vir. Você não tem ideia da importância da época em que vive.

    Silver recordou o encontro do Comitê em Greenwich e como Regalia Mason havia dito a todos aqueles cientistas inteligentes e pessoas importantes no governo britânico que sua companhia seria a única a controlar as novas pesquisas sobre o tempo.

    – Mas o que é a Quantum? – perguntou ela.

As pessoas na sala ficaram quietas, se entreolhando. Ora falou:

    – No nível mais alto, ninguém sabe. Há ministros, oficiais, funcionários, polícia, soldados, escritórios, emissoras de televisão, tudo o que você possa imaginar, mas ninguém sabe quem ou o que está no centro.

Eu sei, pensou Silver, e teve medo.

    – Aqui, na Linha de Einstein, há um Movimento de Resistência. Tentamos ajudar as pessoas que são vítimas da Quantum, e temos nossos espiões infiltrados nas organizações Quantum. As pessoas chegam na Linha de Einstein vindas de todas as épocas e partes do universo. Nós as acolhemos e, em retribuição, eles nos dão informações. Se a ajudássemos a voltar ao seu próprio tempo, você levaria uma mensagem para nós?

    – Sim – garantiu Silver –, mas tenho que encontrar meu amigo antes de voltar, e...

    Ela estava prestes a dizer que também tinha que encontrar o Guardião do Tempo, mas alguma coisa a advertia de que aquelas pessoas não a entenderiam.

    – Vamos ajudá-la a encontrar seu amigo. Se a Polícia do Tempo deportá-la, vão refazer os circuitos de seus neurônios cerebrais, e você não vai conseguir se lembrar de nada sobre o lugar onde esteve. Se nós providenciarmos sua viagem, você vai se lembrar de tudo isto, e poder levar uma mensagem a um de nossos trabalhadores em Londres.

Silver pensou em algo.

– Se isto é o futuro e vocês sabem o que aconteceu no século XXI, como é que não sabem quem controla a Quantum? Deve estar nos livros de história sobre Regalia Mason, sua companhia Quanta e os Tornados do Tempo.

– Não se pode confiar na história – disse Ora, simplesmente. – A Quantum reescreveu a história. O resto foi apagado.

Silver pensou consigo: *É por isso que eles não sabem nada sobre Regalia Mason. Ela não quer que eles saibam coisa alguma. Quer ser invisível.*

Silver se deu conta de que mesmo ela estava, num certo sentido, guardando o segredo de Regalia Mason. Havia tanta coisa que não podia ser dita. De todo modo, quem acreditaria nela?

Ora levou Silver a um quartinho nos fundos e começou a arrumar uma cama para ela. O quarto era basicamente um depósito para o café, mas Ora disse que a Resistência muitas vezes tentava ajudar os viajantes que não tinham onde ficar.

– É perigoso dormir na beira da estrada. A Van vem e leva-a embora, e você acaba no hospital, para testes. E então... bem, quem sabe? – Ela disse isso com uma voz de quem sabe muito bem.

Havia uma caixa de gato no quarto. Dizia CAIXA DE GATO, mas quando Silver levantou a tampa e olhou ali dentro, viu que o gato amarelado estava morto. Chamou Ora, e recuou um pouco assustada com o corpo morto e duro do gato quente e peludo que a lambera até ela acordar.

Ora riu:

– Esse é só o Dinger. A mais famosa experiência animal da história. Tem seu próprio site e fã-clube, como Bambi, Shere Khan ou Dumbo, mas ele é um gato de verdade e não um desenho.

– Mas ele está morto! – disse Silver. – E estava vivo!

– Ele está morto agora, estará vivo de novo mais tarde.

– Como?

– Ele existe na soma de todos os estados possíveis. É sua função de onda.

– Como pode um gato estar morto e vivo ao mesmo tempo?

Ora suspirou:

– É assim que é. A função de onda do gato existe em todos os estados possíveis: morto, vivo, comendo, dormindo, correndo, se lavando. Veja, os átomos e outras pequenas partículas, as partes fundamentais de que somos feitos, bem, essas coisas básicas podem existir simultaneamente em mais de um estado ao mesmo tempo, do jeito como você se dissolvia na Estrada Estelar.

"Somente quando se faz uma observação (chame de medição, ou de observação, como preferir), bem, só então esses pedacinhos seus e do gato entram definitivamente num estado ou no outro. O gato costumava ser trancado numa caixa fechada e ameaçado com um pequeno frasco de veneno que seria disparado pela decomposição atômica de substâncias radioativas. Até a caixa ser aberta, ninguém sabia se Dinger estava vivo ou morto; e como o único átomo que disparara o veneno podia estar arruinado ou não ao mesmo tempo, também o gato podia estar morto ou não, ao mesmo tempo. Você não tem como saber até abrir a porta."

— Mas ele está morto agora! – exclamou Silver.

— E quando você abrir a caixa de novo, estará vivo. Ele é um gato quantum.

Silver olhou para o corpo morto.

— Eu o envenenei?

— Não! Isso tudo aconteceu há anos, 1935 para ser exata, quando o sujeito chamado Schrödinger fez a experiência com o gato. Dinger não tem que passar por tudo isso de novo, mas uma vez um gato quantum, sempre um gato quantum. Ele simplesmente vem e vai através de suas funções de onda.

— Onde você o conseguiu? – perguntou Silver.

— Eu o comprei na Quantum Pets. É um lugar para colecionadores. Ele foi muito caro... mas não come muito.

— Bem, ele não deve comer, se está morto – disse Silver.

Ora se ocupava ao redor da cama. Desligou a luz do teto, deixando Silver com apenas uma pequena lâmpada de cabeceira.

— Você não vai se esquecer do meu amigo Gabriel, vai? – perguntou Silver.

Ora sorriu.

— Conheço alguém, que conhece alguém, que vai saber. É assim que funciona, aqui. Vamos descobrir para você, se pudermos. Agora vá dormir.

Ora saiu, deixando Silver com Dinger, o gato. Hesitante, ela tocou seu pelo. Seus olhos estavam abertos e vítreos. Ele estava definitivamente morto.

Ela fechou a caixa e foi para a cama.

ELFOS!

Thugger e Fisty haviam se arrastado curvados pelas passagens baixas que levavam para longe dos porões. Thugger tinha certeza de que se seguissem os dutos de água, chegariam a um aqueduto em algum lugar no terreno da casa, e então correriam tão rápido quanto suas pernas criminosas os pudessem levar de volta à sua van.

Fisty estava com medo. Nunca tinha sido bom em fazer mais de uma coisa de cada vez, o que o tornava útil para derrubar portas com um murro ou roubar velhinhas, mas agora ele todo era medo, e tremia conforme seguia apressado com Elvis morto no saco por cima do seu ombro.

– Vamos, vamos, pense em pizza e batatas fritas, pense no programa de futebol na TV – disse Thugger, para encorajá-lo.

Mas Fisty não conseguia pensar. Nem mesmo num bom dia Fisty conseguia pensar, e aquele não era um bom dia.

Conforme continuavam, Thugger notou penas de cisne flutuando na água. Cisnes não vivem debaixo da terra, então aquilo devia significar que o curso d'água ia dar num rio ou num lago, em algum lugar. Ele pegou uma pena de cisne e segurou-a, para dar sorte.

Não muito tempo depois, seus olhos, que já haviam se acostumado com o escuro, notaram uma luz diante deles;

uma luz brilhante, como o dia. Estava certo! Iam escapar. Arrastando Fisty pela manga, ele tropeçava e corria e tropeçava, e sim, lá estavam eles, numa sala com lambris de madeira e luz descendo em cachoeiras através das janelas vermelhas e verdes, iluminadas, e um homem de barba enterrava sua faca num cisne assado no espeto.

– Vilões! – gritou o homem. – O que estão fazendo na minha casa?

Thugger pensou rápido – a humildade talvez fosse melhor do que uma briga. O homem parecia forte e sua faca era afiada.

– Foi mal, chefe, a gente tá perdido. É só mostrar o caminho rumo à porta e a gente se manda.

– Não há porta – respondeu o homem. – Foi lacrada faz tempo por meus inimigos.

– O senhor é o rei Elfo? – perguntou Fisty, tremendo tanto que mal conseguia pronunciar as palavras.

– Sou o Senhor desta Herdade. E vocês, quem são?

– Thugger e Fisty.

– Servidores da coroa?

– Estamos aqui em nome de Abel Darkwater.

Era a coisa errada a se dizer. O homem bem-vestido avançou, pegou um espadim de cima da lareira e avançou na direção deles.

– Darkwater! Esse cavalheiro me levou um relógio com uma trapaça e me privou da minha liberdade. Desembainhem suas espadas!

Thugger pegou seu bastão. Com um passo ágil para a frente, o elegante homenzinho de barba vermelha cortou-o ao meio. A ponta flexível de seu espadim espetou Thugger na parede. Fisty choramingou.

– Responda-me com cuidado e você será poupado: que monarca reina sobre a terra?

Thugger achou melhor responder:
– A rainha Elizabeth.
O Barba Vermelha fez que sim e pareceu satisfeito.
– Então não se passou tanto tempo quanto eu temia. Ainda posso recuperar minha liberdade e minha propriedade. Que serviço vocês fazem para Darkwater?
– Ele quer o relógio – revelou Fisty, sem pensar.
– O tratante tem o relógio! Foi meu resgate, mas meu resgate foi pago e eu ainda estou me consumindo aqui.
– Ele não disse nada sobre um resgate, mas o relógio não está com ele, isso com certeza. Ele nos mandou procurá-lo aqui, num momento em que todos saíram.
– Saíram? Há vinte criados dentro de casa e dez membros da minha família em Tanglewreck, para não falar dos garotos do estábulo, jardineiros, carregadores de água e dos que trabalham na lavoura. Para onde eles foram? Estão grassando as guerras?
– Não nesta ilha, senhor.
– Bem, bem, e isto é bom, e seu tom é bastante civilizado. Agora digam-me tudo o que sabem do paradeiro de seu mestre Darkwater, e deixem-me ver se não posso pagar por seus serviços um preço melhor.
– Mas o senhor é o rei Elfo? – repetiu Fisty obstinadamente, pois, como o falecido Elvis, ele nunca podia largar um osso quando estava com ele entre suas mandíbulas lentas e estúpidas.
– Pelo sangue de Deus, do que você está falando, seu vaqueiro tolo?
– Não sou um caubói – disse Fisty. – Olhe, está escrito aqui: REI ELFO.

Ele tirou da bolsa a enorme tampa enferrujada. Thugger colocou as mãos na cabeça. *Uma vez um idiota, sempre um idiota*, ele pensou. Agora o elegante senhor de barba vermelha ficaria realmente zangado e provavelmente espetaria os dois como um par de kebabs de frango.

O Barba Vermelha havia se aproximado e olhava para o círculo enferrujado de metal. Então pegou um guardanapo, limpou-o, e começou a rir sem parar.

– O que há de engraçado? – perguntou Fisty, que nunca entendia uma piada até que lhe explicassem quinze vezes.

– Agradeço-lhe muito, senhor. Não rio tanto assim faz muitos anos.

Thugger se levantou, curioso, e foi ver por si mesmo. Começou a rir.

– REI ELFO, é, Fisty? REI ELFO?

A tampa pesada e enferrujada dizia:

O TRINCO DESTA TAMPA CONSISTE NUMA LINGUETA
DE FECHAMENTO AUTOMÁTICO

– É, bem... – disse Fisty. – É, bem, eu não acredito em Elfos, nunca acreditei...

O homem de barba vermelha enxugava os olhos com o lenço.

– Sentem-se, cavalheiros. Os dois! Sentem-se! Sir Roger Rover convida-os para jantar.

MENTIRAS VERDADEIRAS

Silver dormiu por muito tempo e não sonhou.

Acordou com a aurora, que ali na Linha de Einstein não era uma aurora, mas três, porque Philippi tinha três luas e três sóis.

Os três sóis nasceram nos três horizontes e formaram um triângulo de luz rosa e límpida. A Estrada Estelar se estendia a distância.

Ela encontrou seu casaco de lã e tateou no interior dos bolsos. As luvas de cota de malha ainda estavam ali, e o machadinho de lâmina dupla que ela havia roubado da Torre de Londres também. Verdade, ela havia perdido o broche de diamantes, mas tinha o mapa de Micah, seu medalhão e as duas imagens do mostrador do Guardião do Tempo. Tirou-os de seu saquinho de juta e olhou para eles. Ajudariam-na a se lembrar do que tinha que fazer.

No Caffè Ora, estava no momento do alvoroço do café da manhã. Quando Ora viu que Silver estava acordada, deu-lhe torradas, ovos e suco de laranja. O gato Dinger estava sentado limpando o focinho com as patas.

– Ele está vivo!

– Eu disse isso a você na noite passada...

– Sim... descobriu alguma coisa sobre meu amigo Gabriel?

O rosto de Ora estava sério. Ela desviou os olhos e começou a afagar o gato. Silver sentiu seu coração batendo rápido demais.

– O que aconteceu?
– É tarde demais, Silver.
– O que você quer dizer? Onde ele está?
– Ele está perdido. Há um lugar... oh, não é um lugar como você imagina, é mais uma ausência de espaço, um vazio.
– Que lugar?
– É difícil explicar...
– EU QUERO SABER! – Silver estava tremendo de medo e raiva. Ora se aproximou para tocá-la, mas Silver se afastou. – Apenas explique.
Ora fez que sim.
– Tudo bem. Veja, nossa galáxia se chama Via Láctea. No centro da Via Láctea há algo chamado de Buraco Negro. Você não consegue vê-lo, pois não há luz, mas pode senti-lo, por causa da força que ele exerce. Se alguém cair num Buraco Negro, não volta mais.
– Por que não?
– A luz viaja a trezentos mil quilômetros por segundo, certo?
Silver fez que sim. Isso ela sabia.
– E nada consegue viajar mais rápido do que a velocidade da luz, sabia disso?
Silver fez que sim mais uma vez. Ora baixou os olhos para as mãos e prosseguiu:
– Então, um Buraco Negro é negro porque nem mesmo a luz consegue viajar com velocidade suficiente para escapar da força da gravidade que há ali. Você precisa de certa velocidade para escapar da gravidade. Para sair da gravidade da Terra, um foguete precisa viajar a quarenta mil quilômetros por hora. Seu amigo teria que viajar mais rápido do que a luz para sair do Buraco onde está.
– Ele está morto?

– Ninguém sabe o que acontece dentro de um Buraco Negro.

– Mas temos que descobrir! Temos que ajudá-lo!

– Não podemos, Silver. Ninguém pode.

– Bem, onde fica o Buraco Negro?

– Eles o levaram de volta ao Posto de Controle Zero. Há uma entrada para o Buraco pela Cerca Atômica. Uma vez dentro do Buraco, não há saída.

Alguém chamou Ora do bar, e ela teve que deixar Silver sozinha. Ela sentou-se e tentou pensar com clareza.

Gabriel não podia estar morto – e se estivesse, a culpa era dela. Ela o havia trazido naquela jornada, quando ele estava feliz com os seus, com seu clã, vivendo debaixo da terra.

Ela se concentrou intensamente e tentou enviar-lhe uma Mensagem Mental. Chamou seu nome: "GABRIEL!" Sentiu o pensamento sair, mas para a escuridão e o silêncio; não, silêncio não, para dentro de um vento. Enviou a mensagem outra vez: "GABRIEL!"

Ele não podia ouvi-la.

Ela estava com muita raiva de Regalia Mason. Não, ele não havia sido deportado. Não, ela pessoalmente não havia feito mal a Gabriel, mas Gabriel sofrera. Havia dito a Silver a verdade e mentido o tempo todo em meio à verdade, como quando alguém envenena o fornecimento de água.

Alguém deu uns tapinhas na janela. Era Toby.

– Te encontrei! Tô te procurando em tudo quanto é canto! Você desapareceu depois do hospital. Tá com problemas, não é? Cadê Gabriel?

– Ele está num Buraco Negro.

– O quê?

– Não sei. Eles o levaram para o Posto de Controle Zero.

– A gente, as crianças e eu, vamos todos lá hoje para sermos examinados e tudo o mais. A gente vai ser deportado, é sério.

– Hoje?

– É, gozado, mas depois que você foi embora uns policiais vieram e perguntaram por você, mas a gente disse que só te viu andando por aí. Minha mãe me disse para não dizer nada para a polícia.

– Quando é que vocês estão indo, então? – perguntou Silver.

– Sei lá, hoje, é tudo o que eles dizem.

– Posso ir com vocês?

– Por quê?

– Tenho que entrar de novo no Posto de Controle Zero.

Silver tinha certeza de que Gabriel ainda estava vivo. Pegou o medalhão que Micah lhe dera, fechou os olhos e se concentrou ao máximo.

– Micah! É Silver. Se você puder me ouvir, por favor, ajude Gabriel. Vou procurá-lo.

Fundo, debaixo da terra, Micah ouviu Silver enquanto se encontrava sentado, de pernas cruzadas, em seu transe. Intensificou seu controle sobre Gabriel; estava usando suas últimas forças. Ambos estavam.

VELOCIDADE DA LUZ

No Posto de Controle Zero, Silver, Toby e as crianças saíram da Van que os pegara a todos no ônibus, incluindo Silver. Haviam sido enviados diretamente ao guarda no posto. O guarda deu uma olhada para eles, conferiu a lista e fez com que passassem, sinalizando com gestos.

– Vocês são as crianças do ônibus, certo?

– Certo – disse Toby. – Vocês todos conhecem a gente. Estamos todos aqui.

– Não consigo dar conta – disse o guarda. – O dia de hoje está uma loucura. Estão mandando todo mundo passar com o dobro da velocidade. Vão até o prédio branco para ser examinados. Vocês vão ser deportados às duas horas.

– Como vocês enviam as pessoas de volta ao seu próprio tempo? – perguntou Silver, inocentemente.

– Confidencial – respondeu o guarda, dando uns tapinhas no próprio nariz. – Agora andem logo, e não cheguem perto daquele prédio vermelho. Vão para a Sala de Espera. O prédio branco.

O Posto de Controle estava muito movimentado, e os guardas estavam todos discutindo com pelo menos seis pessoas ao mesmo tempo – e além do mais havia a deportação...

Estavam se encaminhando à Sala de Espera quando Silver notou uma fila de crianças caminhando duas a duas na direção das cabanas vermelhas. Parou e ficou olhando. Eram todas gêmeas.

Subitamente, um guarda foi até as crianças, fez um sinal para Sally e Kelly e apontou para a fila que se movia na direção da cabana vermelha. Resignadamente, e de mãos dadas, as gêmeas foram para lá. Os guardas as conduziram para dentro da cabana, depois trancaram as portas pelo lado de fora, verificando rapidamente pelo visor antes de ir embora.

– Toby! – disse Silver. – Venha!

Eles se afastaram do grupo, ficaram junto a uns contêineres até os guardas olharem noutra direção, depois correram na direção das cabanas e olharam lá para dentro.

Os gêmeos lá dentro estavam todos vestidos de maneira idêntica, como Sally e Kelly. Haviam recebido uma embalagem com o almoço, que comiam em silêncio.

Silver e Toby deram a volta na comprida cabana vermelha e viram mais duas cabanas, com as inscrições CHEGADAS e PARTIDAS.

Através do visor, ela pôde ver que as CHEGADAS tinham um africano solitário sentado desanimadamente lá dentro.

Nas PARTIDAS era bem diferente. A cabana estava cheia de homens, mulheres e crianças de todas as idades e nacionalidades. Enquanto Silver estava ali, nas pontas dos pés, espiando através do visor, ouviu um dos guardas gritar-lhe:

– Ei, você aí! O que você pensa que está fazendo?

O guarda era alto e estava zangado. Toby avançou, parecendo ao mesmo tempo atrevido e arrependido. Estava acostumado a lidar com guardas.

– Nós todos vamos ser deportados hoje, cara. Só estamos dando uma olhada por aí, está bem?

– Nome?

Toby lhe deu seu nome e o nome de Silver como o de uma das outras crianças do ônibus. O guarda fez uma busca no seu palmtop.

– Este lugar está o caos. Venham, voltem para a unidade neurológica. Vocês ainda não foram desmemoriados.

– Desmemoriados?

– Não queremos vocês por aí contando a todo mundo onde estiveram, não é mesmo?

O guarda deu estocadas em Silver e Toby através do acampamento na direção de um grupo de vans hospitalares brancas com as palavras HOSPITAL BELÉM escritas. Serventes de jalecos e luvas brancas entravam e saíam.

– Eis aqui mais dois para vocês. As crianças do ônibus. Toby Summers e Esther Waters – disse o guarda.

O servente fez que sim e conferiu em seu próprio palmtop.

– Podemos mandá-los agora. Leve-os diretamente à CA.

– O que é a CA? – perguntou Silver.

– Cerca Atômica, abelhuda – disse o guarda, e ele se virou de volta ao servente. – Mas eles ainda não foram desmemoriados.

O servente pareceu constrangido.

– Temos uma unidade extra lá embaixo na CA. Há um bocado de trabalho hoje. Dia de Alerta Vermelho. Nós os desmemoriamos na CA.

O guarda fez que sim e fechou seu computador. Fez Silver e Toby marcharem pelo acampamento, na direção da Cerca Atômica. Claro, havia outra van do Hospital Belém estacionada ali. As pessoas andavam de um lado a outro, fazendo piadas sobre chegar em casa e contar aos amigos.

– Não que eles venham a acreditar em nós – supôs uma mulher. – Homens com dois metros e meio de altura com cachorros de duas cabeças, *você* acreditaria nisso?

Riram. Então alguém disse:

– Não vamos nos lembrar de nada, eles nos desmemoriam antes de irmos embora.

– Não eu – disse a mulher. – Eu me lembro de tudo.

Silver se sentia desconfortável.

– Toby, fique atento às crianças que estão vindo para cá. Vou espiar na van.

Silver viu que a porta traseira estava aberta e dois homens de roupas verdes de sala cirúrgica e máscaras ajudavam uma mulher e um menininho a subir os degraus. Mas havia outra porta na lateral da van. Ela foi diretamente até ali, abriu-a em silêncio e se dobrou lá dentro.

Ficou imóvel. Não era em absoluto uma van, era um portal.

Um dos lados, aquele pelo qual ela entrara, parecia uma unidade médica móvel. Mas o outro lado não tinha lado. Abria-se para o vasto céu estrelado do universo.

Silver ouviu passos. Escondeu-se atrás de um tanque de oxigênio. Era uma boa coisa ser pequena. Um servente apareceu da traseira da unidade, com a mulher de rosto bonito segurando seu menininho pela mão.

– Vamos aterrissar na Terra onde nos perdemos? – perguntou ela ao servente. – Isto é, eu não tenho dinheiro nem nada, nem um telefone.

– A senhora não vai precisar de nada – disse o servente. – Etiquetas, por favor.

A mulher se ajoelhou e estendeu o punho do seu menininho, com sua pequena etiqueta. O servente colocou seu anel de encontro a ela e a etiqueta saiu. Fez o mesmo com a mulher.

– Só estávamos na praia – disse dela. – Quando a onda veio, fomos derrubados e ficamos inconscientes, e quando abrimos os olhos, estávamos aqui, não estávamos, Michael?

Michael fez que sim alegremente.

– Estive no espaço – ele disse. – Gostaria que a gente pudesse levar para casa um daqueles cachorros de duas cabeças.

O servente deu um sorriso desmaiado.

– Isso vai doer? – perguntou a mulher.

– Vocês não vão sentir nada – respondeu o servente. – Um passo adiante, por favor.

A mulher olhou para as estrelas infinitas.

– O quê? Simplesmente vamos?

O servente fez que sim.

– Mas então o que acontece? Achei que pegaríamos um foguete ou coisa do tipo.

– Não há necessidade disso nos dias de hoje. Podemos teletransportá-los.

– Isso é bacana, ah, é sim. – A mulher estava com medo, mas não queria assustar seu menininho. Segurou a mão dele com mais força. – Respire fundo, Michael – ela recomendou. – Um, dois, três...

Eles pularam. Pularam no silencioso mundo flutuante entre os mundos e, por um momento, ficaram ali pendurados juntos, como dois anjos surpresos, e depois houve um intenso faiscar, pálido e estranho, e eles desapareceram para sempre.

De súbito, Silver se deu conta do que estava acontecendo. Aquelas pessoas não estavam sendo deportadas. Estavam sendo atomizadas.

Olhou ao redor em seu esconderijo, desesperada em busca de qualquer coisa que pudesse usar para causar confusão, e então viu um botão de emergência por trás de uma janela de vidro, como nos trens. Havia um teclado codificado para abri-la, mas Silver pegou seu machado, quebrou o vidro com um golpe perfeito e cravou a lâmina bem no botão.

Imediatamente uma sirene lamentosa soou tão alto que ela tapou os ouvidos enquanto caía de volta atrás do cilindro. O servente deu um pulo e saiu da van.

Silver deu um salto para fora da porta por onde havia entrado e correu até Toby em meio à multidão que andava de um lado a outro, em pânico. Guardas chegavam.

– Esconda-se na multidão – disse Silver. – Espere por sua chance. Você tem que chegar até as crianças.

Um guarda passou por eles. Inclinou-se na direção de Silver e murmurou:

– Trabalho para a Resistência. Sigam-me.

Sem uma palavra, eles formaram uma fila atrás dele.

– Ora sabia que você viria para cá – disse o Guarda. – Vou levar Toby e as outras crianças embora. Venham.

– Tenho que encontrar Gabriel – disse Silver, obstinada.

– Você nunca vai encontrá-lo – alertou o guarda. – Agora venham, não há mais muito tempo. Normalmente eles deportam. Hoje estão atomizando. Segurança. Alerta Vermelho. Nada de prisioneiros. *Atomizando*. Entende?

Silver fez que sim. Regalia Mason devia estar nervosa. Ela se perguntou por quê.

– Cuidado, cara! – disse Toby. – O pessoal tá vindo nesta direção agora mesmo!

O guarda seguiu rapidamente, e Toby o seguiu correndo. Silver aproveitou a oportunidade para disparar na outra direção, de volta à confusão de gente indo de um lado a outro.

Sua mente não parava. Ela estava na Cerca Atômica. A entrada para o Buraco Negro estava ali, em algum lugar.

– Micah – disse ela em voz alta –, mostre-me aonde ir.

Ela fechou os olhos e se concentrou no medalhão em sua mão. Viu o rosto de Micah. Quando abriu os olhos novamente, estava olhando diretamente para um depósito grande e tosco. O depósito não tinha nenhum sinal; não havia guardas ali, nem barreiras, mas ela sabia que era ali. Lentamente, como se fosse a última pessoa viva, caminhou na direção da porta sem marcas.

Gabriel já estava quase no fim agora. A saliência que o segurava estava cedendo enquanto a força do próprio Micah se esvaía. Ele estava deitado, quieto, o rosto na terra, consciente dos longos arcos de carne laçando-o e puxando-o para baixo.

Havia três imagens em sua mente. Três imagens que lhe diziam que ele ainda tinha uma mente, que ele era Gabriel.

A primeira era Micah, olhos fechados, mãos estendidas, cada tendão tremendo enquanto ele lutava para segurar o menino que amava. A segunda era Golias, seu corpo forte sob o menino, tentando empurrar de volta a gravidade, como outrora curvara sua enorme cabeça e, empurrando, saíra de sua prisão de gelo.

A terceira era Silver, de rosto tão sério, sem jamais rir para ele por um segundo, mas sorrindo pelo que parecia ser a vida inteira. Ele a conhecia desde sempre. Em algum lugar. Não ali.

Ele sorriu de volta.

– GABRIEL!

O quê? Será que ele podia ouvi-la? O nome dele novamente, e o rosto dela muito perto do seu, mas ela não podia estar ali. Com dor e esforço, porque um de seus ombros havia se deslocado, ele se levantou, arriscando-se na saliência, que afundou um pouco mais com o movimento.

– PULE!

O quê? Ele não podia fazer isso. Não podia pular, ia simplesmente sair girando para baixo.

– VENHA, GABRIEL. ESTOU BEM AQUI. PERTO.

Silver havia aberto a porta e sentia o vento soando através do Fim dos Tempos. Ela não deu um passo à frente. Sabia que não havia chão, não havia nada, sabia que era ali que ele estava. Deitou-se de bruços e estendeu a mão para dentro do Buraco Negro.

Enquanto estava deitada ali, imaginando a luz rodopiando com tamanha velocidade através do universo, viu em sua mente, com muita clareza, a primeira vez que se encontrou com Gabriel, nas margens do Tâmisa, e ele a salvara. Algo se passara entre eles, e dali por diante algo sempre se passara, alguma compreensão, algum reconhecimento. Era amor – sim, amor. Amor instantâneo. Ela viu um raio de luz correndo através do tempo, e então viu o amor como uma corda atirada – brilhante como um raio de luz, rápido como a luz –, uma corda através do tempo.

No Buraco Negro, a mente de Gabriel começou a clarear. Era Silver chamando-o. Ele se sentou. Levantou-se. Estava de pé, embora seus pés parecessem a quilômetros de distância.

– PULE, GABRIEL! EU POSSO ALCANÇAR VOCÊ!

A saliência desmoronava. Sob a terra, a anos-luz dali, Micah desmaiou, e Golias rugiu. Um vento forte varreu a câmara. Passou por Gabriel. Era agora, agora ou...

Ele pulou. Pulou com toda a força que lhe restava, e o que aconteceu, aconteceu. Ele não caiu. Ergueu-se, girando através do ar negro, os laços mornos ao redor de seu corpo se soltando, o som de Vozes, o murmúrio de Vozes: *O CORPO NÃO PODE ESCAPAR.*

Mas ele estava escapando. Viajava mais rápido do que a luz, porque viajava na velocidade do amor.

O BURACO DE WALWORTH

A sra. Rokabye estava gostando da vida no Tempus Fugit desde que Abel Darkwater havia atado sua capa e ido embora. Todas as manhãs, Ranhoso lhe trazia café na cama, e todas as manhãs eles tramavam seu plano.

A sra. Rokabye pensava em seu plano com um P maiúsculo. Era um Plano. Era um Plano Obra-Prima. Logo ela estaria morando numa casa nova em folha numa propriedade cercada em Manchester. Era tudo o que queria; não era muito, mas se ela precisava desestabilizar o universo para consegui-lo, então o faria.

Ranhoso estava menos seguro acerca do plano da sra. Rokabye, mas estava disposto a ajudá-la porque queria escapar dos serviços de Abel Darkwater. Havia trabalhado para ele por mais de trezentos anos, sem um dia de folga.

Era noite e os dois estavam sentados na sala de estar de Abel Darkwater, diante de um fogo que crepitava. Ranhoso tinha o que parecia ser um conjunto de letras de um jogo para formar palavras cruzadas diante dele, e criava palavras rapidamente com elas:

LINHA DE EINSTEIN. AMBOS NÃO. SIM.

Isso não significava nada para a sra. Rokabye.

– O Controle está me dizendo que Silver e seu amigo, o Atávico, estão na Linha de Einstein, que não estão juntos, e que Silver avança na direção do Guardião do Tempo.

– Com quem exatamente você está falando? – perguntou a sra. Rokabye, que supunha estarem sozinhos na sala.

– Meu Controle. O nome dele é Nilo e ele me diz tudo aquilo.

– Sempre rima?

– Não, mas eu rimo.

– Bem, pergunte ao Nilo como chegamos à Linha de Einstein.

– Não preciso perguntar a ele, conheço eu mesmo o caminho. Um mapa é melhor do que um tapa.

– Então temos que ir para a Linha de Aí Está, seja lá o que isso for, e resgatar Silver assim que ela tiver recuperado o Guardião do Tempo. Quando será isso? Pergunte a ele.

Ranhoso murmurou qualquer coisa em voz baixa, e seus dedos voaram por cima das letras, formando a palavra LOGO.

Logo! A sra. Rokabye estava animada. Finalmente aquela criança infeliz ia fazer algo de útil para deixá-la rica.

– Calce os sapatos, Ranhoso. Temos que partir imediatamente.

– Já passa das oito horas – objetou Ranhoso.

– Todo mundo nesta casa é obcecado pelo tempo – disse a sra. Rokabye, irracionalmente, pois era por causa disso que estava ali.

– Se eu calçar os sapatos depois das oito horas, vou fugir. De dia não dá para ir. De noite sim, está bom para mim.

– Você não fugiu quando fomos ver *O Rei Leão*.

– Eu estava de coleira – explicou Ranhoso. – Invisível para os seus olhos, mas uma coleira ainda assim.

– Mas você não quer fugir de MIM, quer? – perguntou a sra. Rokabye, pestanejando com seus poucos cílios.

Na verdade, Ranhoso não queria fugir da sra. Rokabye porque estava bem apaixonado por ela. Sim, a seu modo ele a amava, mesmo ela sendo uns trinta centímetros mais alta do que ele, com um rosto anguloso como um serrote.

Mas ele sabia que se calçasse os sapatos ia correr e correr e nunca mais voltar. Era isso o que acontecia se você tivesse ficado em Bedlam por tempo demais.

A sra. Rokabye já estava colocando seu chapéu e seu casaco. Foi ao andar de baixo, à pequena cozinha, e encheu seus bolsos de latas de sardinha, pacotes de amendoim salgado e saquinhos de chá. Então pegou emprestado um cachecol muito comprido no cabide de casacos e assobiou escada acima, chamando Ranhoso.

Ele apareceu em seu pesado sobretudo, descalço.

– Pronto em ponto, não pense em ninguém, mas trate-me bem.

– Vamos de táxi? – perguntou a sra. Rokabye, esperançosa.

– É só uma voltinha, e o Buraco no fim da linha.

As suspeitas da sra. Rokabye foram despertadas:

– Que buraco?

– O Buraco de Walworth. É o caminho mais rápido para a Linha de Einstein.

– E onde fica exatamente a Linha de Einstein? – perguntou a sra. Rokabye, que andara pensando vagamente na baía de Morecambe.

– Do outro lado da Via Láctea, no nosso sistema solar, e a trezentos anos daqui. Acredite no meu conto, o Buraco de Walworth é bate-pronto.

Inquieta mas resignada, a sra. Rokabye caminhou os quilômetros necessários até Walworth. Numa escura e lúgubre rua lateral, Ranhoso olhou ao redor, depois tirou uma chave-inglesa meio frouxa de dentro de seu sobretudo e levantou uma pedra do pavimento.

Debaixo dela havia uma grade de ferro batido feita no século XVIII. Ele a puxou para o lado com as duas mãos e, depois, remexendo no casaco mais uma vez, pescou lá dentro dois capacetes de minerador com lanternas. Ofereceu um à sra. Rokabye e prendeu o outro em sua própria cabeça careca.

– Desça e apareça! – disse ele, alegremente.

A sra. Rokabye olhou para dentro do buraco. Não havia escada, corda, degraus, elevador.

– O que você espera que eu faça?

– Onde não há escada, salte com os dois pés e mais nada. Pule!

– PULAR???????!!!!!!!!!

Ranhoso se lembrou de que as senhoras são o sexo frágil de coração fraco, e precisam de encorajamento e apoio. Ele nunca havia sido casado, mas sabia como se comportar. Curvando-se de leve, ele se colocou na beira do buraco escuro e escancarado, com os floreios de um mergulhador olímpico.

– Cara senhora, vou pular, mas não tarde em me acompanhar.

Sem hesitação, Ranhoso saltou no Buraco de Walworth.

A sra. Rokabye ficou esperando pelo grito e pelo estrondo. Esperou, esperou e, depois de cinco minutos, deduziu que Ranhoso não podia estar morto. Considerou suas opções; podia voltar a Spitalfields, mas não sabia o caminho de volta e não tinha a chave da casa. Podia voltar a Tanglewreck, mas já havia dois homens mortos lá, e além disso não tinha uma passagem de trem.

O que tinha? Sardinhas, amendoins e saquinhos de chá. Não duraria muito naquele mundo frio e cruel. Sentiu o broche em seu bolso. Podia vendê-lo, mas tinha que ser cuidadosa, alguém podia pensar que o havia roubado – o que, de fato, acontecera.

Muito bem, então. Que assim fosse. Queixo erguido. O pé mais seguro na frente. Lábio superior contraído.

Ela prendeu o capacete de minerador por cima do chapéu e amarrou o cachecol emprestado ao redor do corpo, para fazer o casaco parar de ficar abrindo. Tinha lido em algum lugar que os paraquedistas sempre buscam uma forma aerodinâmica.

Enfiando o lenço dentro da boca para não gritar, a sra. Rokabye pulou.

Lá foi ela, cada vez mais rápido através da escuridão infinita. Parecia estar caindo através do peso do mundo. Tinha a sensação de que não havia nada ao seu redor além de espaço aberto, exceto pelo fato de que era espaço fechado, com uma textura específica, como pano – sim, ela se sentia como se caísse através de um pano.

Então sentiu que começava a girar. Já não estava mais se movendo rapidamente para baixo, girava sem parar como um saca-rolhas, e estava ficando tonta. Podia ouvir vozes. Fechou os olhos.

Seu último pensamento quando o ar gélido a fez perder a consciência foi para Bígamo. Será que um dia voltaria a ver seu adorado coelho?

HOSPITAL BELÉM

No Caffè Ora, Gabriel estava deitado num catre, por baixo de um espesso cobertor. Ora chamou um médico, que colocou o ombro deslocado de volta no lugar e enfaixou os cortes e machucados que cobriam o corpo do pobre Gabriel.

    Silver, Toby, Ora, Serena, todos queriam saber o que havia acontecido com Gabriel no Buraco Negro, mas ele estava fraco demais para falar, e em algum lugar de sua mente exausta não estava seguro de que quisesse contar a eles. Perturbado e ferido, deixou-se levar pelo sono, com o gato Dinger enroscado em seus pés.

    Ora conduzia uma reunião de emergência. Ninguém tinha a menor ideia de que os deportados estavam sendo atomizados.

    Por mais que tentasse, Silver não conseguia fazer com que alguém ouvisse sua história sobre Abel Darkwater e Regalia Mason.

    – Olhe – disse Ora, dando tapinhas gentis em Silver, mas sem realmente ouvi-la –, este lugar está cheio de gente que acha que pode encontrar os números mágicos da vida eterna, ou da eterna juventude, ou seja lá do que quiserem. Está cheio de gente que não tem nada e que está tentando ser alguma coisa. Um homem que pensa ser mago não é grande coisa por aqui. Há um grupo especial de Abracadabra para aqueles que são anticiência.

    – Mas o Guardião do Tempo...

– Sim, e o Cálice Sagrado, e a Cidade Perdida de Atlântida.

– Mas Regalia Mason é a Quantum, e ela está aqui.

Ora sacudiu a cabeça.

– A Quantum não é uma pessoa só. É tudo, está em toda parte. Sabemos disso, Silver, temos nossa Inteligência por aí.

Silver sacudiu a cabeça.

– Bem, eles não foram inteligentes o bastante para salvar Gabriel. E ninguém sabia que as pessoas estavam sendo atomizadas.

Ora franziu a testa.

– Quero saber sobre os gêmeos – disse Silver. – Vi montes de gêmeos no Posto de Controle Zero. Pares e mais pares deles, como a Arca de Noé ou algo do tipo.

– É – disse Toby. – Sally e Kelly ainda estão lá. O que está acontecendo?

– As gêmeas foram levadas ao hospital. Tenho um excelente contato lá que me disse que as duas meninas estão a salvo e bem.

– O que acontece naquele hospital?

Ora suspirou e se sentou, exausta. Havia ficado acordada a noite inteira.

– Silver, não posso responder agora. Você precisa deixar isso por nossa conta. É algo muito sério. Uma emergência. Vão lá para dentro com Gabriel, vocês dois, e assim que puder explico, está bem?

Silver deu de ombros. Sabia que não era possível discutir com adultos. Você tinha que esperar que eles o esquecessem e então seguir em frente.

As outras crianças do ônibus estavam brincando com jogos de tabuleiro e comendo tigelas de macarrão fumegante. Toby e Silver pegaram seus pratos e foram para o quartinho dos fundos onde Silver dormia.

Gabriel dormia profundamente, com um Dinger escarrapachado para um lado.

– Cara, esse gato tá morto – disse Toby, cutucando Dinger com o pé.

– É, achei a mesma coisa quando vim aqui pela primeira vez, mas ele é um gato científico. Foi usado numa famosa experiência por alguém chamado dr. Schrödinger; é por isso que ele se chama Dinger. Está vivo e morto ao mesmo tempo.

– Não, isso não! – duvidou Toby. – Não pode ser, cara.

– É a função de onda dele – explicou Silver. – Ele se sintoniza nos universos e para fora deles. Acabou de se sintonizar num universo onde está morto, isso é tudo, mas vai sintonizar aqui mais tarde e vai ficar tudo bem.

Toby não parecia muito feliz de estar sentado ao lado de um gato morto, mas não tinha escolha.

– E agora?

– Tenho que ir até as Areias do Tempo.

– É?

– Há algo lá que preciso encontrar. É por isso que estou aqui, na verdade. Na verdade, não viemos parar aqui por acidente.

– Você acha que eu sou burro? Sei disso.

– Certo.

Houve um silêncio. Então Toby disse:

– Mas eu tenho que tirar as gêmeas de lá, você sabe.

– Sim. Também acho, e eu devia ajudar. Você me ajudou. Vamos juntos.

– É perigoso lá fora.

– É, mas um Buraco Negro também, e ser atomizado idem. Tudo é perigoso por aqui, e o que poderia ser pior do que o Hospital Belém?

Quando ela disse essas palavras, Gabriel se sentou na cama com um pulo e uma bandagem caiu de sua cabeça.

– Há, ali, loucos e pessoas cruéis, e mais nada. Ergue-se ao norte da cidade de Londres, isolado, majestoso e imperioso, e sobre ele pairam a torre de água e a chaminé, inconfundíveis e assustadoras.

Silver atirou os braços ao redor do pescoço dele.

– Não é Bedlam, Gabriel, você nunca mais vai voltar para lá. Este é um hospital moderno, numa praça.

– É o mesmo lugar – disse Gabriel.

Ele se acalmou e enxugou a testa.

– Tu me salvaste.

O gato Dinger se mexeu e se espreguiçou.

– Vou também – disse Gabriel.

Tarde naquela noite, quando estava completamente escuro, Gabriel, Silver e Toby se levantaram, se vestiram sem acender a luz e foram até a janela. Não havia ninguém por ali.

Saíram rapidamente e furtivos como animais noturnos, contornando os edifícios até chegar ao pátio do hospital, patrulhado e iluminado por holofotes.

Gabriel estava agachado e começou a tremer. Silver passou os braços ao redor dele.

– Este não é o lugar de que você se lembra. Não se preocupe.

– Pelos fundos – disse Toby –, pela cozinha. Eles entregam comida e coisas do tipo à noite. A gente pode entrar por ali.

De quatro, como gatos, moveram-se furtivamente até a entrada da cozinha, fortemente iluminada, e as portas enormes estavam de fato abertas para trás, e alguns dos sucateiros estavam descarregando suportes de madeira num trenzinho que entrava no hospital em seus próprios trilhos.

– Costumavam ser robôs aqui – disse Toby –, mas humanos são mais baratos.

– Podemos sair pelo mesmo caminho? – perguntou Silver.

– Até o dia raiar. Quando o terceiro dos sóis raiar, já era. *Slam!*

– E o que vocês pensam que estão fazendo aqui, seus enxeridos? – disse uma voz hostil e aguda como o guincho de um rato ao ser morto. Um dos sucateiros havia se aproximado por trás deles. Toby desferiu um golpe e o acertou no estômago.

– Seu bandido... – O amigo dele se adiantou e agarrou Toby, que se torceu e se virou, lutando com toda a força. Gabriel se levantou de sua posição agachada e pulou direto nas pernas do homem que segurava Toby, derrubando-o com um estrondo. Os meninos e os homens começaram uma briga séria, mesmo Gabriel estando com um dos braços numa tipoia. No calor da briga, Silver foi esquecida.

Ela hesitou. Então se esquivou para fora dali, entrando na escuridão atrás das cozinhas. Quando o trem passou, ela pulou num vagão e se escondeu debaixo de um saco de farinha.

O trem entrou silenciosamente no hospital e parou devagar. Silver esperou, mas ninguém veio descarregar os vagões. Com cuidado, ela levantou a cabeça e olhou ao redor. Não havia ninguém ali, mas ela podia ouvir alguns pares de passos. Saltou dali e subiu correndo um lance de escadas de pedra que esperava conduzirem a algum lugar. A porta no alto estava trancada com um leitor de impressões digitais.

Ela esperou e ficou escutando.

– Coloque essas bananas no elevador, está bem? Eles querem que estejam na cozinha para o café da manhã.

Ela espiou lá para baixo. Sim, podia ver o elevador. Se pudesse entrar nele, podia subir ainda mais, talvez levar o elevador mais para cima.

Dois sucateiros começaram a descarregar os primeiros sacos pela porta aberta do elevador. Depois de três sacos, um deles parou e ofereceu ao colega um gole de uma garrafa.

– Não se mate por isso – disse ele, e o colega fez que sim, e eles se viraram.

Silver aproveitou a oportunidade para correr por trás do trenzinho e se esconder no elevador, totalmente encolhida por trás de três sacos de bananas. Depois de um tempo, os sucateiros voltaram ao trabalho e, por fim, muito tempo depois, um deles apertou o botão do elevador, e se foi, cantarolando uma melodia, na direção das cozinhas lá em cima, com as bananas, como solicitado, e Silver, como não solicitado.

Ela sentiu o calor assim que as portas da cozinha de aço inoxidável escovado se abriram. Homens de chapéu e avental faziam piadas que ela não entendia sobre bananas, mas enquanto estavam ocupados com sua zombaria, Silver estendeu a mão e apertou o botão que dizia ANDAR DE OPERAÇÕES. O elevador se fechou e deslizou para cima, e antes que alguém pudesse começar a investigar, Silver já havia saído e se afastado.

Ela conseguira. Estava no Hospital Belém.

Portas de vaivém. Superfícies polidas. Zumbido elétrico. Luzes baixas. Corredores. Carrinhos. Porta se abrindo. Jaleco branco. Porta se fechando. Conversa. Não dá para escutar. Bipes. Uma linha azul numa tela branca. Bipes. Cheiro antisséptico. Ruído de metal se chocando contra metal. Bandeja de chumaços absorventes para cirurgias.

Alguém está vindo. Esconder-se. Bipes. Câmeras de circuito interno. Medo. Alguém está vindo.

Silver se escondeu atrás de sacos de lençóis usados. Serventes trocavam as roupas de cama. A ala estava vazia. Na porta dizia MENINOS 8-12, mas não havia ninguém ali.

Por que existiria um hospital sem ninguém?

Em casa, ela sempre ouvia no noticiário que os hospitais estavam em crise porque havia doentes demais e leitos insuficientes. Ali, uma ala inteira com – ela contou – vinte e dois leitos estava vazia. Será que isso significava que todos os meninos com idades entre oito e doze anos em Philippi eram saudáveis e passavam bem?

No final daquela ala havia outra porta. Essa dizia MENINAS 8-12, e também estava vazia. O andar inteiro estava deserto. Era o andar de operações, mas não havia ninguém ali para ser operado.

Então Silver se lembrou das filas de gêmeos que vira no Posto de Controle Zero naquele dia. Tinha visto as meninas entrarem na cabana vermelha, e quando olhou dentro da cabana os meninos também estavam lá. Eram eles do hospital? Seriam atomizados por estarem tão doentes? Não pareciam doentes.

Ela continuou andando a esmo e tudo parecia um sonho. Um hospital deserto, infinitos corredores silenciosos, ela sozinha, nenhum som, exceto...

Então ela ouviu, inconfundível, como num alto-falante; um coração batendo.

Lub-dup, lub-dup, lub-dup, lub-dup.

Silver seguiu as batidas do coração.

Chegou a um par de portas duplas com vidro de segurança coberto com uma grade nas janelinhas de observação. O ruído do coração era alto o suficiente para fazer seus ouvidos doerem.

Ela empurrou de leve uma das portas, que se abriu. Estava numa sala imaculada onde dois grandes cilindros horizontais – como tubos gigantes de charutos – estavam colocados lado a lado e conectados por fios. Monitores que ela não entendia se enfileiravam pela sala, cada um mostrando uma linha colorida diferente se movendo. Ela adivinhou pelos picos e depressões num dos monitores que era um monitor cardíaco, mas não sabia o que os outros mostravam.

Em cima de cada um dos cilindros havia um grande relógio. Eram os relógios que ela ouvia baterem como corações, e se lembrou daquele dia no estúdio de Abel Darkwater.

Tudo no estúdio fazia tique-taque, até mesmo eles dois, seus corações batendo como relógios humanos.

Ela estava muito assustada, mas foi na ponta dos pés até um dos cilindros e olhou através da janela de vidro. Ali estava uma das gêmeas! Silver não sabia qual delas, porque ambas eram idênticas.

Kelly, ou Sally, estava deitada tranquilamente lá dentro. Silver a observou, e viu algo muito estranho começar a acontecer: a menina começou a envelhecer.

Rugas suaves apareceram em seu rosto. Sua pele ficou mais vermelha e mais áspera. As rugas se acentuaram, seu cabelo ficou mais fino e se tornou grisalho. Sua pele se enrugou. Ela estava velha.

Mal conseguindo evitar um grito, Silver deu a volta até o outro cilindro e olhou dentro dele.

A mulher deitada ali dentro era bonita, mas não jovem, ou, melhor dizendo, ficava mais jovem a cada segundo. Sua pele começou a ficar macia. Suas bochechas se arredondaram. Os pés de galinha sob seus olhos desapareceram e as linhas dos dois lados de sua boca sumiram. Seu cabelo era espesso e louro, e seu rosto, radiante.

Ela estava no auge da vida e era Regalia Mason.

AÇÃO FANTASMAGÓRICA A DISTÂNCIA

Toby e Gabriel haviam se livrado dos sucateiros, mas os dois tinham se separado. Toby havia despedaçado um caixote em cima do valentão, girando o ombro deslocado de Gabriel, e depois, vendo mais sucateiros, ele fugira correndo, gritando a Gabriel para que fizesse o mesmo. Gabriel se levantou com dificuldade e saiu dali, mancando. Tinha um único pensamento na cabeça: encontrar Silver.

– Ajuda-me, Micah – sussurrou ele. – Isto aqui é Bedlam e eu estou com medo.

Na Câmara, Micah ouviu-o.

– Bedlam... – disse ele para si mesmo. – Não acabou, ainda está conosco.

Em sua mente, imaginou o caminho que Gabriel devia seguir. Como conhecia bem aquele lugar!

Gabriel respirou fundo e tentou aliviar a dor no ombro. Nunca se sentira confortável na superfície, mas desde os momentos que passara no Buraco Negro, ar fresco e luz lhe pareciam agradáveis.

Ele estava parado diante do hospital, mas não via um lugar para curar os doentes, via o lugar de que se lembrava: sólido, brutal, trancado.

A entrada... Ele fechou os olhos e a imagem de Micah clareou em sua mente. Se ele andasse até a lateral da elegante entrada principal, onde as senhoras vinham para se maravilhar com os loucos, encontraria a grade aberta por

Micah na noite da fuga, em 1774. Encontraria o túnel escavado com colheres de madeira e dedos sangrando, e ia se contorcer através de suas profundezas esfaceladas até forçar o corpo a entrar numa cela estreita para o Confinamento de Lunáticos Delirantes.

Seu coração batia rápido. E se estivessem esperando por ele na outra extremidade? O Homem do Chumbo Branco e seu olhar venenoso e seus unguentos imundos? O próprio Abel Darkwater, com o bastão de couro e a camisa de força?

Micah não hesitara. Ele não devia hesitar.

Ergueu a grade e mergulhou na lama.

Silver sabia que tinha que se afastar do cilindro antes que Regalia Mason abrisse os olhos. Tinha que sair agora, naquele exato momento que passava, naquele segundo que tiquetaqueava, naquele clique final do relógio.

Por que então ficava ali parada olhando para aquele rosto?

Gabriel desceu, curvando-se com dificuldade dentro do túnel. Devia ter desabado. Ele teve que se arrastar. Teve que se contorcer. O ar estava viciado. Pestilência e podridão. Ele encontrou uma lata de comida com o nome do interno gravado com arranhões – Beulah. Ele a utilizou para pegar um pouco da água esverdeada que gotejava pela parede do túnel. Estava com sede. Eles sempre estavam com sede. A água só era fornecida ao hospital durante duas horas por dia e os poços do lado de fora eram mantidos trancados.

Ele chegava a uns degraus toscos. Já não estava longe agora.

Silver não conseguia fazer seu corpo se mover. Sentia como se seu corpo pertencesse a outra pessoa. Tentou levantar o braço. Tentou mexer o pé. Ordenava que se movessem e nada acontecia. Não conseguia nem mesmo desviar a cabeça daquele rosto. Não conseguia nem mesmo fechar os olhos...

Gabriel tinha atravessado. Sim, ali estava a entrada da cela. Ele se suspendeu para passar por ela. A cela estava iluminada por uma única chama e nas sombras do canto ele só pôde divisar um vulto corcunda e desesperado, de braços e pernas aguilhoados.

– Quem és tu? – sussurrou ele.

– O rei da Inglaterra – disse o homem.

Gabriel baixou os olhos para o pobre sujeito, perdido e miserável. Tirou uma ferramenta do bolso e abriu os grilhões. O rei da Inglaterra esfregou os calcanhares e os punhos. Sorriu. Gabriel lhe deu duas barras de chocolate, e ele as despedaçou com seus longos dentes, uma barra em cada mão.

– Desce por aqui – disse Gabriel – e vai embora deste lugar.

Gabriel foi até a porta pesada e a abriu com uma rápida volta de um dos delicados pés de cabra de metal que Micah havia feito para ele. Trancou-a depois de sair para evitar suspeitas, e se esgueirou pelos corredores lúgubres de Bedlam.

Regalia Mason abriu os olhos e sorriu para Silver.

Apertou certos botões no cilindro e o ruído de coração batendo começou a diminuir. Então, os monitores se apagaram e a tampa do cilindro se abriu, deslizando. Sacudindo a cabeça, Regalia Mason se sentou e girou o corpo para o lado, suas longas pernas e pés descalços pisando no chão, e então andou e se esticou, e deu uma breve olhada para o segundo cilindro.

– Você é uma assassina! – vociferou Silver.

– Você tem imaginação fértil – retrucou Regalia Mason –, e uma ideia muito nítida do certo e do errado. Eu também era assim na sua idade, há muitos e muitos anos, mas as coisas mudam. Além disso, a menina não está morta.

– O que você fez com ela? – perguntou Silver, que ainda não conseguia se mexer.

– Você poderia dizer que vivo com tempo emprestado.

– Solte-me! Não consigo me mexer!

Regalia Mason foi até um interruptor e desligou-o.

– Não sou Abel Darkwater – disse ela –, e não enfeiticei você.

Silver se moveu novamente.

– Você estava de pé sobre um ímã – disse Regalia Mason. – Isso é ciência, e não magia, extamente como os gêmeos. Agora venha comigo.

As duas saíram da Zona e entraram no que parecia ser uma cozinha comum num mundo comum. Havia uma mesa grande, pratos brancos e um pão graúdo ao lado de um queijo redondo e cremoso. Regalia Mason cortou um pouco de queijo, colocou-o dentro da boca e começou a fazer ovos mexidos.

– Proteína é essencial depois de uma Transfusão de Tempo – disse, de boca cheia. Ocorreu a Silver que ninguém acreditaria que aquela bela loura descalça, comendo pão e queijo e preparando ovos, fosse o ser mais poderoso do universo. Ninguém jamais acreditaria nela. Regalia Mason jamais seria capturada.

– Capturada por quem? – desafiou, lendo a mente de Silver. – Quem exatamente você acha que vai se dar melhor na tentativa? Abel Darkwater e seu amigo, o papa? Você gostaria que o universo inteiro ficasse a cargo deles?

– Não – disse Silver.

– Ou sua amiga, a sra. Rokabye?

Essa era uma ideia tão ridícula que Silver riu, mesmo não sendo momento para riso. Imagine a sra. Rokabye e Bígamo mandando no universo! Regalia Mason também riu, e jogou para Silver um pedaço de pão e manteiga. Por um segundo – nem mesmo isso, um nanossegundo – Regalia Mason sentiu algo semelhante a tristeza e algo semelhante a felicidade, e então voltou a ser ela mesma outra vez.

– Deixe-me dizer a você agora, Silver, que onde você mora, na Terra, no século XXI, as Transfusões de Tempo serão bem-sucedidas, graças aos bilhões de dólares de pesquisas da Quanta. Tempo perdido será coisa do passado. Os pais terão mais tempo para passar com seus filhos, os filhos terão vidas mais longas e felizes. Não haverá necessidade de se apressar e correr. Haverá tempo suficiente.

– Mas você faz as pessoas morrerem.

– A Quanta tem sido útil para reduzir o excesso de população do mundo.

Silver tentou manter a mente clara. Sempre que estava com Regalia Mason, achava difícil pensar com clareza. Concentrou-se.

– E você tentou matar Gabriel. Quebrou a promessa que me fez.

– Prometi a você que não ia deportá-lo. Prometi que não ia matá-lo. Ele está morto?
– Não! Eu o salvei.
– Exato, e isso foi notável. A ciência diz que nada pode escapar de um Buraco Negro, mas um dos prazeres de ser cientista é provar que a ciência está errada.
– E você me deixou para morrer na Estrada Estelar.
– Eu a deixei para que encontrasse seu próprio caminho. Foi um pequeno teste.

Isso soava a escola para Silver, e nos dias anteriores à sra. Rokabye, quando ela ainda ia à escola; ela nunca se saía bem em nenhum teste. Tinha que se concentrar. Sentiu o medalhão de Micah no bolso.

Gabriel se aproximava do salão em Bedlam. Aquele salão, onde a galeria passava pela parte de cima para observação, e onde os carcereiros andavam, bastão na mão, um vindo da Ala Norte, outro da Ala Sul, encontrando-se no meio, fazendo uma pequena mesura e seguindo em frente.

Duas lareiras iluminavam o salão, mas nunca o aqueciam. Homens e mulheres, seminus, tremendo, se amontoavam o mais perto possível do fogo, e ficavam próximos um do outro em busca de calor e consolo. Duas vezes por dia, muitos dos internos eram levados a um tanque de água gélida, jogados lá dentro e tirados com uma vara, como cães que se afogassem, e deixados para gotejar até se secarem da melhor maneira possível antes de se apinharem em camas geladas cujos lençóis nunca eram trocados.

O salão tinha uns poucos móveis – bancos e cadeiras frouxos e banquinhos de tirar leite. Havia palha jogada no chão. Alguns preferiam dormir ali a se misturar aos corpos e aos piolhos dos dormitórios.

Todos os tipos de loucura estavam à solta em Bedlam. Havia mais reis ali do que jamais haveria países sobre os quais reinar, e mais papas do que pecadores. Os delirantes, os falsos, os de coração partido, os de asas partidas, os selvagens, os deploráveis, os tagarelas, os silenciosos, os violentos e os intimidados estavam todos ali naquele enorme hospício, um aviso aos sábios para que nunca se rendessem aos seus acessos à maneira dos tolos.

E havia outros também – outros como Gabriel, com seu clã e sua espécie, cujas mentes eram livres e cujos corpos eram agrilhoados. Eram esses os acorrentados aos cantos do salão, alguns tentando ler restos de livros à luz mortiça das velas de sebo gotejantes.

Alguns desses homens e mulheres tinham sido cruelmente decorados com asas de madeira pintadas que batiam inúteis sobre seus ombros.

Gabriel estava com raiva e sempre que podia usava suas ferramentas para abrir algemas e grilhões, e para gentilmente remover as asas. Essas ele quebrava e atirava no fogo, para que pelo menos naquela noite o salão ficasse aquecido.

Ele passou, sem saber para onde estava indo.

– Os gêmeos podem ser duas vezes úteis nas Transfusões de Tempo – disse Regalia Mason –, mas são particularmente úteis para o teletransporte. Você sabe do que se trata?

– Como em *Jornada nas estrelas*? – disse Silver. – Você desaparece num lugar e aparece em outro?

– Certo – disse Regalia Mason –, mas neste momento é muito difícil, a menos que você tenha um par de gêmeos para ajudá-la.

— Não entendo — disse Silver.

— Chama-se Emaranhamento — disse Regalia Mason, agora comendo ovos fritos. — Pegue um par de partículas, você sabe, pedaços de átomos, e coloque-as quilômetros afastadas, até mesmo anos-luz afastadas, e elas ainda vão trocar informações. Partículas emaranhadas agem como se fossem um único objeto; o que acontece com um do par automaticamente afeta o outro. Lembre-se, Silver, de que você, eu, tudo no universo veio de uma única explosão, então os átomos em nossos corpos estão ligados com cada átomo no espaço e no tempo. O universo não é local e isolado, é uma rede cósmica. Você já ouviu falar de um cientista chamado Einstein?

— Einstein disse que $e = mc^2$ — disse Silver.

— Muito bem, está certo, mas embora Einstein tenha descoberto o que chamamos de relatividade (e o mais importante de tudo, que o próprio tempo é relativo), Einstein odiava a ideia de uma rede cósmica. Ele chamava esses elos, essas conexões, este Emaranhado, "ação fantasmagórica a distância" porque nunca se sentia confortável com as implicações da mecânica quântica.

— Hum, quais são as implicações? — perguntou Silver.

— Uma delas é o teletransporte de seres humanos.

— Não quero ser teletransportada.

— O que tentei lhe mostrar na Estrada Estelar foi que o que você pensa de si mesma como uma pessoa particular vivendo num tempo particular e dentro de um corpo particular é só uma parte da história. Informação é o que você é, Silver. Informação codificada. DNA é informação codificada. Cada célula do seu corpo é informação codificada e essa informação pode se mover e mudar.

— Sei que vou crescer — disse Silver.

— Sim, e ninguém precisa ensinar suas células a crescer. Elas sabem que têm que fazer isso, está em seu código, mas algumas das células que eram você ontem já estão mortas, e outras são novas em folha. O Você que é Você não é constante, está sempre mudando.

A cabeça de Silver rodava. Ela esfregou o medalhão e se concentrou.

– Mas por que você precisa de gêmeos? – questionou ela, obstinadamente.

Regalia Mason suspirou:

– Sabe-se desde o século XX que se você separar um par de gêmeos no nascimento, eles com frequência vão crescer e fazer as mesmas coisas ao mesmo tempo, embora nunca tenham se encontrado. O código que compartilham faz isso acontecer.

"O teletransporte precisa de três coisas: eu, a pessoa que quer ser teletransportada e um par de gêmeos que estejam emaranhados. Traga-me Sally e eu posso passar todas as minhas informações para ela, e ela instantaneamente vai passá-las para Kelly, do outro lado do universo. Kelly se transforma numa cópia exata de mim."

– Mas...

– Claro, você precisa de um computador quântico, mas eu tenho um. Tenho o primeiro que foi desenvolvido, confidencial. Nós o fizemos para o Pentágono.

– Mas...

– Eis o que fazemos com os gêmeos. Nós os separamos e os colocamos aonde pessoas, isto é, aonde certas pessoas podem precisar ir. Há estações de gêmeos por toda a galáxia. Quando eu estava em Londres e queria vir para cá, usei um de nossos gêmeos em Londres que forma par com seu gêmeo em Philippi. Instantaneamente eu estava aqui – informação, como você vê, é a única coisa que viaja mais rápido do que a luz.

– E o amor – disse Silver.

– O quê?
– O amor pode viajar mais rápido do que a luz.
Regalia Mason ficou em silêncio.

Gabriel havia visto Abel Darkwater caminhando diante dele pelo corredor. Então Abel Darkwater desapareceu, deixando seu tênue contorno tremeluzindo no ar. Gabriel estendeu a mão e tocou a forma detestada. Ardeu um pouco, mas não era nada. Espaço vazio e pontos de luz.
Ele correu na direção das grandes portas gradeadas diante de si.

– O que acontece com vocês, Sally e Kelly?
– Meu original é destruído – disse Regalia Mason. – Por enquanto, não podemos estar em dois lugares ao mesmo tempo, pelo menos não com nossos corpos físicos. Eu passo através de Sally para dentro de Kelly. A massa de partículas que era Kelly se torna eu.
– E o que acontece com Sally e Kelly?
– Elas já não existem como existiam antes.
– Você as mata.
– Para uma criança tão jovial, você é obcecada pela morte! Não existe algo como a morte da maneira com que você a descreve. Nossos estados se alteram, é tudo.
– Você é como um crocodilo, simplesmente devora tudo. Se eu for comida por um crocodilo, torno-me parte do crocodilo, mas não sou mais eu mesma.
– Então você aprendeu uma lição importante: é melhor comer do que ser comido.
Regalia Mason terminou seu sexto ovo frito e limpou o prato.

– Na verdade, eu não sou o crocodilo da sua história. Esse é o seu amigo Abel Darkwater. Crocodilos não morrem até que alguma coisa os mate. Têm uma temperatura corporal muito baixa e, estritamente falando, não envelhecem como nós, eles simplesmente continuam crescendo. Abel Darkwater está vivo faz muito tempo, mas através de métodos muito diferentes dos meus. Que lugar estranho é o mundo, hein, Silver?

Naquele momento, os alarmes do hospital começaram a soar pela cozinha e pelos corredores. Barulho de passos. Gritos.

Regalia Mason abriu seu computador.

– Gabriel, o Atávico, chegou. Disparou os alarmes porque entrou pela porta dos fundos.

– Eu entrei pela cozinha – disse Silver.

– É mesmo? Ainda assim, você entra aqui vindo do presente. Gabriel veio através do passado. Entrar num edifício através do século XVIII vai fazer o alarme disparar.

– Não deixe que eles o machuquem. Por favor – pediu Silver. – Eu acabei de tirá-lo do Buraco Negro.

A porta se abriu e uma dezena de guardas arrastou Gabriel para dentro da cozinha.

– Gabriel! – gritou Silver, surpresa, e tinha razão de estar, pois algo muito estranho havia acontencido com ele. O garoto que ela conhecera antes do Buraco Negro tinha cerca de um metro e quarenta. Ele estava curvado e mal podia andar quando o resgataram, e ficara agachado durante o trajeto ao hospital, então ela não notara a enorme mudança ocorrida. O garoto de pé diante deles tinha mais de um metro e oitenta. O Buraco Negro o esticara. Seu aspecto era magnífico. Parecia um anjo caído.

Ela foi até ele.

– Você está alto como uma torre – constatou.

Ele não notara. Só o que notara era que tudo o que usava estava apertado e em tudo o que fazia era preciso se espremer um pouco mais. Pensara que isso era porque estava ferido.

– Deixem-nos sozinhos – Regalia Mason ordenou aos guardas. – O garoto não representa ameaça. Vou cuidar dele. Prepararam os gêmeos?

O chefe dos guardas fez que sim, e ele e sua tropa deixaram a cozinha.

– Coma uns ovos – disse Regalia Mason, voltando à sua frigideira. – Tenho que sair em breve.

– Estamos em Bedlam, o lugar pavoroso – disse Gabriel.

– Gabriel, por favor, se acalme – recomendou Regalia Mason. – Você entrou aqui através do século XVIII. Eu acabava de explicar a Silver que todos os estados existem simultaneamente, mas só podemos nos sintonizar a um estado de cada vez. Bem, normalmente é esse o caso. Este é um hospital moderno, Hospital Belém, nomeado, concordo, a partir do seu próprio Bedlam, mas por razões que não preciso explicar aqui. Seu Bedlam ainda existe, embora faça muito tempo que tenha sido destruído no seu mundo. Mas, Gabriel, não há necessidade de visitá-lo. Deixe o passado em seu lar permanente. Não torne aquela realidade tão forte a ponto de ela poder rasgar esta aqui.

Silver escutava. Regalia Mason a assustava porque era muito inteligente e às vezes quase gentil, do modo como pessoas que não se importam com você podem ser gentis. E no entanto nenhuma das pessoas que amavam Gabriel jamais lhe havia dito que ele podia se livrar dos medos que seu clã arrastava consigo por mais de trezentos anos.

– Sei o que tu fazes àqueles que vivem nos Buracos Negros – disse Gabriel.

– Não sou responsável por tudo o que acontece – respondeu simplesmente Regalia Mason.
– É sim – retrucou Silver.
– Então a Quantum é Deus, afinal de contas. É isso o que você quer?

Esperta, esperta demais. Silver fora pega. Estava zangada. Tinha que se concentrar. O Guardião do Tempo. Era disso que ela precisava se lembrar.

– O Buraco Negro foi um erro infeliz – disse Regalia Mason. – Não nos demos conta de que, quando gêmeos atomizavam, um deles rodopiava para cima na direção da luz, e o outro para baixo, para a escuridão. Devíamos ter nos dado conta, pois é exatamente o que acontece com partículas emaranhadas em seu estado não humano. Não aconteceu porque eu sou cruel e onipotente, aconteceu porque quando a ciência faz experiências, comete erros. Algumas pessoas no seu século protestam do lado de fora de laboratórios de animais. Logo vão protestar na borda do Buraco Negro. Mas estávamos certos ao fazer as experiências, e o futuro saberá disso.

– Jogas as pessoas usadas lá para baixo – disse Gabriel. – Elas falaram comigo. Eu as ouvi. Fizeste experiências com meu pai e os de sua espécie, e agora fazes experiências neles.

– E você está matando gente na Linha de Einstein. Vi o portal – disse Silver. – Você não os deporta, você os atomiza.

– Estamos em Estado de Emergência – disse Regalia Mason. – A segurança está em risco. Em momentos como esse, os procedimentos normais não se aplicam. Lamentamos – ela se levantou. – Hora de ir embora.

– O que você vai fazer conosco? – perguntou Silver.
– Acompanhá-los até a saída.

– Vai nos matar também?

– Você tem algum desejo de morte?

– Não – disse Silver –, mas você não quer que eu encontre o Guardião do Tempo, não é mesmo?

Regalia Mason não disse nada. Abriu as portas, apertou um botão e conduziu Gabriel e Silver à sua frente.

Fileiras e mais fileiras de soldados agora se alinhavam nos corredores do hospital previamente deserto. Descalça, ainda terminando uma fatia de pão com manteiga, Regalia Mason ignorou os soldados e caminhou adiante, despreocupada. Chegou à porta principal. No vasto pátio aberto, fileiras de homens de uniformes brancos deslumbrantes estavam empertigados e atentos.

Era quase o raiar do dia e dois dos três sóis de Philippi haviam se erguido no horizonte. Os uniformes brancos dos soldados estavam tingidos pelo vermelho do sol.

Silver e Gabriel ficaram parados com ela nos degraus, olhando lá para fora. Havia homens armados até onde a vista alcançava, e nenhum caminho através deles.

– Vão em frente – disse Regalia Mason. – A ordem foi dada. Os homens vão se afastar quando vocês passarem. Vocês estão livres para fazer o que quiserem.

Silver buscou a mão de Gabriel. Ele a apertou, embora estivesse com medo ele próprio. Eles começaram a descer os degraus e, ao fazerem isso, o mar vermelho de soldados se abriu, e as crianças o atravessaram a salvo.

Silver ouviu a voz baixa e clara de Regalia Mason:

– Agora você sabe o que é o poder.

UM NOVO DESENVOLVIMENTO

A sra. Rokabye ficou surpresa ao se ver no Vaticano. Durante toda sua vida tinha sido batista.

– Pensei que o Vaticano ficava em Roma – disse ela a Ranhoso, que limpava do corpo a poeira.

– Uma vez papa, sempre papa. Roma ontem, Philippi hoje. Ave Maria, passe a cerveja, como costumávamos dizer depois da igreja.

– Onde exatamente nós estamos? – indagou a sra. Rokabye, ainda atada dos pés à cabeça em seu cachecol extralongo.

– Um planeta chamado Philippi. Em um lugar chamado Linha de Einstein.

A sra. Rokabye não conseguia entender como um buraco no chão em Walworth, a sul do rio Tâmisa, a havia trazido até o correio do Vaticano. E ela não conseguia entender por que aquele correio, aqueles papas e aquele Vaticano não estavam em Roma, mas num lugar chamado Linha de Einstein. Ela nunca fora boa em ciência.

– A vida é mais mistério do que assunto sério – disse Ranhoso, alegre.

– Vamos voltar pelo mesmo caminho por onde viemos? – perguntou a sra. Rokabye, ansiosa.

– Nunca pisamos no mesmo rio duas vezes.

– O quê?

– Gatos caçam ratos.

Obviamente, Ranhoso tinha levado uma pancada na cabeça no Buraco de Walworth.

– Você pode falar em inglês puro e simples o que está querendo dizer? – perguntou a sra. Rokabye.

– Não – disse Ranhoso.

– Vou comprar um cartão-postal, então. Pelo visto, tanto faz.

Enquanto a sra. Rokabye entrava no correio do Vaticano, Ranhoso notou Abel Darkwater caminhando em sua direção, falando com o papa Gregório XIII. Ranhoso conhecia de cor o rosto de todos os papas. Ele os memorizara do modo como certas pessoas memorizam times de futebol.

Ele encolheu seu corpo pequeno atrás do vulto corpulento do guarda suíço segurando sua haste de pique.

– Tenho que partir para as Areias do Tempo hoje – disse Abel Darkwater, enquanto eles passavam pelo guarda suíço.

– Talvez eu vá com você – completou o papa Gregório.

– A criança vai nos levar ao Guardião do Tempo muito em breve.

– E então?

– E então o universo será nosso.

Eles seguiram adiante. Ranhoso apareceu por trás do guarda no instante em que a sra. Rokabye saía com seus cartões-postais.

– Não sei para quem vou mandá-los. Não tenho amigos.

– Tem a mim – disse Ranhoso.

– Não faz muito sentido lhe mandar um cartão-postal dizendo "gostaria que você estivesse aqui", porque você está.

– É verdade – disse Ranhoso –, mas nenhum de nós vai estar aqui por muito mais tempo, pois vamos de mãos dadas para as Areias do Tempo.

– Não é buraco abaixo, é?

– É muito perto, se me lembro bem, mas não me lembro também.

A sra. Rokabye deixou sair um ganido.

– Há alguma coisa se mexendo no bolso do meu casaco!

Ela pôs a mão no bolso e bateu-o sobre a coxa, como se estivesse tentando pegar um peixe.

– É o broche! – disse ela. – Está se movendo! Está vivo! – Ela puxou o broche brilhante; tinha uma força tão intensa que estava girando o corpo todo da sra. Rokabye no sentido norte. – É como uma varinha de rabdomante – disse ela. – Para onde está apontando?

Os olhos de Ranhoso saltavam das órbitas. Ele sabia exatamente o que a sra. Rokabye tinha nas mãos, mas mal podia acreditar.

– É o Ponteiro! – disse ele. – É o Ponteiro que aponta para as Areias!

– Isto não é hora para conversa-fiada! – a sra. Rokabye gritou. – Meus pés estão sendo arrastados!

E de fato estavam, enquanto o broche, reluzindo e vibrando, puxava-a para o norte.

– Onde você conseguiu isso? – perguntou Ranhoso.

– Encontrei-o no casaco daquela criança infeliz.

– É o Ponteiro do Guardião do Tempo!

– Não!

– Oh, sim, vá por mim.

– Pensei que fosse um tesouro – disse a sra. Rokabye, desapontada.

– Tesouro de fato, e no momento exato!

– Você quer dizer que esta coisa está tentando nos levar ao Guardião do Tempo?

– Sim!

– Bem, preciso comer alguma coisa primeiro – disse a sra. Rokabye. – Agitação demais num estômago vazio pode ser fatal. Diga a ele que, oh, diga a ele que partimos em uma hora, mas rápido, porque ele está puxando meu braço para fora da articulação.

Ranhoso murmurou alguma coisa numa língua estranha e, subitamente, o braço da sra. Rokabye, que girava sem parar, caiu do lado de seu corpo.

– É a Hora – disse Ranhoso. – É o Momento.

– Fico feliz em ouvir isso – disse a sra. Rokabye –, mas onde posso encontrar um filé de peixe e um bolo Rum Baba?

Ela estava pálida, era verdade, seu rosto tão aguado e coberto de crateras quanto a lua. Ranhoso sentiu todos os seus instintos galantes e masculinos virem à superfície. Pegou o braço da sra. Rokabye e a conduziu ao Caffè Ora.

Logo estavam sentados diante de uma mesa comendo peixe frito e espinafre, com bolo de chocolate para acompanhar. Era jantar fora em grande estilo, com uma taça de vinho, e a sra. Rokabye estava se divertindo. Logo comeria todos os dias desse jeito, porque logo seria rica.

– Um brinde ao dinheiro! – disse ela, erguendo a taça.

– Um brinde ao amor! – disse Ranhoso. – Um beijo é melhor do que um queijo. – E ele se inclinou para frente e fez beicinho.

A sra. Rokabye o ignorou e encheu a boca de peixe.

Nesse momento, Silver, cansada e perplexa, e Gabriel, coxo, abriram a porta do Caffè Ora. Silver saiu de costas e pisou no pé de Gabriel.

– É melhor entrarmos pela janela – disse ela. – Ranhoso está aqui com a sra. Rokabye.

MINHOCAS!

S ir Roger Rover, Thugger e Fisty haviam acabado de comer o cisne.

Só então notaram a minhoca.

A minhoca era redonda e marrom, e parecia estar olhando fixamente para eles, o que era improvável, porque minhocas não olham fixamente.

E ainda assim a minhoca parecia estar olhando fixamente para eles.

Era uma minhoca bem comprida.

– É como o monstro do lago Ness – disse Fisty.

– É, e como o rei Elfo – disse Thugger. – Rá-rá!

– Bem, vou lhe dizer uma coisa: essa minhoca está olhando para cá. Está tentando nos dizer alguma coisa.

Enquanto Thugger e Fisty discutiam sobre as intenções, ou as possíveis intenções da minhoca, Roger Rover tinha ido examiná-la. Havia notado aquela minhoca antes, mas seus aposentos estavam cheios de aranhas, ratos e coisas do tipo, e minhocas eram, bem, apenas minhocas.

Só que essa tinha cavado um buraco.

Roger Rover deu uns tapinhas no revestimento onde a minhoca balançava a cabeça, e o som das pancadas disse a ele que o revestimento era oco. Ansiosamente, ele o arrancou da parede com sua pequena e resistente adaga, e então recuou, surpreso.

– Juro pelas calças da minha avó – disse Thugger – que nunca vi nada desse tipo em toda a minha vida!

Atrás do revestimento, havia um buraco reluzente que se estendia parede adentro, sem fim. O buraco não apenas brilhava – ele girava, lentamente, como um pião.

– Deixa a gente tonto só de olhar – disse Fisty.

– Senhores, é assim que vamos escapar! – disse Roger Rover, animado.

– Oh, não, oh, não – gemeu Fisty. – Chega de buracos, quedas e túneis, por favor.

– Tenho sido prisioneiro por tempo demais. Vou correr riscos com o Destino – disse sir Roger, de forma grandiosa. – Não é pior do que o porão de um navio pirata, não é pior do que este lugar que se tornou minha cela.

E ele avançou e desapareceu.

– Ele foi embora! – disse Thugger.

– E nós ainda estamos aqui – lamentou Fisty.

– Vamos lá, então, ou você quer passar o resto da vida neste lugar, como ele? Sabe Deus quanto tempo faz que ele está aqui. Uns quatrocentos anos, eu imagino.

– Eu só tenho vinte e seis – disse Fisty, sentindo-se miserável.

– Eu vou – disse Thugger.

– Não, não! Não me deixe aqui!

– Tchau, até a gente se encontrar de novo.

E Thugger entrou no buraco giratório, e desapareceu imediatamente.

– Oh, Elvis, gostaria que você estivesse aqui! – choramingou Fisty, aninhando o que restava de seu cão robô. – O que eu devo fazer?

O pobre Fisty não podia se decidir sobre o que fazer, porque não tinha uma mente para tomar a decisão. Mas isso não importava, porque o buraco da minhoca já ocupava a sala, estendendo-se feito uma onda na direção dele, e seu último pensamento enquanto era varrido para o centro giratório foi que estava sentindo cheiro de curry.

GREENWICH

Em Greenwich, Regalia Mason falava com o primeiro-ministro. O observatório estava cercado pela polícia e pelas Forças Armadas, tentando manter a ordem. As ruas estavam lotadas de manifestantes. As pessoas comuns estavam com medo. Grupos religiosos previam o Fim dos Tempos.

Regalia Mason aparecera no noticiário da BBC e explicara com cuidado e simplicidade por que a Quanta oferecia a melhor solução aos problemas atuais. Quando falou sobre sua companhia adquirindo Ações do Tempo, a maioria das pessoas pensou vagamente numa vila na Espanha por três semanas todos os anos. Outros ficaram excitados com a ideia de máquinas do tempo, buracos de minhoca e toda a parafernália de *Jornada nas estrelas*.

Regalia Mason tinha o respaldo de muitos dos mais conceituados cientistas britânicos, que ansiavam pelo dinheiro para começar as pesquisas sobre os mistérios do tempo. Mesmo aqueles hostis à companhia americana que liderava o projeto tinham que admitir que não parecia haver outra solução. Se os Tornados do Tempo e as Armadilhas do Tempo tinham que acabar, uma ajuda especial era necessária. A Quanta podia fornecer essa ajuda.

Naquela manhã, o primeiro-ministro concordara que a Quanta controlaria todos os interesses comerciais no tempo.

Pessoalmente, o primeiro-ministro não acreditava que o tempo pudesse ser comercializado como uma mercadoria. Também não acreditava em Viagens no Tempo, Transfusões de Tempo ou teletransporte. Sua opinião era a de que Regalia Mason e sua companhia queriam acreditar que haveria algum retorno aos bilhões que teriam de investir. O resto era ficção científica.

Possivelmente a pesquisa traria alguns subprodutos lucrativos – assim como a energia nuclear havia sido um subproduto da bomba atômica, e assim como o micro-ondas fora inventado quando um operador de rádio acidentalmente passou sua salsicha ou sua barra de amendoim ou seu ovo ou fosse o que fosse através das ondas de seu transmissor de rádio, e descobriu, surpreso, que sua salsicha ou sua barra de amendoim ou seu ovo tinha ficado cozido.

Bem, que a Quanta tivesse sua versão do micro-ondas. Que mal poderia fazer?

– Vamos assinar o Acordo hoje? – perguntou Regalia Mason, deslumbrante em seu Armani branco.

– Amanhã, acredito – declarou o primeiro-ministro. – O Parlamento europeu vai ratificar a decisão hoje. Como você sabe, tem havido tumultos na França e na Rússia também.

– Sim, ouvi dizer – disse Regalia Mason.

– E há alguns eventos inexplicados envolvendo os recentes furacões em Nova Orleans e na Flórida. Pessoas desapareceram.

– Pessoas desaparecem com frequência – disse Regalia Mason, com suavidade.

Micah, agachado atrás da lareira, escutou tudo isso. Sua mente voou até os antigos tempos de Bedlam, quando Abel Darkwater e Maria Profetisa trabalhavam noite adentro, noite após noite, em suas "Experiências". Haviam jurado descobrir os segredos do tempo, e com isso a força do universo.

Desde que Silver e Gabriel haviam ido embora, mais dois Tornados do Tempo tinham acontecido. Regalia Mason estava prestes a obter o poder que desejava, e não pela força. O mundo ia lhe dar esse poder.

AS AREIAS DO TEMPO

Gabriel e Toby estavam consertando o ônibus.

– Isso! – comemorou Toby, quando o ônibus estremeceu e voltou à vida.

Todas as crianças se juntaram lá dentro. Gabriel e Silver correram de volta, a fim de pegar algumas provisões no Caffè Ora.

A Mensagem Mental de Micah para Gabriel lhe dissera que ele e Silver tinham que chegar às Areias do Tempo naquele mesmo dia, e ele ficara trabalhando no ônibus a noite inteira.

Toby insistira para que levassem todas as crianças com eles, porque tinha medo de que algo acontecesse a elas se ficassem perto do Posto de Controle Zero. Esconder dezesseis crianças não era fácil.

– Digamos que eu cuido delas, sabe, Gabriel? A gente não pode deixá-las aqui para serem atomizadas ou fritadas ou sei lá o quê.

Silver fez que sim. Estava imersa em seus próprios pensamentos. Tinha a sensação de que tanto Abel Darkwater quanto Regalia Mason sabiam exatamente o que ela estava fazendo, e exatamente o que ia fazer. Sim, tinha que fazê-lo. Por que essa estranha missão caíra em seu colo? O que a tornava diferente das outras pessoas do mundo?

Gabriel sorriu para ela.

– Queres saber algo a respeito da prata?

– A meu respeito?

– A respeito do metal que seu nome representa.

Silver fez que sim.

– Esse nome me foi dado por causa de um pirata.

– Pode ser que sim, mas a prata reflete nove décimos de sua própria luz. Eles temem a ti porque brilhas – disse Gabriel.

– Quem teme a mim? – perguntou Silver.

– Regalia Mason, ela teme a ti. Abel Darkwater, ele teme a ti.

– Não acho que eu seja a Criança da Face Dourada. Sou prata, e não ouro.

– É ao brilho que a profecia se refere – disse Gabriel.

Silver ficou em silêncio.

– Mas, Gabriel, tudo o que eu vou fazer é levá-lo até ele. Não posso enfrentá-lo, nem você. Micah disse isso. Mesmo que a gente vença, perdemos. Quer dizer, se encontrarmos o Guardião do Tempo, vamos apenas acabar encontrando-o para Abel Darkwater.

– Silver...

– Sei que tenho que fazer isso. É só que, oh, se isto fosse uma história, como *O senhor dos anéis*, eu poderia jogar o anel de volta no fogo de Mordor e seria o fim de tudo. Mas quando eu encontrar o Guardião do Tempo não sei o que fazer, exceto que Abel Darkwater vai provavelmente matar a nós dois e então se tornar o Senhor do Universo, como Regalia Mason disse.

– Não acredite nela, Silver.

Antes que Silver pudesse responder, Toby gritava e acenava para eles da cabine do motorista, no ônibus.

– Vamos – disse Silver, colocando-se de pé. – Se eu não for agora, não irei nunca. Mas fique do meu lado, Gabriel, aconteça o que acontecer. Não posso fazer isto sozinha.

Subiram no ônibus. Toby girava o enorme volante, usando para isso a força de seu corpo todo. A cada vez que ele passava uma marcha havia um horrível rangido. Mas eles avançavam. Estavam viajando pela Estrada Estelar.

As crianças cantaram, depois dormiram, depois comeram toda sua comida, depois algumas ficaram enjoadas, depois algumas queriam sair, depois algumas choraram, depois algumas brigaram, depois, por fim, todas ficaram quietas, sonhando com sua casa enquanto olhavam pelas janelas, sonhando com outros mundos.

Silver estava com aquele nó apertado no estômago outra vez. Tinha dado duro para chegar até ali, e agora só queria sair correndo. Gabriel disse que ela não devia confiar em Regalia Mason, mas talvez Regalia Mason estivesse certa. Por que Silver estava interferindo? Nada jamais seria perfeito. Talvez a Quantum não fosse uma coisa assim tão má.

– Ei! – gritou Toby. – Está rolando uma feira!
Silver ficou desconcertada. Eles dirigiam rumo a algo que parecia ser um balneário comum, com uma praia e o mar, burros e gente andando para cima e para baixo. Ela pegou o mapa que Micah lhe dera e o abriu. Inclinou-se na direção de Gabriel, cujas longas pernas estavam apoiadas no assento.

– As Areias do Tempo neste mapa que Micah me deu são agrestes e estranhas, e se estendem por quilômetros. Não há construções assinaladas. Isto aqui parece a Disneylândia ou coisa do tipo. Você acha que estamos no lugar certo?

Gabriel franziu a testa e levantou os olhos do mapa para o cenário do lado de fora da janela, mas Toby havia parado o ônibus bem junto ao píer, e ele e as crianças já tinham saído em disparada rumo à praia.

– Não entendo – disse Silver. – Nada de precioso pode estar aqui. É só algodão doce e montanha-russa.

Gabriel pensou por um momento e então disse:

– Como Bedlam se esconde por trás do Hospital Belém.

– O quê?

– Isto é uma fachada, um esconderijo. Alguma coisa está por trás daquilo que podemos ver.

Silver fechou os olhos. Pensou no que havia acontecido com ela na Estrada Estelar, quando começara a se dissolver. Será que podia dissolver a superfície diante dela?

– Veja tudo como é – disse ela, repetidas vezes. – Veja tudo como é...

Silver abriu os olhos, e o píer, as pistas de montanha-russa e o algodão doce começaram a vergar e se distorcer como se alguém os estivesse deformando. Então tudo ficou quieto, como se alguém tivesse desligado o som. Então tudo ficou preto, como se alguém tivesse puxado a tomada. Quando a luz voltou, não havia orla, nem burros, nem carrinhos indo para cima e para baixo; havia um deserto se estendendo na distância. Um vento suave soprava pelas dunas de areia.

– Oh, sim – disse Abel Darkwater, olhando para sua bola de cristal. – Ela atravessou.

Regalia Mason lia com interesse a tela de seu computador. A menina aprendera a trocar as realidades – ou pelo menos aprendera que há mais de uma realidade.

Conferiu sua própria frequência. A realidade em que ela estava vibrava bem devagar. Silver estava prestes a entrar numa realidade diferente que ficava numa extensão de onda diferente. Regalia Mason se preparou para ajustar sua própria frequência, como quem sintoniza um rádio, para que então também ela pudesse entrar em outro mundo. Era tão simples; todo mundo sabe que todas as estações de rádio estão tocando ao mesmo tempo, mas só sintonizamos uma de cada vez. Por que não entendiam que a realidade era a mesma coisa?

Ela fez os ajustes necessários em seu computador quântico. O momento havia chegado.

Silver olhou para trás. Podia ver suas próprias pegadas na areia, e as de Gabriel ao lado das suas. Que lugar era aquele, onde as areias pareciam rolar como ondas? O simples ato de caminhar a deixava enjoada.

Eles caminharam, e caminharam, e caminharam, e caminharam, e caminharam, e caminharam, e caminharam, e caminharam.

A noite chegou. Noite do deserto, fria e impiedosa. Ela tremia dentro de seu casaco e enfiou as mãos fundo dentro dos bolsos. Gabriel estava enroscado ao lado dela, adormecido em seu casaco azul. Como os pais dela haviam levado o relógio até ali? Será que estavam ali também? Será que ainda estavam vivos? Será que haviam sido levados por um Tornado do Tempo, e o relógio com eles?

Se ela pudesse encontrá-los, poderiam todos voltar para casa juntos, e viver juntos outra vez. Ela se sentou, abraçando o próprio corpo contra o vento que nunca cessava.

Estava com muita sede. Sentia-se sem peso dentro de seu corpo outra vez, como na Estrada Estelar.

O que era aquilo ali adiante? Uma luz! Um vulto! Um vulto que ela conhecia! O vulto de uma casa a distância. Era Tanglewreck!

Ela se levantou aos tropeços e correu o mais rápido que podia através da areia que se deslocava. Seus sapatos e suas meias a arranhavam, e seu nariz estava cheio de areia.

Mas logo adiante, lá estava a casa, e ela estava quase na entrada, e embora estivesse tropeçando, sua respiração viesse em arquejos e sua boca estivesse mais seca do que a morte, ela chegaria à casa, entraria nela, e sua mãe e seu pai estariam ali, e... e... a miragem desapareceu.

Silver se sentou e chorou lágrimas quentes que fizeram doer seu rosto, seco e sensível com a areia e o vento. Gabriel, que acordara e não a encontrara, tinha ido correndo atrás dela, passando os braços ao seu redor, reconfortando-a, dizendo-lhe que tinham que seguir em frente.

– Não posso, Gabriel.

– Vou te amparar.

– Eu pensei que estivesse em casa. Pensei que estivesse feliz. – Silver chorava tanto que não conseguia enxergar. Gabriel enxugou seus olhos com a manga suja de seu casaco azul, e estendeu as duas mãos para ajudá-la.

Ela se levantou, e eles seguiram em frente.

Ela caiu, e eles seguiram em frente.

Eles seguiram em frente.

Não havia mais nada no mundo além de lágrimas e bolhas e sede e areia. Ela já não sabia mais quem era ou por quê. E Gabriel a segurava como Micah o segurara no Buraco Negro. Se apenas pudesse segurá-la um pouquinho mais.

– Ajuda-me, Micah – sussurrou ele, e Micah ouviu, e caminhou com eles, se eles soubessem, por cada passo das areias.

Era de manhã quando Silver caiu de rosto no chão, tropeçando em algo que não era miragem.

Era uma pedra redonda se projetando para fora da areia.

Ela a arranhou com os dedos. Era grande, sob a terra, fosse o que fosse. Gabriel estava animado e começou a cavar a areia com as palmas das mãos, como as de uma toupeira. Sorriu para Silver, e ela esqueceu a dor e o cansaço e cavou e cavou ao lado dele, e logo voava areia para todo lado, e eles tinham descoberto algo maravilhoso e estranho: primeiro era uma orelha, depois um olho, depois uma cabeça, depois um corpo agachado.

Era o corpo agachado de uma esfinge de pedra. Em seu peito havia uma porta, e por trás da porta havia uma passagem.

Para baixo eles foram, para baixo, para baixo, penetrando na escuridão e no silêncio.

Iluminada por uma única chama, na entrada de uma câmara, havia a estátua de um homem com a cabeça de falcão.

O templo do grande deus Rá.

Tão estranhas as paredes esfaceladas do espaço sagrado, iluminadas por potes de óleo de combustão lenta dispostos em nichos escavados na pedra.

Tão estranho o cheiro de pó, incenso e ataduras; a cerimônia dos mortos antes da jornada noturna até as pirâmides.

Havia um altar coberto com um pano apodrecido. Silver tocou-o e ele estremeceu como uma teia de aranha e virou pó.

Havia uma pintura na parede, de cores desbotadas, de linhas quase invisíveis, mas ela soube o que era no instante em que viu; era um desenho do Guardião do Tempo.

– É a profecia – disse Abel Darkwater, saindo das sombras atrás dela.

Silver se virou, em pânico. O que ela viu a deixou ainda mais apavorada. Abel Darkwater usava as roupas do alto sacerdote de Rá.

– O que começou nas pirâmides do Egito vai se completar hoje.

– Feitiçaria – disse uma voz que soava como uma cobra. O papa Gregório XIII estava na antecâmara.

– Seu próprio Moisés era um feiticeiro – disse Abel Darkwater ao papa, e então virou seu olhar redondo, como duas orbes, para Silver.

– Silver, você sabe o que eu sou?

Ela pensou num crocodilo, frio e astucioso nas águas do Nilo.

Abel Darkwater leu seus pensamentos e riu.

– Talvez eu seja um leviatã, mas também sou outra coisa: sou o último dos Arcanos. O último dos alquimistas. Eu e os meus transformamos metal em ouro, mas também buscamos outra coisa, de valor infinitamente superior. Investigamos os segredos da própria vida.

– O Tempus Fugit se dedica a conhecer o mistério do tempo. O tempo passado e o tempo futuro estarão sob nosso controle. Há tão poucos de nós agora, tão poucos, e esperamos há tanto tempo... pelo... relógio.

– Não está comigo! – disse Silver.

Abel Darkwater mal parecia escutá-la.

– Ele não foi feito no Egito nem em Israel. Não foi feito na época dos romanos, nem por Santo Agostinho, embora ele tivesse os desenhos. A profecia começou a se revelar no ano de 1375, na França, quando o Guardião do Tempo foi encomendado como curiosidade por Carlos V, que, como você deve se lembrar, tinha um grande interesse no tempo.

Silver não se lembrava.

– Naqueles dias, o Guardião do Tempo era um relógio de pêndulo com dois mostradores, marcando as horas da meia-noite até o meio-dia, e do meio-dia até a meia-noite. Ele contava bem o tempo, e mantinha bem guardados seus outros segredos; segredos conhecidos somente por mim e pela feiticeira Maria Profetisa...

Regalia Mason!, pensou Silver.

– De fato – disse Abel Darkwater, lendo sua mente outra vez. – Mas Maria Profetisa é o que ela era naqueles dias, e para mim é o que será sempre: a misteriosa sacedortisa do Nilo, a conselheira obscura de Moisés, o judeu, a confidente sussurrante de Joana d'Arc, a amante de Carlos V da França. Oh, sim, Silver, sem ela o Guardião do Tempo jamais teria sido fabricado; foi feito para ela, pertencia a ela, até este homem esmagá-lo em mil pedaços.

O papa Gregório saiu das sombras, sem sorrir, orgulhoso, de nariz aquilino e olhos escuros.

– E eu faria o mesmo novamente – sentenciou ele.

– E o que lucraria com isso? – Abel Darkwater riu. – Uma vez construído, o Guardião do Tempo pode ser quebrado, mas não pode ser destruído até o próprio Fim dos Tempos. Essa é a profecia.

– Eu o destruí – disse o papa.

– Oh, não destruiu, não! – disse Abel Darkwater.

Era noite no Vaticano. Maria Profetisa havia sido trancada. O papa Gregório fora ouvir um Te Deum *em agradecimento ao massacre de oitocentos huguenotes protestantes. O padre jesuíta Christopher Clavius abriu a porta do estúdio do papa com sua própria chave. Lá dentro, pegou as peças do Guardião do Tempo que estavam na gaveta e se foi com elas, às pressas. Não estava interessado no relógio ou em sua profecia; estava interessado na fabulosa riqueza de suas joias e seu mostrador de lápis-lazúli e ouro. Havia um homem que ele precisava subornar – um inglês, um católico, um pirata, um espião. Era uma combinação útil.*

Clavius esgueirou-se para fora dali e foi até onde o homem de barba ruiva esperava. Deu-lhe o saco.

– O que é isso que você me oferece? Um relógio quebrado?
– Acrescente o valor das joias para ver o que lhe ofereço.
Roger Rover testou uma ou duas entre o indicador e o polegar. Ficou satisfeito.
– Vou fazer a espionagem para você.
Naquela noite, o Guardião do Tempo deixou Roma.

– Roger Rover tinha o Guardião do Tempo! – disse Silver, seu medo lutando contra sua curiosidade e surpresa.
– Oh, sim, e ele por sua vez deu-o como suborno a um homem muito importante, chamado John Dee, astrônomo e alquimista da rainha Elizabeth I. Dee sabia que tinha, por fim, o Guardião do Tempo em suas mãos, e sabia da profecia e de sua força. Foi John Dee quem fundou nossa sociedade, o Tempus Fugit, e ele foi meu mestre por algum tempo.
– Roger Rover era alquimista?
Abel Darkwater deu uma sonora risada.
– Ele era um tolo que viajava pelos mares!
– Se você é tão inteligente, por que não conseguiu consertar você mesmo o relógio, e por que não ficou com ele quando era seu?
Abel Darkwater avançou para acertar Silver no rosto, mas o papa segurou seu braço.
– Tortura, sim; violência, não – disse o papa.
Abel Darkwater fez que sim.
– Parece que o relógio só obedece ao seu próprio poder, Silver, mas quando eu o encontrar, você vai me dar esse poder. Faz séculos que procuro por você.
– Só tenho onze anos de idade! – disse Silver.
– Você morreu e renasceu muitas vezes – revelou Abel Darkwater. – Muitas vezes.
E Silver, que não entendia isso, deu de ombros e se lembrou de que Micah havia dito isso sobre Regalia Mason.

– Mas desta vez, oh, não, você não vai escapar. Vamos preparar o alambique.

Silver não sabia o que era um alambique, e estava se arrependendo de seu acesso de raiva. Subitamente, deu-se conta de que Gabriel não estava em nenhum lugar visível. Devia ter se escondido.

Abel Darkwater havia acendido um fogo na frente do altar. Pegou algo semelhante a uma garrafa de vidro, com o gargalo estreito e o fundo largo.
– Agora – disse Abel Darkwater – olhe dentro dos meus olhos, Silver, e vai se encontrar movendo-se através do tempo até o dia em que seus pais tinham combinado de trazer o Guardião do Tempo até Londres; de trazer o Guardião do Tempo até mim.

Silver sentiu que ficava tonta, mas manteve sua mente firme. Pensou em Tanglewreck, colocou-se dentro dela em busca de segurança.

Abel Darkwater franziu a testa e tentou novamente. Segurou seu rosto entre suas mãos pequenas e fez com que ela olhasse para ele. Como os olhos dele eram redondos! Que luz fraca e amarelada vinha deles, como uma neblina envolvendo-a. Tanglewreck estava ali na neblina, ela mal podia ver a casa agora. Onde ela estava? Onde estava a própria Silver? Subitamente, viu o rosto de seu pai. Sua expressão, seus olhos. Sua mente clareou. Ela não tinha nada a dizer.

Os olhos de Abel Darkwater eram velhos e frios. Ela notou como as mãos dele eram frias quando as tocou em seu rosto.
– Muito bem – ele disse.

Ele a soltou e prendeu um tubo de vidro no alambique. Soprou no tubo e o alambique começou a se expandir como um balão. Foi ficando cada vez maior, até ter mais de um metro de largura e um metro de altura. O funil estreito se abriu.

– Sua Santidade, por favor – disse Abel Darkwater, e o papa se adiantou, levantou Silver por trás e a empurrou para dentro do alambique. Assim que ela estava lá dentro, Abel Darkwater selou o funil com um tampão de chumbo.

– Uma hora é o limite para qualquer tipo de tortura – disse o papa. – Devemos ser piedosos.

– Uma hora, então – disse Abel Darkwater. – Está ficando quente aí dentro, Silver?

Ela observou seus rostos, distorcidos pelas bolhas no vidro; rostos marcados por séculos de astúcia e cobiça. Ela mal conseguia respirar.

– Você vai me dizer, Silver. Vai me dizer.

Mas ela não podia dizer coisa alguma a ele, porque algo ou alguém a impedia.

Através das Areias do Tempo, num dromedário, Regalia Mason viajava até o templo do grande deus Rá.

Enquanto o alambique esquentava às raias do insuportável, Abel Darkwater contou a Silver mais uma parte da história.

– Oh, sim, eu roubei o Guardião do Tempo de meu mestre John Dee, e fugi com ele da costa da Inglaterra, levando-o aos relojoeiros da Itália e da França, mas ninguém conseguia consertá-lo. Somente com o tempo, com seu próprio tempo, o relógio foi consertado. Em 1675, Robert Hooke lhe deu um mostrador duplo, um no corpo e outro na tampa, e substituiu o pêndulo por um mecanismo de molas. Pela primeira vez em mais de cem anos, seu coração voltou a bater!

"Então pensei que o possuía, pensei que era meu, mas duas das imagens originais estavam faltando, as mais importantes de todas as imagens. As imagens da profecia.

Abel Darkwater se aproximou e colocou o rosto contra o vidro do alambique.

– Essas imagens estão com você, Silver? Estão? Estão?

Silver escutava através da febre do calor. Sua mão foi devagar até o saco de juta – por que não simplesmente dar a ele as imagens, agora? Ela estava delirando com o fogo e sua sufocação lenta. Sim, daria a ele o que desejava, então estaria livre, livre para ir para casa.

Ela deu um tapa fraco no vidro. Abel Darkwater parecia triunfante. Então, sem saber onde encontrara forças para lutar contra ele, sacudiu a cabeça.

– Queime, então! – disse Darkwater. – Vou derretê-la como uma vela sobre o fogo.

O papa apanhara sua ampulheta e computava o tempo de tortura permitido.

Enquanto brincava com o objeto, um braço forte bateu como uma alavanca sob sua garganta, e, enquanto ele engasgava e desmaiava, Abel Darkwater se virou para ver Gabriel correndo na direção do alambique.

– Imóvel, seu vira-lata – gritou Darkwater, e o corpo inteiro de Gabriel bruscamente se imobilizou. Preso ali pela magia, ele não conseguia mover seus braços ou suas pernas. Virou os olhos em desespero para Silver, que estava agora fraca demais com o calor para fazer qualquer sinal.

Abel Darkwater pegou uma corda em sua bolsa e amarrou Gabriel firmemente.

– Seu tolo! Baixo e tolo como seu pai, Micah. Posso lhe dizer uma coisa? Se ela morrer, a culpa é de seu pai. Ele será o assassino, não eu. Se ele tivesse me vendido o Guardião do Tempo em 1762, quantos séculos de espera poderiam ter sido apagados! Quantas vidas poderiam ter sido poupadas!

Ele se virou outra vez para Silver.

– Você é a criança da profecia. Você é a criança, e deve ser sacrificada. Vai me dizer onde o Guardião do Tempo está, e mesmo que não diga, seu sangue vai me levar até ele. Vou tirar seu sangue e adivinhar você, como fazia com os falcões no Nilo. – Abel Darkwater pressionou o rosto sobre o jarro fumegante. – Você vai me dizer, ou seu sangue dirá.

– Ela não pode dizer porque não sabe.

Ali estava Regalia Mason, alta e magnífica na entrada da câmara.

– Sou eu quem sabe.

O rosto de Abel Darkwater foi tomado pela raiva.

– Você! Sempre você! E o próprio pai da criança ia me trazer o relógio. Eu o trouxe até mim com séculos de paciência. O Guardião do Tempo estava prestes a ser meu!

Regalia Mason deu um passo à frente.

– Eu não podia deixar de pensar que seria um erro.

O DESVIO

Os River haviam partido no trem de 8:05 para Londres. Tinham o endereço de Abel Darkwater: *Tempus Fugit, número 3 da rua Fournier, Spitalfields, Londres E1*. Ele lhes enviara as passagens de trem e uma nota de cinquenta libras para as despesas.

Logo depois que Silver, sua filha, nasceu, Roger e Ruth River tinham recebido uma carta de Abel Darkwater perguntando-lhes sobre um relógio chamado Guardião do Tempo. Tinha chegado a ele a notícia, disse, de que eles haviam descoberto recentemente aquela herança familiar. Será que ele poderia ir vê-lo? Será que eles gostariam de vendê-lo?

O pai de Silver tinha sido muito claro: a resposta foi não e não. Ele conhecia a história do relógio, embora não seu poder, nem a profecia, mas estava determinado a guardá-lo onde ele havia sido deixado, a salvo, ao longo de todos aqueles anos.

– Nem tudo nesta vida está à venda – disse ele à sua esposa, Ruth. – Há coisas mais importantes do que o dinheiro. Esse relógio foi dado em confiança à nossa família. Num certo modo, não é realmente nosso.

Todos os anos Abel Darkwater escrevia de novo, e todos os anos a resposta era a mesma – não e não.

Então, certo ano, Abel Darkwater escreveu e lhes perguntou se eles poderiam apenas levar o relógio até Londres, para que ele o mostrasse a certos colecionadores eminentes, para talvez fazer alguns desenhos de seu mecanismo e tirar algumas fotografias. Ele poderia até mesmo consertá-lo para eles; pelo que sabia, já não estava funcionando.

Ofereceu-lhes a quantia de dez mil libras.

– Dez mil libras! – Roger River disse à esposa. – Podemos consertar o telhado, as calhas e mandar pintar as janelas. Isso seria maravilhoso! A pobre e velha casa está caindo aos pedaços.

– E se ele não nos devolver o relógio? – indagou Ruth.

– Claro que vai devolver! Ele é um negociante de boa reputação. Verifiquei isso. E ele nos deu um seguro, e eu liguei para a companhia de seguros hoje de manhã. É tudo legal. Precisamos do dinheiro, Ruth.

– Sei disso. Só me sinto esquisita.

– Não se preocupe. Nunca vamos vender o relógio para ele. Nunca.

O trem era confortável, quente e silencioso. Eles estavam sentados na primeira classe, lendo os jornais e tomando café.

O trem desacelerou. O trem parou. Não houve avisos. Roger se levantou para ver o que estava acontecendo. Engraçado, mas não havia mais ninguém no vagão agora. Ele cruzou o vagão-restaurante. Vazio. Entrou nos vagões da segunda classe. Vazios. Olhou pela janela. Não conseguia ver nada porque havia um nevoeiro.

Começou a se sentir esquisito ele próprio. Pegou o telefone. Não havia sinal. Caminhou rapidamente de volta até onde havia deixado Ruth. Ela se fora. Em seu lugar estava uma mulher muito bonita, bastante assustadora, que sorria para ele como se o conhecesse.

– Temo que tenha havido uma mudança de planos – disse Regalia Mason.

O GUARDIÃO DO TEMPO

—Não há necessidade de fervê-la viva – disse Regalia Mason.

– Ela se aliou a você! – disse Abel Darkwater. – Não vou poupá-la.

– Não me aliei a ninguém – respondeu Regalia Mason. – A Quantum é autossuficiente.

– Só Deus é autossuficiente – gritou o papa.

– Vá para o Vaticano – disse Regalia Mason. – Nós o construímos para você.

Ela foi até o alambique e passou a mão através das chamas verdes que bruxuleavam debaixo dele. Instantaneamente elas se apagaram.

– Lembro-me de alguns dos nossos truques – disse ela, sorrindo seu sorriso frio para Abel Darkwater. – Você permaneceu como era; eu mudei. Essa é a diferença entre nós.

– Você abandonou o Caminho.

– Eu abandonei a magia pela ciência, sim, e durante muitos anos você pôde alcançar, através da magia, aquilo com que a ciência só podia sonhar. Mas agora, o que você me diz?

Abel Darkwater nada disse. Chamas frias e verdes se enroscavam ao redor de seu corpo.

Regalia Mason continuou falando:

– Viagem no tempo, vida infinita, os segredos do universo, todas as coisas que você buscava, que buscávamos juntos, através da matéria-prima sombria dos Arcanos, se tornaram reais através da ambição da ciência.

Abel Darkwater lhe respondeu em meio a labaredas de fogo:

– Você não pode controlar o tempo sem o Guardião do Tempo.

Regalia Mason riu.

– Posso lhe dizer uma coisa, Abel Darkwater? Você ainda acredita no mundo como um objeto. Olhe só para você, murmurando diante do alambique, obtendo metais derretidos, liquefazendo corpos fixos, fazendo malabarismo com todos os caldeirões de um universo que é sólido. Mas o universo não é sólido. O universo é energia e informação. Objetos sólidos são apenas representações e manifestações, ou informação e energia. Domine isso e terá dominado tudo.

– Posso aparecer e desaparecer tão bem quanto você – disse Abel Darkwater –, e sei como transformar uma substância em outra, mas a profecia é clara: somente o Guardião do Tempo pode controlar o tempo.

– Eu já estou controlando o tempo – disse Regalia Mason –, e sem nenhum artifício mágico. O que são os Tornados do Tempo?

– São o começo do cumprimento da profecia – disse Abel Darkwater. – São o começo do Fim dos Tempos, quando o tempo tal como o conhecemos há tantos séculos vai se enrolar como uma bola, e um novo deus aparecerá. Um novo Senhor do Universo. – Seus olhos rolaram como luas redondas.

Regalia Mason sorriu friamente.

– Num certo sentido, você pode dizer que isso é verdade. Para que a Quantum assuma o controle completo no início do século XXIV, é necessário desestabilizar o tempo com grande antecedência. É um truque interessante, você não acha?, afetar o passado para que o futuro possa acontecer?

– Impossível sem o Guardião do Tempo!

– Impossível para você sem o Guardião do Tempo.

– Está me dizendo que é você, Maria Profetisa, que está causando essas fendas no universo? Está me dizendo que é você o Vento que sopra através do Fim dos Tempos?

Ela sorriu.

– Sua mágica ainda tem poesia, mas nenhum poder. Sim, fui eu quem rasgou o Véu. Eu sou aquela que é o Vento.

E por um breve segundo ela mudou. Não era Regalia Mason, fria e bela; era Maria Profetisa, sombria e encapuzada, tortuosa e obscura. Gabriel desviou os olhos de medo. Abel Darkwater fez que sim devagar, como se compreendesse.

– Vou impedi-la! – desafiou ele. – Já a impedi antes.

– É tarde demais – respondeu Regalia Mason.

– Você não é a criança da profecia! – disse Darkwater.

– Não sou. Ela está aqui. De que adiantou a você quase matá-la numa garrafa? Ela não o levou ao Guardião do Tempo.

– Vou encontrá-lo, mesmo que me leve o resto da eternidade – profetizou Abel Darkwater.

– Isso não será necessário, pois vou lhe dizer onde ele está. – Sorriu Regalia Mason.

– O QUÊ? – gritou Abel Darkwater.

– Nada que você faça agora representará qualquer diferença. Os Tornados do Tempo começaram. Em poucas horas, sim, esta manhã, a Quanta será a parceira oficial de pesquisas de todos os governos do Ocidente. A ciência ganhou o dia, não a mágica, embora para uma civilização avançada como a que a Quanta tornará possível, a ciência seja indistinta da magia.

Antes que Abel Darkwater pudesse responder, houve um terrível ruído surdo e um rangido lá em cima. Imensas cascatas de areia começaram a cair dentro do templo. As paredes começaram a tremer e desmoronar. Regalia Mason e Abel Darkwater se engasgaram com a areia que caía, e Gabriel aproveitou o momento para pular de onde estava silenciosa e cuidadosamente se livrando de suas amarras. Correu até o alambique. Com toda sua força tentou empurrá-lo, mas era pesado demais para ele. Então, em meio à areia e ao pó, ele ouviu a voz de Toby:

– O que é que tá acontecendo? O ônibus tá com areia até as janelas, lá fora. O que é que Silver tá fazendo nesse jarro? Vamos lá, crianças!

As crianças correram até o alambique e o derrubaram no chão. Ele não se partiu, mas Silver já havia se recuperado o suficiente com a extinção do fogo para pegar seu machado de lâmina dupla e destruir o selo de chumbo.

Toby e Gabriel puxaram-na para fora, enquanto Abel Darkwater se aproximava, com seu corpo reluzindo como um fogo verde.

– IMÓVEIS, TODOS VOCÊS!

Dessa vez a ordem não funcionou.

– Vocês interromperam o Opus! – gritou ele.

– O quê? – disse Toby. – É melhor você calar a boca!

Abel Darkwater agarrou Silver pela nuca, como se ela fosse um coelho. Mesmo pequeno como era, levantou-a do chão.

– Diga-me agora – ele ordenou, suas mãos e seu rosto escamosos, seus olhos sem pestanejar.

– Não sei onde ele está! – disse Silver, se contorcendo no aperto dele, e encarando Abel Darkwater, enquanto ele ardia diante dela em suas chamas frias.

– É claro que sabe – disse Regalia Mason. – Não desejo mais que você esqueça.

Era o dia em que os pais dela tinham ido para Londres. Alguns amigos deles estavam tomando conta de Silver, mas estavam ocupados na cozinha, e a menina, que tinha sete anos, jogava no jardim quando uma bela mulher apareceu diante dela.
– Olá – disse Silver. – Quem é você?
– Estou trazendo de volta algo que pertence a você – a bela mulher dissera. – Você nunca vai precisar dele, e nunca vai encontrá-lo, mas ainda assim é seu.
Ela apanhara um pacote embrulhado e o colocara cuidadosamente sob...

E subitamente, lembrando desse momento, Silver compreendeu por que tinha aquela estranha e vaga sensação na cabeça todas as vezes que via Regalia Mason. Havia sido Regalia Mason quem bloqueara sua memória, assim como bloqueara a memória de Micah, tantos anos antes. Através do tempo, era ela quem estava no controle de tudo, até o dia em que descobrisse como controlar o próprio tempo.

– Está em Tanglewreck! – disse Silver, ouvindo as palavras saírem de sua boca como se outra pessoa as dissesse. – Gabriel, está em Tanglewreck.

– Foi o que eu sempre achei – disse Abel Darkwater, largando-a no chão. – Se não tivesse sido por aquela tola, a sra. Rokabye...

– Posso ser uma tola – disse uma voz familiar, feito vidro quebrando –, mas tenho o Ponteiro do Guardião do Tempo, e quero minha parte do dinheiro!

E ali estava ela, com Ranhoso ao seu lado, segurando o ponteiro reluzente e coberto de joias.

– Você o roubou de mim! – gritou Silver.

– Como é possível roubar de uma ladra? – perguntou a sra. Rokabye. – Isto aqui não pertence mais a você do que a mim.

– Você se engana quanto a isso – disse Regalia Mason, mas a sra. Rokabye não notou. Olhou ao redor, tirando a areia de sua capa de chuva.

– Então, onde ele está? O Guardião do Tempo.

– Está em Tanglewreck – disse Silver.

Houve uma longa pausa, enquanto a sra. Rokabye digeria essa informação.

– Espero que você não vá me dizer que fui até Londres, e depois por um caminho bem desagradável através do Buraco de Walworth até uma favela ridícula chamada Philippi, que está cheia de depósitos de lixo e papas, e agora até este lugar horrível chamado de Areias do Tempo, sem um único pedaço de pedra ou um burro à vista, por motivo nenhum.

– Sim – disse Silver.

A sra. Rokabye girou ao redor de Ranhoso como uma das Fúrias.

– Você me disse que este Ponteiro ia nos levar ao Guardião do Tempo!

– E foi o que ele fez – disse Regalia Mason. – Olhe.

O Ponteiro arrastava a sra. Rokabye através da câmara até Silver. Para horror da sra. Rokabye, Silver tomou dela o Ponteiro, e não havia nada que ela pudesse fazer para resistir. Silver colocou o diamante brilhante de volta no bolso de seu casaco.

Regalia Mason se voltou para Abel Darkwater.

– Há um objeto chamado de Guardião do Tempo. Sei disso, e você também. No entanto, seu poder está ligado a uma pessoa, a criança da profecia, a Criança da Face Dourada. Veja, a própria Silver é a Guardiã do Tempo.

– Silver! – exclamou a sra. Rokabye.

– Há guardiões de faróis e de comportas, e guardiões das casas, governantas como você, a sra. Rokabye, e há Guardiões do Tempo. Fui uma deles numa época, mas essa é outra história. Basta dizer que no dia em que Silver nasceu, ela se tornou a Guardiã do Tempo, e o relógio, o emblema de sua função, foi descoberto novamente naquele dia, depois de seu longo período escondido.

– Mas quem controlar o Guardião do Tempo controlará o tempo! – gritou Abel Darkwater.

– Objetos, sempre objetos. Não o adverti para que não depositasse fé demais nos objetos? Sem esta criança, você não pode fazer nada.

– Posso matá-la! – disse Abel Darkwater, dando um passo à frente.

– Inútil, tudo inútil. Somente a criança pode dar corda no relógio, e, a menos que o relógio esteja funcionando, ele não tem poder algum.

– Mas você disse que não precisa do relógio – disse Silver a Regalia Mason.

– Não preciso dele. Podemos ir?

– Ir para onde? – questionou Abel Darkwater.

Regalia Mason pegou seu computador na mochila e começou rapidamente a localizar pontos num mapa tridimensional da Via Láctea. Enquanto ela digitava as coordenadas, uma imagem familiar começou a se formar nas paredes de pedra do templo. Silver podia ouvir pássaros cantando e o som de água. Gabriel podia ouvir vozes.

Toby, as crianças, a sra. Rokabye, Abel Darkwater, todos estavam desaparecendo e se reconstituindo em outro lugar.

– É real? – perguntou Silver.

Regalia Mason não respondeu. Silver se sentiu flutuar para fora, como havia acontecido na Estrada Estelar. Estava desaparecendo. Estava voltando. Estava em Tanglewreck.

TANGLEWRECK

A extensa relva. A cerca numa vala. O gramado onde se jogava boliche.
As sebes em formato de raposas e ursos. A fonte. O relógio de sol. A casa preta e branca de vigas de madeira. A porta da frente de carvalho. A bicicleta de seu pai apoiada no parapeito.
Seu pai.
O quê?
Sua mãe.
Como?
Vindo pelo caminho recebê-la, de braços abertos, de rostos surpresos, e sua irmã Buddleia com eles também. Isto não é uma miragem, isto não é um sonho. É assim que termina tudo?
– Não exatamente – disse Regalia Mason.

Aquela era Tanglewreck. Aquelas eram as suas vidas, mas haviam deslizado para o canto. No multiuniverso, o multiverso, todas as possibilidades existem mas nenhuma se sobrepõe.
– Pense no gato – disse Regalia Mason. – A ciência o chama de decoerência. Todos os estados possíveis existem. O gato, admito, ficou bastante excêntrico depois de anos sendo a mais famosa experiência com animais na física.

Silver não escutava. Seus braços envolviam seus pais e Buddleia. Gabriel tinha ficado timidamente para trás, sem saber o que dizer.

– Não conseguimos entender o que aconteceu – disse o pai dela. – A casa não está caindo aos pedaços e temos bastante dinheiro de família. Ainda sou um astrônomo em Jodrell Bank, mas só temos uma filha. Temos Buddleia, mas não temos você!

– Você normalmente não teria consciência de uma outra vida com circunstâncias diferentes daquela de que se lembra com tanta intensidade – disse Regalia Mason –, mas as circunstâncias do Guardião do Tempo tornaram sua situação bastante incomum.

– Descemos do trem – disse Roger – e estávamos de volta aqui sem você. Não posso acreditar que você esteja aqui outra vez, e quatro anos mais velha! Olhe só para você!

– Pensei que vocês estavam mortos! – disse Silver, abraçando-o com toda a força. – Tive que viver com a sua terrível irmã e seu coelho maligno.

– Eu não tenho uma irmã – disse Roger. – Em nenhum mundo! Quem diabos é a sra. Rokabye?

– Ela apareceu e disse que era sua irmã! Minha tia! Olhe, ela está ali. Aquela de capa de chuva e capacete de minerador, comendo sardinhas de uma lata.

A sra. Rokabye acenou acanhadamente.

– Vamos ver isso já, já – disse Roger, levantando-se e pronto para uma briga, mas Ruth o puxou de volta.

– Roger, não importa. Este é o nosso mundo agora, e estamos todos juntos.

– Minha perna está melhor – disse Buddleia. – Olhe!

E ela pulou e correu, livre.

– Como é possível? – perguntou Ruth, observando a filha. – Em um mundo ela caiu da escada quando era pequenina, mas aqui...

Regalia Mason sorriu.

– A realidade se dobra sobre a realidade, mundos se fecham sobre outros mundos.

– É aqui que vamos ficar para sempre? – perguntou Silver.

– Se é isso o que você quer – disse Regalia Mason. – Você nunca entendeu que eu era sua amiga?

– Sinto muito – disse Silver. – Eu só achei que tinha que encontrar o Guardião do Tempo, acontecesse o que acontecesse.

– É tão estranho – disse Roger. – No dia em que você nasceu, eu estava no sótão mais alto, você sabe, aquele com a claraboia, e ouvi alguma coisa fazendo tique-taque, e procurei muito, e havia uma bolsa, e dentro da bolsa estava um relógio, com alguns papéis que me contaram sua história e seu nome, e que eu tinha que mantê-lo a salvo para a Criança de Face Dourada. Eu sabia que era você, meu bebê recém-nascido, brilhante e iluminado pelo sol.

Ele beijou Silver e olhou para ela com admiração.

– Mas não sei realmente o que andou acontecendo. Espero que você me diga.

Silver fez que sim alegremente. Abel Darkwater se aproximou.

– Posso ver o Guardião do Tempo? Só por um momento, depois de tantos anos de espera?

Os olhos de Regalia Mason se estreitaram.

Roger River pareceu outra vez desconcertado.

– Bem, não, temo que não, porque, veja, não está conosco.

– Não se preocupe – disse Silver. – Regalia Mason o trouxe de volta. Eu sei onde ele está.

Regalia Mason se adiantou e colocou a mão no ombro de Silver, detendo-a. Silver sentiu um calafrio percorrê-la, e depois estava sol outra vez.

– Silver, eu disse que o Guardião do Tempo está em Tanglewreck. Não disse em que Tanglewreck. Está no mundo de que Roger e Ruth se lembram. Está na Tanglewreck onde tudo começou.
– Não entendo – disse Silver.
– Há muitos universos, muitas Tanglewrecks.
– Mas somente um Guardião do Tempo – disse Abel Darkwater, apertando sua capa de lã.

Regalia Mason se virou para Silver, que estava sentada com Buddleia e seus pais.
– Silver River, você gostaria de ficar neste mundo com sua irmã e seus pais?
– Sim – disse Silver. – Sempre. E Gabriel também pode ficar?
– Se ele escolher ficar, pode – disse Regalia Mason.
– Então vamos ficar! – disse Silver, cheia de alegria. – Todos nós, para sempre.
– Então está feito.
– O que está feito? – perguntou Silver.
– Tudo. Você ficará aqui com aqueles que ama. Vou retornar ao mundo que você outrora conheceu. O Guardião do Tempo não tem poder lá agora. Abel Darkwater não tem poder aqui agora. Você nunca vai vê-lo, ou a mim, outra vez.
– E quanto a Toby e as crianças?
– Vou levá-los para casa. Acredite em mim, Silver, eles não sofrerão nenhum mal agora.

Gabriel estava olhando para Silver. Ela se levantou, subitamente capaz de ler a mente dele com tanta clareza quanto ele era capaz de ler a sua. Ela caminhou com ele pela entrada da casa por um curto trajeto, segurando sua mão. O rosto dele estava preocupado.

– Micah a chamou de serpente.

– Isso foi quando ela era Maria Profetisa.

– Ela ainda é Maria Profetisa.

– O que você quer dizer, Gabriel?

– Ela está te tentando como a serpente.

– Do que você está falando? Eu encontrei minha mãe e meu pai, e Buddleia!

– É isso que ela deseja! – insinuou Gabriel.

– E você vai ficar comigo, não vai? – quis saber Silver, balbuciante.

Gabriel sacudiu devagar a cabeça.

– Não aqui, Silver, não se nós falhamos.

– Nós não falhamos! Micah disse que Abel Darkwater nunca deve ter o Guardião do Tempo; bem, agora ele não vai ter. Nós vencemos!

– E demos a ela todo o poder do mundo. A viagem que fizeste foi mais do que uma, foram duas. É ela quem deve ser temida, não apenas ele.

Silver tentou refletir sobre isso. O que Regalia Mason havia dito? Que Silver era a chave e que sem a chave o Guardião do Tempo não tinha poder. Que poder? E será que esse poder seria capaz de deter Regalia Mason?

Se a resposta fosse não, por que ela havia ido tão longe a fim de criar um fim em que Silver e o Guardião do Tempo nunca pudessem estar no mesmo mundo? Havia mais coisas ali do que Abel Darkwater. Sim, havia mais.

– Joga uma pedra na grama alta – disse Gabriel.

– O que você quer dizer?

– Micah diz que deves jogar uma pedra na grama alta para ver se uma serpente se esconde ali.

Regalia Mason estava sentada batendo papo com Roger e Ruth sobre a história de Tanglewreck. Silver se aproximou e parou diante de Regalia Mason.

– Não vou ficar aqui – disse Silver.

– Perdão? – disse Regalia Mason, educadamente.

– Tenho que encontrar o Guardião do Tempo, e ainda não o encontrei, não é verdade? Não vou ficar. Olhe.

Ela pegou o alfinete brilhante no bolso de seu casaco. Estava vibrando.

– Isto vai me levar para casa – disse Silver.

– Mas, querida, esta é a sua casa! – disse sua mãe, confusa e assustada.

Regalia Mason fez que sim devagar. Olhou para Silver por um minuto, que foi um minuto fora do tempo. Foi um minuto em todos os universos que existem. Foi um minuto que mudou tudo.

Fria, bela e alta, ela pareceu pairar sobre Silver, e depois desapareceu, sim, desapareceu por completo, e em seu lugar estava uma serpente empinando. Colocou a língua para fora da boca, seus pequeninos olhos frios reluziram. Seu corpo se avolumou sobre a criança.

– Para trás – disse Roger, tentando proteger Buddleia e Ruth.

– Vou encontrar o Guardião do Tempo – disse Silver novamente.

O céu escureceu. Nuvens negras desceram sobre a casa, tão baixas que as chaminés altas ficaram escondidas. Os trovões ribombavam pelo céu. Relâmpagos bifurcados, velozes, serpenteando, reluziram desde as nuvens até o chão.

Já não era mais dia. Estrelas gêmeas irromperam no céu. Conforme cada estrela caía, Silver ouvia vozes a chamando: "Onde você está? Onde você está?" Uma estrela explodiu, transformando-se em luz, a outra desapareceu na escuridão. As vozes perdidas ainda podiam se ouvir, fracas e suplicantes: "Onde você está? Onde você está?"

A chuva começou. Chuva como lanças. Tudo o que as pessoas podiam fazer era se deitar no chão, enquanto a chuva bombardeava seus corpos. Então o rio tranquilo nos fundos do jardim subiu, se ergueu e acertou a casa com tamanha força que Silver, olhando para cima, pensou que a casa tinha sido levada dali.

Quando levantou o rosto, viu Maria Profetisa na forma de serpente, imensa e velha, no alto da enchente do rio, a cabeça curvada na direção de Silver.

– Vou encontrar o Guardião do Tempo! – gritou Silver, segurando-se ao relógio de sol com as duas mãos enquanto a água caía numa onda imensa, sua força sugando-a através da negra tempestade, através das estrelas, através do tempo. Ela segurou firme.

Erguendo a cabeça contra a água que caía em seu corpo como estrelas, viu Maria Profetisa se erguer uma vez mais, desmoronar e deslizar para longe.

Fez-se silêncio. As nuvens se dissiparam. O dia irrompeu através da escuridão. O rio voltou às suas margens. Ela ouviu um pássaro. Vozes chegavam aos seus ouvidos e desapareciam. Ela correu até seus pais e Buddleia.

Silver sentiu as linhas do mundo deles começarem a oscilar e se delocar. Abraçou seus pais e sua irmã.

– Buddleia, você fica aqui?

Buddleia fez que sim sem dizer nada. Estava chorando.

– Mãe, pai, sinto muito. Eu amo vocês, não entendo muito bem o que está acontecendo, mas ela estava me enganando outra vez; isso é o que ela faz, engana as pessoas; coisas terríveis estão acontecendo em nosso mundo e não sei por que, mas tenho que encontrar o Guardião do Tempo, e eu *sou* a Guardiã do Tempo. Talvez encontre um caminho de volta um...

Mas suas palavras já sumiam no ar, e ela não conseguia ouvir o que sua mãe dizia enquanto a abraçava com força, e seus corpos se tornavam cada vez mais insubstanciais, e a própria Tanglewreck perdia uma porta, uma sebe e uma fonte, e o mundo pelo qual ela ansiava estava transparente como uma gota de chuva, ou como suas lágrimas.

Então, ali estavam eles, na grama alta, sem poda, ela e Gabriel, e Toby e as crianças, sem saberem de nada do que acontecia, ou onde estavam, Abel Darkwater havia desaparecido, Regalia Mason havia desaparecido, e Silver sabia exatamente o que tinha de fazer.

Ela foi até o relógio de sol e o empurrou com toda a força. Ele começou a se mover para trás com um ruído árpero, e ali, por baixo dele, estava uma escada, e no terceiro degrau estava uma caixa, e na caixa estava o Guardião do Tempo.

O Guardião do Tempo. Finalmente. Séculos. Estrelas.

Ela o ergueu dali de dentro, coberto de joias e empoeirado.

Abriu-o e tocou as rodas, movendo uma contra a outra, como outros mundos.

Ali estavam as imagens, em lápis-lazúli e ouro; o carro, os Amantes, a Roda da Fortuna, o Mundo... e a criança no Fim dos Tempos. Era um retrato dela.

O relógio não funcionava, duas das imagens estavam faltando, e só havia um ponteiro no mostrador. Cuidadosamente, Silver tateou dentro de seus bolsos, e primeiro colocou as imagens no lugar, uma a uma, e depois pegou o broche de diamantes. Colocou o ponteiro no lugar com um clique no mostrador esmaltado, e houve uma hesitação, e então o relógio começou a funcionar.

TIQUE!
Em Londres, Abel Darkwater ouviu-o e se deitou em seu estúdio, à meia-luz, com as persianas fechadas. Havia falhado em sacrificar a criança. Se ela pusesse o relógio em movimento mais uma vez, e ele a oferecesse aos deuses negros, os mistérios do tempo teriam sido seus. Agora não havia nada.

TAQUE!
No aeroporto, Regalia Mason embarcava em seu jato particular. Não tinham ocorrido mais Tornados do Tempo e o tempo permanecia estável como a maioria das pessoas esperava que estivesse. A ajuda da Quanta já não era mais necessária aos perplexos cientistas do Ocidente, e o sinistro homem do MI5 estava pensando em investigar um pouco mais profundamente a Quanta, ele próprio.

Ela não podia usar o futuro para distorcer o presente; agora que o Guardião do Tempo funcionava novamente, ia regular as últimas centenas de anos de tempo comum, e o nascimento de um novo deus permaneceria um mistério. Talvez a Quantum se tornasse todo-poderosa, mas talvez não.

Nada é sólido, nada é fixo. O futuro se bifurca em novos começos e fins diferentes.

Ela pensou nisso; se a criança não tivesse começado a viagem, o Guardião do Tempo jamais teria sido encontrado. Se a criança tivesse feito o que Regalia Mason previra, e ficado com seus pais e sua irmã num mundo feliz e livre, em nada parecido como este mundo, então a profecia teria se cumprido de modo bem diferente.

Abel Darkwater nunca entendera a importância da criança e das decisões que ela tomaria.

Mas Regalia Mason, que sempre lia as letras miúdas, havia negligenciado a coisa mais simples de todas: que um coração fiel pode mudar tudo.

TIQUE!, ela o ouviu bater.

Em Tanglewreck, Gabriel e Silver tinham ficado surpresos ao ver Micah, Baltazar e os Atávicos saindo da escada sob o relógio de sol.

– Trouxemos comida – disse Éden. – *Vindaloo, korma*, arroz de açafrão.

– Iupii! – gritou Toby, e as crianças caíram em cima da comida, gritando e comemorando, e abraçando umas às outras e aos Atávicos e a Silver.

– Festa! – gritou Toby. – Isso é maravilhoso! Maravilhoso!

– Mas como vocês chegaram aqui, e por baixo do relógio de sol? – perguntou Silver, confusa.

– Todas as coisas se conectam – disse Micah, simplesmente. Ele segurou o relógio em suas mãos e o acariciou afetuosamente, dizendo a Silver mais uma vez como trabalhara nele durante toda a comprida viagem através do mar.

– Nunca soube qual era o seu poder – disse ele –, mas sabia que poder tinha.

Enquanto conversavam, mal notaram uma dupla de ladrões surrados saindo exaustos do buraco, seguidos por um homem de pantalonas e barba ruiva.

– Meu relógio! – disse o homem, olhando encantado para o Guardião do Tempo. – Roger Rover, ao seu dispor.

– Acho que você está no século errado – disse Silver.

– Acho que estou na vida errada – disse Thugger. – Vocês podem nos emprestar uma grana para voltar a Londres? O Fisty aqui precisa ir ver um homem por causa de um cachorro.

Fisty colocou o Elvis morto na grama.

– Suponho que eu possa consertá-lo para ti – disse Micah.

E o dia seguiu. Micah se ofereceu para levar Toby e as crianças de volta a Londres, se eles passassem pelos túneis. As crianças estavam tão animadas para ver seus pais novamente, e Silver teve que fazer força para não chorar. Continuava torcendo para que Roger, Ruth e Buddleia estivessem sentados no gramado quando ela olhasse, mas sabia que eles não estariam lá.

– É isso aí, então, Silver – disse Toby, quando Micah começou a reunir as crianças. – Este aqui é o número do meu celular, tá bem?

– Está, Toby, obrigada. Obrigada por tudo. – Ela o abraçou.

– Você me liga e dá um pulo em Brixton, tá bem?

Ela fez que sim, com os sentimentos muito à flor da pele para dizer o que se passava em seu coração.

As crianças foram pelos túneis em fila indiana, conduzidos por Baltazar, com Éden cuidando da retaguarda para mantê-los seguros.

– Com licença – disse uma voz familiar. Ali estava a sra. Rokabye.

– Você não é minha tia – disse Silver, numa voz que informava à sra. Rokabye que o jogo havia terminado.

– Não, bem, estritamente falando é verdade, mas quando li no jornal sobre o desaparecimento misterioso de seus pobres pais, e suas óbvias dificuldades, quis ser útil. Eu sempre adorei crianças, você sabe.

Silver não sabia.

– E eu não tinha um lugar onde morar.

– Oh, não...

– E Bígamo... aqui está ele, sim, ele está bem mudado, é o melhor dos coelhos, todo arrependimento e boas ações daqui por diante. É isso mesmo, Bígamo, não é?

Bígamo tinha uma cenoura entre os dentes. Largou-a humildemente aos pés de Silver. Era verdade que ele a havia roubado de sua horta, para começo de conversa, mas, bem, talvez...

A sra. Rokabye torcia as mãos.

– Foi tudo culpa daquele homem perverso, Darkwater, você sabe. Ele me hipnotizou, me ameaçou e... você vai precisar de alguém para cozinhar e limpar a casa até ficar mais velha, e...

Ranhoso se aproximou, andando alegremente.

– E se você disser que não, vou ter que me casar com este homem.

Ranhoso parecia cheio de esperança.

E num mundo de todos os desfechos possíveis, em algum lugar a sra. Rokabye está casada com Ranhoso, e em algum lugar ela nunca conheceu Silver ou Tanglewreck, e o trem ainda segue em direção a Londres, e Roger e Ruth virão para esta casa neste mundo, e...

TAQUE!

Micah estava falando muito seriamente com Gabriel. Veio até Silver e fez uma mesura.

– O que tu fizeste, ninguém além de ti poderia fazer. Obrigado, Criança do Tempo.

– Eu não teria podido fazer sem você – agradeceu Silver. – Você me resgatou, cuidou de mim, me deu o mapa... oh, aqui está ele. – Ela remexeu nos bolsos e o devolveu a Micah. – Você segurou Gabriel no Buraco Negro, e ficou sempre me lembrando sobre ela, Regalia Mason. Sei que ela é má, mas queria acreditar nela. Me fez acreditar nela.

– Ela é talentosa em todas as artes – disse Micah. – Somente a ti ela não enganou.

Ele se virou para Gabriel.

– Tu conheces todos os caminhos e sabe onde nós estaremos sempre. Vais retornar conosco ou vai permanecer aqui?

Gabriel olhou para Micah e olhou para Silver, e então se afastou um pouco, e os dois ficaram imersos numa conversa. Silver os observava, o coração pesado. Ela ficaria sozinha por muito tempo, agora. Anos. Até crescer.

Meu nome é Silver. Vivi em Tanglewreck durante toda a minha vida, ou seja, onze anos.

Meu nome é Silver. Vivi em Tanglewreck durante toda a minha vida, ou seja, até este momento chegar, mas o que acontece agora eu não sei.

A noite chegou. Silver estava sentada sozinha no escuro, na grama úmida de orvalho. Pensava em sua mãe, seu pai e sua irmã, e desejava que fossem felizes no mundo que ela já não podia encontrar.

Olhou para as estrelas lá no alto. Ora estava lá, e Dinger, o gato, e vidas tão distantes das suas que nunca mais voltariam a se tocar. E vidas tão próximas às suas que quase podiam se tocar. Tantas vidas, e aquela noite e aquelas estrelas.

O Guardião do Tempo estava na casa, tiquetaqueando através de Tanglewreck como um coração batendo. O coração da própria Silver estava batendo rápido demais. Às vezes você tem que fazer algo difícil porque é importante. Mas ainda assim dói, e ainda assim você chora.

Ela ouviu um barulho atrás de si. Era Gabriel. Ele se sentou e passou os braços ao redor dela.

– Vou ficar aqui contigo – ele disse.

– Mas você tem que viver debaixo da terra.

– Não mais. Posso viver aqui contigo. Posso ficar contigo?

– Eu gostaria muito, Gabriel. Não sei o que vai acontecer em seguida.

E eles ficaram sentados juntos ao longo de toda aquela noite até a manhã chegar. Ela pensou ter visto três sóis nascendo, e pensou que o que quer que acontecesse em seguida ela havia cumprido a tarefa que lhe havia sido dada, e isso é tudo o que uma pessoa pode fazer, nesta nossa estranha vida.

Este livro foi impresso na Editora JPA Ltda.,
Av. Brasil, 10.600 – Rio de Janeiro – RJ.